U0605884

程千帆 沈祖棻 著

张春晓 改编

唐诗宋词大师课（全二册）

唐诗卷

北方联合出版传媒(集团)股份有限公司

万卷出版有限责任公司

果麦文化 出品

程沈说诗解人颐，早早编书传芬芳（代序）

　　"程沈"指的是程千帆、沈祖棻两位先生。早在二十世纪五十年代，沈尹默便说"昔时赵李今程沈"，意即与宋代的赵明诚、李清照一样，程沈也是埋首书斋、扬名文坛的一对夫妇。到了今天，程沈并称已得到社会的公认。三年前陕西师范大学出版社把二人讲解诗词的著作以"程沈说诗词"的总题予以重版，深受读者欢迎，便是一证。

　　程沈生平成就的荦荦大者是古体诗词写作与古典诗词研究，但他们对诗的爱好其实是全方位的。程先生在金大读书时曾与学友创办《诗帆》半月刊，成为新诗创作的重要阵地。沈先生在专注填词的同时，也曾热衷于写作新诗。他们的新诗作品，在陆耀东编的《程千帆沈祖棻新诗集》中可窥一斑。由于种种原因，他们后来像闻一多一样"勒马回缰作旧诗"了，但我总觉得程沈的旧体诗词与他们的新诗是有共同点的，诸如对青春与生命的激情，对社会现实的关怀，乃至对新颖表达手法的追求等，都是一以贯之。当然，他们声誉最高的诗作乃是旧体诗词。

　　沈先生的诗词名满天下，前辈学人题咏甚多，如沈尹默云："漱玉清词万古情，新编到眼更分明。伤离念乱当时感，南渡西迁一例生。"更惬我意者则有朱光潜的两首绝句:"易安而后见斯人,骨秀神清自不群。身经离乱多忧患,古今一例以诗鸣。""独爱长篇题早早,深衷浅语见童心。谁说旧瓶忌新酒,此论未公吾不凭。"程先生的诗词作品,传播不广,其实也是成就非凡。钱仲联先生序其《闲堂诗存》云:"其神思之寫远,藻采之芊绵,不懈而及于古。"程先生很少作词,但偶尔出手即不同凡响,他追怀沈祖棻的两首《鹧鸪天》与悼念王瑶的两首《浣溪沙》,情文并茂,感人至深。

程沈擅长诗词创作,这是解说诗词最重要的内功。吴世昌评沈著《宋词赏析》云:"正因为沈祖棻具有丰富的创作经验,能深入体会古人创作的甘苦,所以她才能对诗词进行艺术分析时切中腠理。"程先生也在《闲堂自述》中说:"如果我的那些诗论还有一二可取之处,是和我会做几句诗分不开的。"他们所以能准确揭示古代诗词中蕴含的种种灵心慧性,很大程度上仰仗自身的创作经验,否则岂能达到与古人相视而笑的奇妙效果!

程沈的学术研究则是他们解说诗词的另一种内功。他们的研究并不限于诗学,尤其是程先生,他在史学、校雠学等方面均成就卓著。但无论用力之勤,还是成就之高,诗学显然是程沈学术最显著的标志。他们的诗学研究有一个鲜明的特色,即格外重视对作品的创作过程及艺术特色进行分析。沈先生的九篇论文如《阮嗣宗咏怀诗初论》《苏轼与词乐》等均是如此,她的专著如《唐人七绝诗浅释》等则以细读作品为主要内容。程先生的诗学著作范围极广,但其精彩之处也多在于此,比如《一个醒的与八个醉的》对杜甫《饮中八仙歌》的创作心态的探究,《关于李白和徐凝的庐山瀑布诗》

对二诗艺术手法优劣的分析，皆为范例。

程沈说诗词的主要方式有两种，第一种是口头表达，主要是在大学课堂里授课。他俩曾在多所高校任教，在课堂上说诗说词，给学生留下永不磨灭的印象。程先生在武大讲课，黄瑞云回忆说："他讲课很放得开，谈吐自如，严肃中不乏幽默。特别使学生们佩服的是，他讲一篇作品，总要连及许多诗作，他都随口而出，背诵如流。每一堂课又总会有一两个精彩的例子，引得满堂哗然。"吴志达回忆说："千帆师讲得丰富多彩，触处生春，语言的逻辑性具有一种雄辩力量，又生动活泼，具有丰满的形象性，且有抑扬顿挫的节奏感。"沈先生在武大讲课，刘庆云回忆说："沈先生讲课不以具有十足的鼓动力为特点，而是以细腻、形象见长，或者说，她不是以长江大河的汹涌澎湃激荡人的心潮，而是娓娓道来，似潺潺的涓涓细流渗入人的心田肺腑。先生既是古典诗词的研究者，又是深有造诣的诗人、词人，对于前人的作品有自己独特的感悟，具有不同凡响的艺术感受力。听她讲析作品，使人如亲临其境，目睹其人，心灵亦随之融入境界，感受角色，同抒情主人公一道歌哭笑涕。"可惜当时没有音像记录的手段，年富力强的程沈在武大说诗的情形不复可睹，未及亲承音旨的人们只能慨叹"予生也晚"。只有程先生晚年在南大所讲的"历代诗选"等大课，在徐有富、张伯伟、曹虹等弟子的课堂笔记中存有记录，读者可在《程千帆古诗讲录》这本书中窥其一斑。

幸亏程沈还有一种"形诸笔墨"的说诗方式，主要是编写选本或鉴赏读物：沈先生著有《唐人七绝诗浅释》《宋词赏析》，程先生著有《宋诗精选》（一题《读宋诗随笔》），还有一本夫妇合著的《古诗今选》。这些著作风行海内，好评如潮，以至一再重印，其中如《宋词赏析》的累计印数高达五十多万册，可见它们受读者欢迎的程度。

程沈成为夫妇，堪称天作之合。程先生自幼能诗，但他高中毕业后免试升入金陵大学，本想就读化学系，报到注册时因该系学费太贵而临时改读中文系。沈先生考上中央大学商学院后，因与商学院性情不合而申请转入中大中文系，毕业后又考进金陵大学国学研究班。由于这种偶然的机遇，沈祖棻这位温柔敦良的苏州闺秀遇到了才气横溢的湖南才子程千帆，终成佳偶，为这对珠联璧合的伉俪牵缌红线的月老便是诗神。

可惜正如东坡诗云："诗人例穷苦，天意遣奔逃。"程沈早年遭遇战乱，终生动荡不安，甚至身家不宁。凭程沈之学养，又俱在大学任教，宜有后人传其家学。二人为其独女取名"丽则"，本于扬雄"诗人之赋丽以则"之语，可见对其期望之殷切。可惜程丽则虽然聪慧好学，却因"出身"未能接受系统的高等教育。虽然她后来写得一手好诗，七绝颇有其母风调，但在说诗方面未能克绍箕裘。于是，程沈的诗学家风，就有待于其外孙女早早来继承了。

早早学名张春晓，因早产而得此乳名。1976年，也即早早3岁的时候，沈先生作《早早诗》。舒芜称此诗是"中国古典诗歌史上空前未有的佳作"，还说这首长诗写的是一个知识分子家庭的日常平凡生活，"舞台中心是一个天真活泼的小姑娘早早，笼罩舞台的灯光就是早早的外祖母的慈祥注视的目光"，我完全赞同这些意见。需要讨论的是全诗的末尾："儿勿学家家，无能性复痴。词赋工何益，老大徒伤悲。汝母生九月，识字追白傅。少小弄文墨，勤学历朝暮。一旦哭穷途，回车遂改路。儿生逢盛世，岂复学章句。……但走金光道，勿攀青云梯。愿儿长平安，无灾亦无危。家家老且病，难见儿长时。赋诗留儿篋，他年一诵之。"舒芜说："实实在在就是这么由衷地祝愿第二代第三代能够顺着金光大道直接走进幸福的天国。"我认为这是被沈先生的笔法瞒住了。东坡《洗儿戏作》云："人皆养子望聪明，我被聪明误一生。惟愿孩儿愚且鲁，无灾无难到公卿。"从字句到意蕴，沈诗中分明有苏诗的影子在。诗教传统早已沦肌浃髓的沈先生果真会认为"词赋工何益"？"汝母"以下六句，难道没有流露出对爱女少年失学的真情实感？"岂复学章句"难道真是沈先生对外孙女的衷心祝愿？《早早诗》写后不足一年，沈先生溘然长逝，"难见儿长时"一句遂成诗谶。

后来早早得以健康成长，并且顺利考进南京大学中文系，在程沈当年相逢相爱的那个美丽校园里"学章句"。程先生对早早的学业极其关心，他虽已退休，仍亲临早早所在班级与同学们对话。为早早授课的南大教师中则有多位"程门弟子"，他们把从程沈那里习得的学识再传授给早早。早早在南大获得硕士学位后，为了让她接受更严格的文献学训练，程先生支持她考到复旦大学陈尚君教授门下去攻博，且亲笔给复旦的傅杰教授写信转达此意。程先生的种种举动，皆是希望早早更好地继承程沈的诗学传统。我坚信，作为沈先生的"文章知己"和"患难夫妻"，程先生最能理解沈先生对早早的殷切期望。我也坚信，对于早早坚定地走上"学章句"的人生道路，沈先生一定会含笑于九泉。

早早果然不负众望，经过十年苦读与一番历练，始终沿着当年沈先生走过的那条道路奋力前行。她热爱创作，出版小说多部。她热爱学术，在多个研究方向颇有收获。尤其值得注意的是，她亲手为沈先生编纂文集，撰写评传，努力让程沈诗学发扬光大。如今她又着手编写一本《唐诗宋词大师课》，要将程沈说诗著作的主要内容改编成一本"适合青少年及诗词入门者的读物"，以此"带领他们进入一个充满感悟和意韵的世界，在另一重维度继续实现程沈夫妇的'保存国粹'之志"。我对此极表赞同，因为我一向认为阅读古典诗词是修身养性、涵养人格的不二法门。有程沈说诗的著作作为学术底蕴，早早的新书一定能实现其编撰目标。

程先生是我亲承音旨二十余年的恩师，沈先生是我虽未谋面然衷心敬爱的师母，早早则是我教过的学生。如今早早为其新著向我索序，我当然义不容辞。可惜我对程沈诗学的精深内蕴体会甚浅，故仅能述其始末，以塞责焉。从程沈到早早，是诗教代际传承的一个范例。指穷于薪，火种长传。春兰秋菊，无绝终古！

莫砺锋

写在前面的话

　　犹记得读大学时，外公程千帆专门为南京大学中文系的本科生讲胡小石先生是如何讲唐诗的。胡先生讲柳宗元的《酬曹侍御过象县见寄》："破额山前碧玉流，骚人遥驻木兰舟。春风无限潇湘意，欲采蘋花不自由。"那时胡先生还没讲上几句，便直接拿着书吟诵起来，一遍一遍又一遍，总有个五六遍。吟诵完了，他把书往桌上一放，大声说，你们走吧，我把什么都告诉你们了……"却把金针度与人"，我仍记得外公如何用形象的描述再现前辈学者的卓然风采。他们那代学人想要给我们传承的衣钵，不是那一个个僵化的知识点，而是对传统诗歌审美的体悟，是能让古典诗歌活泼泼地伴着现代人继续走下去的可能。

　　我的外公程千帆是唐宋文学研究大家，授课时妙语连珠，旁征博引，善于用形象的语言阐释抽象的道理。外婆沈祖棻则是近现代史上著名的词家，她在学生时代创作的《浣溪沙》词，有名句"有斜阳处有春愁"，因此被称为"沈斜阳"。同时，她也是当代最会讲解诗词的学者之一。1957年考入武汉大学的老学生、湘潭大学教授刘庆云说："听她讲析作品，使人如亲临其境，目睹其人，心灵亦随之融入境界，感受角色，同抒情主人公一道歌哭笑涕。"

1946年，吴宓在日记中称赞程千帆、沈祖棻有"行道救世、保存国粹之志"。他们二人于二十世纪五十年代开始合编的《古诗今选》，就是"保存国粹"的初步尝试。沈祖棻的《唐人七绝诗浅释》《宋词赏析》，从二十世纪八十年代出版以来一版再版，四十年来早已成为鉴赏类书籍中的经典。

古人的诗词虽然是用文言写成的作品，但与我们的现代生活仍然息息相关：既能成为我们情感上的寄托，激发共鸣，又融通了古今的文化传统，使我们得以诗意地栖息。即便是对于孩子们而言，这些传承下来的美好情操和艺术感受力也是大有意义的。只是外婆两本书针对的读者群主要是大学生和有一定基础的文学爱好者，外公的书则更多的是专业读物，并不特别适合诗词学习的入门者使用。但也恰因为此，如果能把他们的学术成果用生动的方式编成适合青少年及诗词入门者的读物，应是稳妥且美好的尝试。做这件事情时，我觉得自己有两方面的底气。

一方面，以程沈四种著作为参考底本，学术底蕴足够厚重。《宋词赏析》是1957年春外婆为武汉大学研究生、青年教师讲课的讲稿，《唐人七绝诗浅释》则是从她上了三十年的七绝诗论课程转化而来。如外公所说："她是以自己丰富的创作经验来欣赏、体会、理解古代作品的。"

程沈注释的《古诗今选》是一部通代的古典诗歌选本，历经几十年编定而成，注释扎实，按语言简意赅，1983年初版时六万册很快销售一空。新中国第一位文学博士莫砺锋是外公的学生，他评价此书"是一本很有价值的普及性诗歌选本，它浸透着编撰者在古典诗学上的深厚学识和独特思考"。另一本《程千帆古诗讲录》体现了外公诗学理论的精髓，来自他二十世纪七十年代末、八十年代初在南京大学所授"历代诗选""古代诗选""杜诗研究"课程，由学生徐有富、陈治群、张伯伟、曹虹根据笔记整理成书。

另一方面，编写此书时出于对"圈点"这一诗词讲授传统形式的认可，我也在四本优秀的参考底本基础上兼顾了此法的精神内核。虽然没有采用抹笔圈点等形式，但是通过抓重点、理线索，于变化处突出作品个性，于相通处点明文学共性，最终产生择其要、得其精，且易读的"圈点"式阅读效果。

讲解每首诗词时，先以破题之法画龙点睛，突出作品的思想内容和艺术价值，加深读者对作品的鲜明印象，推动把握作者经历和艺术创作的关系。接下来的讲析部分大多聚焦于某个主题，避免整篇逐句翻译、串讲，这样更可以择其精要、突出主旨，与破题相互呼应。最后在引申部分穿插相关的文史小知识，作为诗词的对照和扩展。既阐明一些诗词学习的规律性问题，又深化对作品作家的理解，起到举一反三的作用，从而生成读者对中国古典文学文化的整体认知。

可以说，我将读者看作互相启发、共同探讨诗词的对象，而非被灌输者。希望能以一种更接近传统、更有情味的方式，邀请他们进入一个充满感悟和意韵的世界，继续实现程沈夫妇的"保存国粹"之志。

"张氏外孙女，前年尚襁褓。八月离母腹，小字为早早。生辰梅正开，学名唤早早……"这首《早早诗》是外婆专门为我而写。外婆因车祸去世的时候我才四岁，未能直接得到她在学识上的点拨。我在研究生阶段完成了《沈祖棻全集》的编定，也许可以说是系统地接受过她的"诗学教诲"，弥补了些许遗憾。

外婆自己是一位出色的词人，很知道诗词用力之处在哪里，故而解词一点都不呆板。作为学者，她更将文学史、文化史中的典故信手拈来，借着一二词句就说得清清楚楚。此次借编书机会，我又一次阅读外婆的作品，字字句句，时常令我心动、回忆和向往。我还偶然翻到一张格子纸，看到外婆在上面亲手绘制的四川境内长江简图，更是意识到诗词及背后承载的种种，早已宿命般地融入到她与外公的生命里。

在外婆手绘的图上，出现于最左端的是雅安。1939年9月至次年3月，外婆因病滞留于此，外公则为生计在西康工作，二人分居两地。有感于相思之苦、怀乡之情、家国之恨，外婆在《烛影摇红》一词中写下："题遍新词，问谁解唱伤心句？阑干四面下重帘，不断愁来路。将病留春共住。更山楼、风翻暗雨。归期休卜，过了清明，韶华迟暮。"成为战争期间流寓西蜀的生活写照。

自雅安而下，外婆绘有一条青衣江，是长江的支流。遥想当年，年轻气盛的李白离开四川，出门游历，在《峨眉山月歌》中写道："峨眉山月半轮秋，影入平羌江水流。夜发清溪向三峡，思君不见下渝州。"诗作中说他游完峨嵋山，沿着平羌江（即今青衣江），经乐山进入岷江，在清溪驿乘船出发，即将穿过三峡前往重庆。外婆在图中画出了条条支流，都是这段路径的写照。

安史之乱结束后，漂泊西南的杜甫在《闻官军收河南河北》中写下"即从巴峡穿巫峡，便下襄阳向洛阳"的诗句，以难得的开朗心情唱出欢欣的调子。765年，他离开成都，顺岷江经乐山、犍为至宜宾，再入长江经泸州、重庆、万县等地，于次年到达奉节。768年，他又沿江东下，在江陵荆南幕府时郁郁不得志，离开江陵后随水漂零，最终病死湘江。这条路线也被外婆绘入图中，那是杜甫生命中最后的足迹。

一张泛黄的手绘，呼应着李白的飘然出蜀、杜甫的漂泊西南、还有外公外婆二人在战乱之际的流寓光景，尽显古今文人的心曲与沧桑，这些诗人的足迹也被刻画在本书的封面上。在这一入一出、一归去中，我更为深切地体会到了先人对诗词艺术的会心与热爱，以及编写此书对我来说不同寻常的意义，下笔时尤为审慎。

针对《唐人七绝诗浅释》《宋词赏析》里有的篇目，我的改编往往是聚焦于某一角度再展开，如王维《九月九日忆山东兄弟》，突出这首诗用极为准确的文字推进感情层次的特点；或者选择经典名句深入剖析，如对贺铸《青玉案》着力评说"试问闲愁都几许？一川烟草，满城风絮，梅子黄时雨"的精义所在；或者解决难点问题，如对周邦彦长调《兰陵王·柳》着重理清布局和空间的往复。这类改编法，可以说重在"精选择要"。

对于底本仅有《古诗今选》或《程千帆古诗讲录》的篇目，因这两种底本的观点都极为精到简略，我的解说也更为充分。比如，《程千帆古诗讲录》点出王勃《送杜少府之任蜀州》"翻案基于对生活有独特的认识"，那么赏析就以怎样翻案为线索推进。又如《程千帆古诗讲录》说《登幽州台歌》"是陈子昂的自画像，塑造了自己的形象"，讲解中就以此观点加以发挥，详述诗人形象成功塑造的三重层次。这类编法，重在理解和阐释。

在另一种编法中，我则尽力做到有效转化已有的研究成果。如据外公的论文《张若虚〈春江花月夜〉的被理解和被误解》，我将这一作品的浮沉经历纳入作家介绍中，融入文学史的认知。又如《程千帆古诗讲录》中提及李白《梦游天姥吟留别》是"真与幻的高度统一"，讲解《西江月·遣兴》一词时也将此评说加以利用。这类编法是尽量通过底本的学术加成，来呈现更丰富的文学现象。

此书考虑到读者由简入难的接受惯性，同一作者的作品主要按照篇幅排序，选篇则兼及底本和学校课堂中的诗词学习范畴：唐诗一百首，有底本的占到七十种；宋词五十一首，有底本的十九首。作为改编者和无底本篇目的撰写者，我是忐忑的。毕竟不是所有的篇目都有底本，毕竟不是有底本就能覆盖所有讲解段落，文字中间必然融入个人对作品的理解。我想让自己的阐释吸引读者通向更为宽广或幽深的文学世界，于是从柳宗元《江雪》诗引申到"诗是无形画，画是有形诗"，借秦观《行香子》介绍"乘兴而行，兴尽而返"的魏晋风度，又通过文天祥《酹江月·和友驿中言别》说到遗民文学……每当在讲解中用知人论世、以诗证史、诗歌类比等方法归纳出文学规律时，想到这正是外公外婆他们所主张并且极为擅长的传统学术方法，不免有些暗生的欢喜。

最后感谢我的硕士研究生操静和李秀如，她们帮我核对文献、通读篇章，给出了很多颇具启发性的意见。这不仅让我在定稿的时候更加安心，又因感受到一种传承正在文字间传递而终究放下些许忐忑之心。

张春晓

二〇二三年一月

目 录

王绩

王绩（约589年—644年）是隋末唐初的诗人，因为隐居在东皋山（今山西河津），所以自号"东皋子"。他自幼好学，记忆力超群，十一岁时就被称为"神童仙子"。他历经隋唐两朝，三次当官又三次辞官回家，渐渐放弃了入世之心。他酷爱饮酒，也会弹琴，是个性格狂放、颇有魏晋风度的人物。

别人问他当官快乐吗，他回答说："当官每天有三升酒，确实令人留恋。"上级闻言把酒加到每日一斗，他从此有了"斗酒学士"的美誉。他还自己酿酒，编《酒谱》《酒经》，写下《醉乡记》《五斗先生传》。

《野望》是现存唐诗中最早的一首格律完整的五言律诗，呈现出朴素洒脱的出世风貌。

野望

东皋薄暮望，徙倚欲何依。
树树皆秋色，山山唯落晖。
牧人驱犊返，猎马带禽归。
相顾无相识，长歌怀采薇。

○**薄暮**：指傍晚太阳快落山的时候。第一句五个字依次点明地点、时间和动作，东皋山边傍晚时分的眺望，引起下文。

○**徙倚**：徘徊、彷徨，出自《楚辞》中的"步徙倚而遥思兮，怊（chāo）惝恍而乖怀"。通过用典，以徘徊的动作来表现"遥思"的状态，而遥思的具体内容则落在第八句"采薇"二字上。

○**秋色**：诗里的景物描写和人物行动主要落在"傍晚"上，比如落日的余晖、归来的牧人和猎人，并没有给出明确的季节特征。"秋色"也有版本作"春色"，看似两可。如果是"秋色"，树木的颜色会红红黄黄，层次更加丰富，而"春色"仅有深深浅浅的绿色，从这个层面考虑，"秋色"更加动人。

○**采薇**：代指隐居。古人伯夷、叔齐不食周粟，宁可采薇而食以致饿死。

破题

这首诗的内容大意都在题目上：一个是"望"字，由这个动作引出见到的景物和人情；一个是"野"字，由此确认地理环境和所见情事的野趣特征。然而无论山野秋色，还是牧人归趣，都无法掩饰诗人内心的彷徨之情。

赏析

这首小诗有画幅卷轴的感觉，景物与人物随着画卷的展开慢慢活跃。第一、二句是主人公出场，点明时间、地点和人物的举止状态。第三、四句写日暮时分看到的山中景色，重点铺写山和树与夕阳的交相辉映。第五、六句写望到的人，牧人赶着牛群，猎人载着猎物，纷纷踏上归途。至此，诗人望见的情景已经越发地生动起来。第七、八句通过"顾"字达成主人公与见到的归人间的联系，但大家相互不认识，归人们并非隐者的同道，所以诗人只好一个人孤独地长歌。一、二句和七、八句相呼应，不仅构成了闭合的完整画面，而且给诗歌注入了贯通始终的个人感情。

引申

这首诗表情达意比较含蓄，却又让读者充分体会到，原因在于用典。典故包括两类："语典"是前人写的诗文，"事典"是历史上的故事。它们都自带典故原本的意思，所以当诗人借以再次创作时，不必把自己的想法说得很明白，别人也能理解。比如，本篇通过"徙倚""采薇"等语典，即传达出诗人彷徨苦闷的心情。

王勃

王勃（650年—676年）与杨炯、卢照邻、骆宾王并称"初唐四杰"。他六岁就能写出好文章，被人们称为神童。王勃有一种强烈的入世之心，想在仕途上有所作为，却因为杀死了自己匿藏的官奴而犯下死罪，还连累父亲被贬到交趾（今越南北部），这令他愧疚不已。

被赦免死罪后，王勃去交趾探望父亲，在途中写下名篇《滕王阁序》，其中"落霞与孤鹜齐飞，秋水共长天一色"一句让他名噪一时。唐高宗读后曾经拍案叫绝："乃千古绝唱，真天才也。"可当皇帝想再次征召王勃时，才二十七岁的他却已在八月间溺亡于海上的风浪之中。

送杜少府之任蜀州

城阙辅三秦，风烟望五津。

与君离别意，同是宦游人。

海内存知己，天涯若比邻。

无为在歧路，儿女共沾巾。

○三秦：楚霸王项羽曾经把秦国故地分为雍、塞、翟三国，这里指都城长安附近。此句为倒装句，本意是三秦之地护卫长安。

○五津：指岷江上的五个渡口，泛指杜少府即将前往的蜀地。三秦是眼下送别的地方，五津则是行者将要去的地方，这里用了一个"望"字，便以满目风烟把两个地方衔接在一处了。首联这两句对仗十分工整，这在作诗法中又称为"对起"，就是以对子起句。

○宦游：指在异乡为客。从这里全诗转入送别的正题，读者一看就知道说的是正在旅途中的人送别另一个这样的人。

破题

作者对于送别这个习见的主题做出了与众不同的处理，指出未来的希望可以消解现在的离愁，从而对远行人起到一种鼓舞作用。诗中五、六两句已成为家喻户晓的名句。

赏析

一首诗若有诗眼，就会充满神采。这篇五律的诗眼是"海内存知己，天涯若比邻"，前面四句和后面两句都是在为它造势。

前四句从眼前景色转到离别之意。第一句写现在所处的位置，第二句眺望远方，极写距离遥远。第三、四句道出诗中正意，即送别。距离既远，又是客中送客，本应充满了寥落之情。可第五、六句临别赠语，却说四海之内总有知心的朋友，即使远在天涯，我们的心仍像比邻而居一般亲近。于是前面铺出的距离之远、人情之伤，就统统被反转了。进而在最后两句劝勉道：不要在分手的时候，像缺少英雄气概的少男少女那样泪水沾湿了手巾，更显出第三联情态的与众不同。

别人的送别诗里都是离别的伤感，这首诗却用"海内存知己，天涯若比邻"道出离别后充满希望的未来。这便是翻案，是诗人对于生活的认知，同时也体现了勃发的初唐气象。

陈子昂

陈子昂（659年—700年）少年时任侠使气，十七八岁的时候因为击剑伤人，从此弃武从文，立志读书，第三次科举考试时考中进士。他做官勇于直言，一度被株连下狱。他两度从军塞上，一身慷慨意气与政治理想却难以施展，于是愤而辞职回到家乡。父亲去世时，陈子昂在家居丧，却被人罗织罪名陷害下狱，四十岁出头就不幸死于狱中。

陈子昂的《感遇》诗以三十八首组诗的形式，扩大了单篇诗歌的体量，记录下一生的经历和思想感情。陈子昂主张恢复汉魏诗歌的风雅比兴。正是豪侠的个性和悲壮的经历，使他能够充分实践自己的文学理论，展现唐诗的风骨。他是一位开风气的诗人。

登幽州台歌

前不见古人，后不见来者。

念天地之悠悠，独怆然而涕下。

○**幽州台**：即燕台，又名蓟北楼，在今北京大兴。陈子昂随建安王武攸宜出征契丹时，怀着奋不顾身报效国家的志向，可惜意见大多不被采纳。失意中的他登临蓟北楼，感泣赋诗。这首诗在当时脍炙人口，无人不知。

○**怆（chuàng）然**：悲伤的样子。前有"独"字交代了伤心的原因，后有"涕下"表现出了伤感的程度。至于悲伤的内容究竟是什么，四句诗在文字上没有明确地说出来。

破题

登楼感赋是古代文人常见的表达方式。陈子昂登临幽州台，既看到壮丽的河山，也看到了无始无终的浩然宇宙。在这个无法施展抱负的时代，过去的英雄已经逝去，未来的英雄还没有到来，而向往成为英雄的自己唯有在洪荒的宇宙中，孤独又寂寞地洒下泪水。

赏析

诗人渴望建功立业，可是积极进取带来的只是仕途上的失意和政治理想的破灭。甚至有关政治的一切，都不能明明白白地在诗中说出来，于是积郁深沉的情感推动诗情如火山般喷薄而出，诗人的自我形象也以议论的方式被塑造出来。

诗人的形象是如何成功地被塑造出来的呢？首先通过前与后、古人与来者，营造出广阔无垠的空间，从而形成鲜明的视觉效果，幽州台上的个人是多么的寂寥！这是诗人独特的存在方式：既有强烈的存在感，又有强烈的孤寂感。其次由远及近，以一个"念"字推及个人的思想活动，"天地之悠悠"正是这个孤独者缥缈的思绪。最终以一个"独"字宣泄出诗人的情感，用怆然、涕下这样的表情和动作，表现出不可抑制的情绪，最终完成了诗人形象的自我塑造。

诗中描述的这种失意，正是中国古代士人的典型际遇，具有情感共鸣的普遍意义。

引申

陈子昂以其刚健的诗风上继"初唐四杰"，扫清了齐梁诗歌中纤弱的气息，下启李白、杜甫，是文学史上的枢纽人物。他提出了"风骨"和"兴寄"的主张，即作诗要有风格骨力和比兴寄托，关注现实，有崇高的思想。韩愈曾赞美他"国朝盛文章，子昂始高蹈"，肯定了陈子昂在诗歌上的开辟之功。

杜审言

杜审言（约646年—约708年）祖居河南巩县，与李峤、崔融、苏味道合称"文章四友"。他恃才傲物，受到过武则天的重用，也曾被贬岭南。临死前他对前来探病的同事说："我在世的时候阻碍了你们升官，一旦走了，你们一定感到欣慰。但不知道谁能有本事替得了我的位置。"

杜审言是五律的奠基人之一。他是杜甫的祖父，在性格和艺术上都对杜甫有一定的影响。杜甫曾说"吾祖诗冠古""诗是吾家事"，都是以此为傲的。

和晋陵陆丞早春游望

独有宦游人，偏惊物候新。

云霞出海曙，梅柳渡江春。

淑气催黄鸟，晴光转绿蘋。

忽闻歌古调，归思欲沾巾。

○**和（hè）**：古代一人唱歌为"唱"，其他人跟着唱就是"和"。在文学中，"和"就是按照别人诗歌的主题、题材、韵脚也作一篇。唱和的原诗题应为《早春游望》，内容应是早春时节的所见所感。

○**偏惊**："偏惊"二字可以说是全诗的诗眼，也就是最重要、内容最集中的字眼。诗人"偏惊"的是忽如其来的物候变化，催生的情感是游子思乡之情。

○**云霞出海曙**：既可指新春来到如同旭日初升，又可关合实景，写太阳照着云霞闪闪发光，富有金光熠熠的色彩感。与后面的杨柳、绿蘋在色彩上相互呼应，共同构成一幅生气勃勃的春日图画。

破题

这首诗写宦游人，也就是在外做官的人眼中的早春景物。宦游人客居多感，所以对季节变换中的自然景物特别敏感。中间四句都是令他们为之惊心的物候变化，其中前两句写远景，后两句是近处所见所闻，最后逼出触景生情的思乡之情。结句"归思"再次与"宦游"对应，可谓章法细密。

赏析

虚词的使用，是这首诗备受人们赞美的地方，如"独有""偏惊"。第一句以"独有"来表明宦游人的身份，宦游人并非只是诗人自己，还兼指陆丞。虽说"独有"，但一开始诗人们并没有感到特别忧伤，不然就不会出现"偏惊"二字，是物候的瞬息生发令平和的心情陡然产生震惊。这两组虚词很好地表现出由物引起的情感变化。中间两联对仗极为工稳，不仅色彩对应得很工整，而且通过动词的巧妙使用，呈现出变化的意味：如"出""渡"有渐变于无痕之感，"催""转"则有迅速变化的意思。这首诗的章法和对偶都很巧妙，所以被明人胡应麟誉为"初唐五律第一"。

引申

"淑气催黄鸟，晴光转绿蘋"中的"催"与"转"是催促、动摇之意。春天温暖的气息催促黄莺婉转歌唱，晴好的阳光摇动着蘋草由黄变绿，都是拟人手法。杜牧《洛中》诗里的"风吹柳带摇晴绿"，与这句是同样的构思。

张若虚

　　张若虚是扬州人，生活在显庆、开元年间，生卒年不详。他曾任兖州兵曹，与贺知章、张旭、包融并称"吴中四士"。他的生平后人所知不多，也没有留下个人专集。现存唐人选的唐诗集中都没有收录《春江花月夜》，因为它采用的是乐府旧题，被《乐府诗集》保存下来，直到明代才得到人们的充分重视。现在见于《全唐诗》的张若虚作品仅《春江花月夜》《代答闺梦还》两篇，但这并不妨碍《春江花月夜》得到"孤篇盖全唐"的美誉。

春江花月夜

春江潮水连海平，海上明月共潮生。

滟滟随波千万里，何处春江无月明。

江流宛转绕芳甸，月照花林皆似霰。

空里流霜不觉飞，汀上白沙看不见。

江天一色无纤尘，皎皎空中孤月轮。

江畔何人初见月？江月何年初照人？

人生代代无穷已，江月年年只相似。

不知江月待何人，但见长江送流水。

白云一片去悠悠，青枫浦上不胜愁。

谁家今夜扁舟子？何处相思明月楼？

可怜楼上月徘徊，应照离人妆镜台。

玉户帘中卷不去，捣衣砧上拂还来。

此时相望不相闻，愿逐月华流照君。

鸿雁长飞光不度，鱼龙潜跃水成文。

昨夜闲潭梦落花，可怜春半不还家。

江水流春去欲尽，江潭落月复西斜。

斜月沉沉藏海雾，碣石潇湘无限路。

不知乘月几人归，落月摇情满江树。

○**春江花月夜**：春江花月夜是乐府旧题。诗题中的春、江、花、月、夜五种意象，就是本诗中描写的自然景物。诗的开头前八句一一点明，然后用月亮把五种景物串联起来，写出空灵飘逸的春夜之美。

○**江天一色无纤尘**：江天一色是浑然一体的纯色，干净得连一点尘埃都没有。这里用通透的色彩和无尘的状态来写明净的世界。

○**谁家、何处**：开头用疑问词起句，问的不是一个确切的对象，也并不要得到一个确定的答案。诗人不过想借这个追问，写出普天下人们共有的离愁别绪。

破题

这首诗以明丽的形象与轻快的节奏，将自然的美景、诗人的遐想与人间的相思交织一处，无限与有限，永恒的宇宙与短促的人生，春景之美与离人之愁，在诗中达到了巧妙的平衡。这种浑然一体的诗歌境界不多见，所以清人王闿运称赞它"孤篇横绝，竟为大家"。

赏析

这首诗通过春、江、花、月、夜五景宛转相生，以月光作为贯穿的景物，由景到理，再由理生情。景既是整首诗美轮美奂、空灵蕴藉的环境氛围，也是人生哲理的源起。在浩渺的江边感受到自然的永恒、人生的短暂，继而通过江月景色及其所传递的情谊，从哲理感悟过渡到对具体人生的感叹，最终落于一种哀而不伤的情绪。

于是自然景物和人生哲理交织在一起，统一在淡淡的哀愁之中。一方面通过诗歌韵律的轻快节奏，平仄转韵相交替，中间很长一段以平声接平声，使内心情感和诗韵相结合，表达出缠绵婉转的情绪。另一方面，诗人在认知过程中，写短暂的人生和无限的宇宙、人类的有情与自然的无情之间的矛盾，从惊奇、迷惘中悟出人生哲理，却并不悲观。各种内容的相互交织与平衡，以及由此实现的境界之美，成为这首诗最被称道的地方。

引申

"鸿雁长飞光不度，鱼龙潜跃水成文"：鸿雁、双鲤鱼、月光，都是古代人们认为可以捎信与传递信息的典型物象。古人经常把书信放在木制的鱼形匣子里，所以古诗《饮马长城窟行》中说："客从远方来，遗我双鲤鱼。呼儿烹鲤鱼，中有尺素书。"早在南朝人谢庄的《月赋》中就说"隔千里兮共明月"，认为彼此的情谊可以通过月光传递，本诗中的"愿逐月华流照君"就是这个意思。

贺知章

贺知章（约659年—约744年）少年的时候就很会写诗，是绍兴历史上第一位有资料记载的状元郎。他与张若虚、张旭、包融并称"吴中四士"，与李白等人合称"饮中八仙"。他为人放旷不羁，许多逸事都和酒有关。杜甫《饮中八仙歌》称"知章骑马似乘船，眼花落井水底眠"，就是写他醉态可掬的样子。他还曾经用官员的配饰金龟换酒，来招待初到京城的李白。所以他去世后，李白在《对酒忆贺监》中赞他"四明有狂客，风流贺季真"。

就是这样一位狂客，在他留存下来的诗作中最脍炙人口的，却是清新又温柔的《咏柳》和《回乡偶书》，足以见他不羁外表下丰富细腻的内心世界。

咏柳

碧玉妆成一树高，万条垂下绿丝绦。
不知细叶谁裁出，二月春风似剪刀。

○**碧玉**：用女子的体态来形容柳树。碧玉可以是实指，像南朝民歌中的《碧玉歌》，最早咏唱的就是汝南王的爱妾碧玉，又可以是虚指，像孙绰《碧玉歌》中的"碧玉小家女"就成了成语，指小户人家的美丽女子。此外，它还和柳树的颜色相一致。这个拟人用得生动形象，内涵丰富。

○**丝绦**：丝编织的带子或绳子。不仅准确地描绘出柳枝长条的飘逸状态，还在自然而然之间衔接起上下文。第一句说到碧玉，这里便接着说到女子裙上的饰物。既然丝绦属于衣物，那么就顺势联想起裁剪和剪刀。

破题

这首小诗咏柳树，诗人用恰到好处的比喻，把杨柳优美的形态描绘出来。又用拟人的手法和疑问的句式，引出让柳枝起舞的春风，使得春色更为活泼。通过从整体到局部的描写，将柳树的色彩、形态、生机一一表现出来。

赏析

这首诗内容很简单，没有涉及与柳树相关的风俗，也没有暗喻深刻的人生，就是单纯写柳。比喻和真实的景物虚实结合，既容易理解又很贴切。

比如第一、二句中"碧玉""妆成"和"绿丝绦"是用女子及其衣饰形容柳树，同时"一树高""万条垂下"又是实实在在的植物本色。这是从整体、从远处写柳树，突出的主要是体态和通透的绿色。三、四句由远及近，"细叶"是实指，以"谁裁出"一句设问，将它和前面的"丝绦"联系起来。"二月"是实指的时间，春风就像剪刀一样裁出了柳叶的精巧，催生了万物。这个初春的变化便通过"妆成""裁出"这两个动词表现出来。

这首诗能够打动人们的地方就在于，它通过丰富的想象力和恰如其分的修辞手法，准确地抓住柳树最重要的特征，一是千丝万缕的垂柳体态，二是忽然转绿的变化，从而使人由衷地感受到春天的美丽，心生喜悦。

回乡偶书

少小离家老大回，乡音无改鬓毛衰。
儿童相见不相识，笑问客从何处来。

○回乡：古人常常少小离家，为了生活和做官背井离乡，所以怀乡、思乡一直都是古诗中强烈而深沉的感情。

○乡音：久客归来，看到故乡的很多事物都会感到亲切，尤其是多年在外还没有忘记而又很少听人说起的乡音。诗人听到乡音，于是生发了乡音未改而年事已衰的感触。

破题

诗人在八十六岁的时候衣锦还乡，诗中不写世俗羡慕之情，只写作为久客他乡的游子，回到故乡的真实心情。乡音从未改变而人已老去，本应感到忧伤，却因为天真的儿童笑着问他是谁、从哪里来，内心的愁苦得以冲淡。

赏析

诗人小时候就离开故乡，年纪很大才归来，听到周围大家都在讲家乡话，就情不自禁地也和家乡人讲起家乡话来。这个小小的发现，暗示的其实是这几十年怀乡的深沉情感，同时铺垫出容颜变化的原因，即时间的跨度。

第二句"鬓毛衰"扎扎实实地说出了容颜的变化。离家这么久，人事有许多变化，诗人只选了这一种。一来和第一句相呼应，二来直接开启了三、四句充满童趣的追问。多年不回乡，年轻一代早都不认识他了，惊奇他说着一样的家乡话，不免热情地招呼起来。

这首诗通过具体而微的两种变与不变，串联起整篇。通过未变的乡音与已变的衰颜之间的相互衬托，既写出深情，也带出童趣化解了惆怅。

引申

诗中用有趣的小场面冲淡了年华逝去的哀愁，苏东坡《纵笔》同样使用了这种方法："寂寂东坡一病翁，白头萧散满霜风。儿童误喜朱颜在，一笑那知是酒红。"诗人明明既老且病，不过借酒排遣寂寞，孩童却天真地认为他的身体很好，脸上泛着健康的红润。要注意的是，这种写法不是说诗人真正地消解了哀愁，而是为了使诗歌的感情表达不会因为过于直白或沉重而失去美感。

王翰

　　王翰（687年—726年）恃才放旷，风流不羁，进士及第后仍然天天饮酒作乐。他因家中富有，养名马，蓄妓乐，自比王侯，对同辈态度很傲慢，因此遭人嫉恨。欣赏他的宰相张说（yuè）被罢免后，王翰也就被贬出京城。到了贬谪的地方，他依然聚众玩乐，于是被一贬再贬。王翰的豪放不羁令他仕途坎坷，却成就了他文学作品中的个性。

凉州词

葡萄美酒夜光杯，欲饮琵琶马上催。
醉卧沙场君莫笑，古来征战几人回？

○凉州词：凉州在今天的甘肃，是古代中原与西域间的交通枢纽。凉州词原属于乐府歌词，按凉州当地的乐调歌唱。

○葡萄美酒夜光杯：起首一句非常顺畅。葡萄美酒是西域特产，而传说中的夜光杯也是西胡进献给周穆王的，两种物品都与凉州相关。不仅如此，醇香的美酒和精美的酒杯都给人充满美感的体验。

○催：因为一个"催"字，诗中气氛从舒缓平静的饮酒之乐变得突然紧张起来，将沙场战事的生死威胁推到眼前。仅四句诗却能富有抑扬的节奏变化，这个"催"字起着很重要的转折作用。

破题

这是一首边塞诗，诗人从侧面表达了对战争的看法。诗中没有直接与战争，而是先从饮酒写起。美酒斟在宝杯中，正要开始畅饮，谁知琵琶突然催促出发，不能尽兴饮酒。由此展开征人的设想，如果喝醉倒在沙场上，会被别人笑话吧？然而此去九死一生，尽情一番又有什么关系呢？明明十分沉痛的心情，却用豪迈的语言表达出来。

赏析

这首边塞诗广为传唱，在于它既有态度，又不放纵感情。

最后一句"古来征战几人回"，诗人在控诉战争的苦难，没有直接说出来，而是通过一句不需要回答的设问，曲折隐蔽地表达态度。

走向充满死亡的战场，沉痛的心情又是如何收敛的呢？先是用美酒和酒杯的色彩掩饰了出征送行的悲壮，继而用"醉卧沙场"的自我调侃，代替了马革裹尸的血腥想象。诗中满满的情绪，正是需要从文字背后慢慢品读出来的悲怆。

引申

边塞诗是唐诗中很重要的题材，表现的思想感情多种多样，如陈陶的《陇西行》："誓扫匈奴不顾身，五千貂锦丧胡尘。可怜无定河边骨，犹是春闺梦里人。"这首诗着重写战争的惨烈及其对于普通人的创伤。征人是国家的战士，更是谁家的儿子、丈夫。《陇西行》三、四句正是落在后一种身份上，写家中妻子不知征人已死，梦中仍然思念。

高适

高适（700年—765年）性格狂放，有强烈的进取之心，但大器晚成。他青年时代漫游长安、燕赵，努力追求功名，一直没有收获。年近五十他才做了封丘尉，三年后弃官而去，到河西节度使哥舒翰帐下担任掌书记。安史之乱中高适协助哥舒翰把守潼关，护送唐玄宗过蜀道前往成都避难，后来一路建功立业，官运亨通，是唯一封侯的盛唐诗人。

高适最经典的作品写于安史之乱前，追求不朽功名的艰辛和怀才不遇的遭遇，筑就了诗歌的悲壮慷慨之美。

别董大·其一

千里黄云白日曛，北风吹雁雪纷纷。
莫愁前路无知己，天下谁人不识君？

○**千里黄云**：漫天黄沙延伸到千里以外，而远处天地相接，就好像云也是黄色的。这句写空间的辽远阔大，看似没有说荒凉，但千里黄沙自然是荒凉冷落的。

○**莫愁**：董庭兰（董大）擅长的七弦琴是古乐，而当时盛行胡乐，欣赏的人并不多，所以他的前途本来是令人发愁的。"莫愁"二字正是跳脱的地方，上接荒寒壮阔的风光，令人顿觉前路光明。

○**天下谁人不识君**：与王勃的"海内存知己，天涯若比邻"用意略同，足以鼓舞人心。与此相反，中唐诗人孟郊说"出门即有碍，谁谓天地宽"（《赠别崔纯亮》），取境狭窄，高下立判。

破题

这首诗是赠别诗，送别唐玄宗时代著名的琴师董庭兰。诗中一反表达离情别绪的寻常写法，以开朗的胸襟、豪迈的语气面对离别，鼓励前行的朋友对未来怀抱希望。

赏析

送别诗的基本元素，从客观信息来说包含送别的时间地点、前程路途等情况，从主观感情上来说往往有惜别的情绪，从诗的功能上来说还有祝福的意味。

第一、二句属于客观信息中的景物描述，主要渲染荒冷的外部环境：不仅黄沙漫天，而且天色已晚，北风吹雁，大雪纷纷落下。黄沙、日光颜色暗沉，北风凄厉，雪花漫天，诗人用色彩和声音烘托出气氛。

第三、四句属于祝福。在这样荒凉的情境下出发，何况这位身怀绝技的琴师未必能得到人们的赏识，诗人要如何表述，才能使这首诗不落俗套？"天下谁人不识君"，既是诗人对董大琴技的高度肯定，也是对"莫愁"的充分解释。三、四句以大开大合的评论，一扫一、二句的荒冷，反将其转化为壮阔天地的雄浑。

引申

《别董大》共有两首，第一首被人们广为传唱，尤其"莫愁前路无知己，天下谁人不识君"一句，成为多少少年人的互相鼓励与期许。第二首就不太为人们熟知了，诗中写道："六翮飘飖私自怜，一离京洛十余年。丈夫贫贱应未足，今日相逢无酒钱。"将贫贱之交写得很真诚，同样有不羁之处，但过于写实，难免自伤自艾。远不如第一首表现出来的胸襟和气魄令人耳目一新，也就难怪接受程度差别很大了。

王之涣

　　王之涣（688年—742年）少负侠气，常常击剑悲歌。他三十九岁时因遭人诽谤辞去小官，居家度日，专心写诗。开元年间他与王昌龄、高适等人相互唱和，诗名大振。五十五岁时王之涣再入官场，为官清白公平。墓志铭称他"慷慨有大略，倜傥有异才"。

　　王之涣现存诗仅六首，《凉州词》《登鹳雀楼》二诗沉雄浑厚，气象阔大，在当时传唱极广，反映出盛唐诗人的胸襟。

登鹳雀楼

白日依山尽，黄河入海流。
欲穷千里目，更上一层楼。

○**鹳雀楼**：故址在蒲州（今山西永济），始建于北周，是位于黄河东岸用于瞭望的戍楼。

○**白日依山尽，黄河入海流**：太阳在群山间落下，动词"依"在赋予太阳和群山以人类情感的同时，将视线的外沿拉到天的尽头。黄河向着大海东流而去，"入"字则有一种遥远的延伸感。两个动词一个向天边贴合，一个向无限延展，将眼前景扩大为广阔的空间，与下句"千里"正相呼应。

破题

作者在傍晚时分登上雄伟的鹳雀楼，以开阔的胸襟描绘出黄河岸边这幅壮丽的山河图景。后两句寓意很深，通过个别事物表现出普遍性的人生哲理，一向被人们用来作为站得高、看得远的生动比喻，表达积极进取的人生态度。

赏析

这首诗被认为是唐代五言诗的压卷之作。绝句按理不需要对仗，但这首诗四句都对得很工整，而且取景自然。"白日"对"黄河"，都是眼前看到的景色，白色和黄色还形成了颜色的对仗。第三句"欲穷"二字，把诗的境界从自然景物提升到人生感悟，通过一个"欲"字，从客观描写自然过渡到个体的情感追求。"欲穷"与"更上"都是以副词修饰动词，"穷"是横向的无限，"上"是纵向的无限。

这首诗可谓有尺幅千里之妙，体现了盛唐诗人的胸襟。

引申

通过对自然环境的考察而表达出一种哲理，是古典诗歌中常用的方法之一。登山临水之间，杜甫说"会当凌绝顶，一览众山小"（《望岳》），苏轼感叹"不识庐山真面目，只缘身在此山中"（《题西林壁》），陆游惊叹"山重水复疑无路，柳暗花明又一村"（《游山西村》），这些都是诗人们从生活体验中提炼出来的人生哲理，从体验到归纳，往往伴随着强烈的情感，能从情中见理，寓理于情。

凉州词

黄河远上白云间，一片孤城万仞山。
羌笛何须怨杨柳，春风不度玉门关。

○**黄河远上白云间**：形容黄河上游地势很高，和李白"黄河之水天上来"（《将进酒》）同义。

○**孤城**：指凉州（今甘肃武威）。万仞山中的一片孤城，精彩地写出荒寒中的要塞风貌，与范仲淹词"千嶂里，长烟落日孤城闭"（《渔家傲》）境界相同。

○**杨柳**：指羌笛吹奏的乐曲《折杨柳》："上马不捉鞭，反折杨柳枝。蹀座吹长笛，愁杀行客儿。"因柳与留谐音，所以古人有折柳相送的风俗。折柳赠别的风俗与羌笛吹奏的伤离乐曲合而为一，便将"怨"字烘托出来。

破题

这首诗描写出塞远征的士兵们在渐行渐远的路程中，所感受到的愈来愈深重的愁怨。前两句境界开阔苍茫，在征人面前展开了一幅塞外风光，后两句由征人所见所闻转入所思所想，写尽征战辛苦与离别之情。

赏析

在这首诗里，我们看到很多生活中的真实。比如征人的空间移动路线：他们一路西行，先走到崇山峻岭间的孤城凉州，再往西出玉门关。又比如唐代折柳相送的社会风俗，《折杨柳》乐曲的流行，以及唐代羯鼓、羌笛、胡琴等胡乐的盛行。

一路荒寒都是真实，但是看到像从云端挂下来的黄河，这就是艺术虚构。有人说应该是黄沙，"河"与"沙"确实有可能因为字形相近出现混淆，但诗歌的意境一下子就会因为过于质实而失去美感。虽然黄河并不存在于现实的画面中，可是它所形成的空间感和荒凉的感受却是真实的，并且具有强烈的感染力。第一句写山川的雄伟，第二句写荒冷的境遇，都是为了烘托出征人心里曲折的情感，只要能达成这种艺术效果，是可以适当进行艺术夸张的。

引申

诗人常常从音乐中获得诗情。王之涣听了《折杨柳》，对征人之苦感同身受，写下《凉州词》；高适听羌笛曲《梅花落》，写下《塞上听吹笛》记塞上风光和战士生活。前者借杨柳说春风不度，写关塞遥远；后者借问梅花落于何处，想象"风吹一夜满关山"。两首诗都是在音乐的激发下，巧妙地以家乡景物写出塞上征人的思乡情感。

孟浩然

孟浩然（689年—740年）是襄阳人，山水田园诗人，与王维并称"王孟"。他性爱山水，早年住在鹿门山时，常常泛舟往来于鹿门与襄阳之间。

孟浩然一直很想走仕途。他曾在洛阳寓居三年，希望有机会被推荐给居住在那里的玄宗皇帝。公元728年他一入长安，与王维、张九龄等人交游，以诗名动京城，可惜应举落第。六年后他二入长安，依然报国无门。于是有了流传很广的小故事，说当他终于遇到皇帝的时候，吟出自己的得意之作"不才明主弃，多病故人疏"，没想到他的切身感受触犯了皇帝，皇帝说："朕未曾放弃人才，只是你自己不求上进！"从此孟浩然失去了仕进的机遇，后来他漫游江南，修道归隐，走向山水，一生都没有做官。

春晓

春眠不觉晓，处处闻啼鸟。
夜来风雨声，花落知多少。

○处处闻啼鸟：雨后晴好，鸟儿啼叫，这符合生活的经验。"处处"二字更突出了春天的勃勃生机，同时点出春睡醒来的原因。

○花落：全诗像一首乐章，夜晚时分有风声雨声，有花落下的沙沙之声，清晨则有欢快的鸟鸣之声。文字是静态的，却写出春天的种种声息、动静，使得小诗灵动又隽永。

破题

这首诗平易浅近，自然天成，写诗人在一个春日清晨的所闻所思。在晨起的片段中，他听到了春日清晨欢快的鸟啼，又用倒叙手法回忆起昨夜的春风春雨，担心繁花零落，表现出爱春、惜春之情。

赏析

诗人的情感流动看似平淡，其实暗含着丰富的心理活动。

醒来听到鸟叫，随即感受到春天的美好，"处处"二字洋溢着欣喜。"夜来"二字表明时间上的突然倒转，由夜里的风雨继而惋惜花落。

春天既灿烂又易衰败，向来很容易激发诗人的情感，相比辛弃疾"惜春长怕花开早，何况落红无数"（《摸鱼儿》）的直抒胸臆，本诗以"知多少"设问而不答，不说尽亦不说透，情感表达要含蓄曲折许多，故而显得更有韵致。

引申

以小见大，以部分代整体，是小诗写出韵致的方法。本诗通过听到的鸟声，由室内推及室外的广阔春景。宋人叶绍翁的"春色满园关不住，一枝红杏出墙来"（《游园不值》），并不正面写满园春色，而是通过所见，落笔在一枝益然生长的红杏上。二诗都是通过对局部鲜明特征的描述，将春天的气息充分地展现出来。

宿建德江

移舟泊烟渚，日暮客愁新。
野旷天低树，江清月近人。

○**烟渚**：建德江即今新安江，"烟渚"就是晚烟中的小洲。烟水迷离，正是夜暮时分的江上景色。

○**客愁新**：行旅中的客愁是人之常情，加一个"新"字，就知道诗人在乡愁之外别有寄托。这首诗作于诗人自洛阳至吴越的途中，在洛阳三年求仕未果，不免落寞。他还写下过更直抒胸臆的诗句："皇皇三十载，书剑两无成。山水寻吴越，风尘厌洛京。"（《自洛之越》）二诗对看，就能理解他此时此刻暗含的心情了。

○**野旷天低树，江清月近人**：纵目望去，在辽阔的原野上，远处的天空似乎反低于树木，而月影映于清江之中，好像也比天空中的月亮距人更近一些。这种感受很真切，和诗人宿于船上的视线焦点密不可分。

破题

本诗前两句交代小船泊岸的缘由，时间是日暮，地点是建德江上的小洲，点题《宿建德江》。后两句融景入情，先写遥天无际，前路渺茫，再写月影多情，慰人寂寞。

赏析

这首小诗融情入景。在中国古代文学作品鉴赏中通常会说"凡景语皆情语"，就是说描写景物的诗句往往和感情相互呼应、相互催生。之所以会出现天低于树的视觉效果，是因为天地之间的"旷"；之所以觉得月与人相近，是因为江水清澈而月影分明。在这样清旷的视野中，烟水缥缈，四顾安静无人，仿佛置身于孤零的世界，于是更加衬托出"客愁"。精练的用字不仅精准地描绘出景物，还更有效地将情致映射出来。

过故人庄

故人具鸡黍，邀我至田家。

绿树村边合，青山郭外斜。

开轩面场圃，把酒话桑麻。

待到重阳日，还来就菊花。

○**绿树村边合，青山郭外斜**：写村庄的风景。村四周种满了树，如同合围。城墙依山而建，地势高，村在城外，地势低，所以青山看上去就像"斜"的。"合"与"斜"两个动词既富动感，又准确地描述了村边青山绿树的样子。

○**轩**：古代建筑中有窗户的长廊或小屋，这里指的是窗户。打开窗便可借景，窗外近处是打谷的场子，远处是绿树青山，画面很有层次感。

○**待到重阳日，还来就菊花**：农历九月九日重阳节，习俗是登高饮菊花酒。诗人和朋友在酒桌上约定，重阳再来相聚。

破题

这首诗写诗人到农村做客的情形，反映了乡居生活宁静的一面。用干净的语言，取眼前景，用口头语，平淡地叙述真实的农家生活，富有温暖的人情。

赏析

留意一下诗中的叙事特征，它讲述了一个完整的事件。

开篇一、二句是村中主人发出邀请、准备待客的菜饭，热情洋溢的主人出场。三、四句是客人到访，从他好奇的眼中看到小村风光，是开端的延续、高潮的铺垫。

五、六句写饮酒吃饭，提及开窗这个动作，既富生活气息，又避免了叙事空间的狭窄和单调。诗中还写到谈话的内容，宾主之间不谈国家大事，不谈风雅诗文，农家最关心的就是农作物的收成，"话桑麻"三字说明这首诗写田园不是为了标榜隐逸山水，而是书写真正的农家生活。

最后两句是做客的尾声，话别时定下新的约定。因为点出了重阳节、菊花酒，就使这种习见的客套话变得具体、有情境感。温暖而悠长的人情，使得这首小诗的意韵没有在做客一结束就戛然而止。

望洞庭湖赠张丞相

八月湖水平，涵虚混太清。
气蒸云梦泽，波撼岳阳城。
欲济无舟楫，端居耻圣明。
坐观垂钓者，徒有羡鱼情。

○**八月湖水平，涵虚混太清**：首句点明时间和地点，八月里，洞庭湖秋水盈满。第二句是整体描述，"涵虚"形容湖面占有广阔的空间，"混"指水天连成一片。

○**气蒸云梦泽，波撼岳阳城**：云梦泽是古代湖北地区著名的沼泽。这里是说洞庭湖非常雄伟，云气蒸腾可以远达云梦泽，波涛汹涌足以摇撼岳阳城。"蒸"与"撼"两个动词，将水气的浩大与波涛的力度都形容得很大气。此联非常壮丽，与杜甫"星垂平野阔，月涌大江流"（《旅夜书怀》）的气魄相似。

破题

浩荡的洞庭湖激发了诗人入仕进取的壮怀，使他写下诗篇，献给丞相张九龄，希望得到推荐，获得赏识与录用。作为一首求官的干谒（yè）诗，诗人对求请的对象有明确的请托意图，但将分寸感拿捏得很得体，不卑不亢。

赏析

唐代干谒之风很盛，干谒就是通过投递诗文，向有权势的官员推荐自己，希望获得录用。孟浩然是终身不仕的隐士，但甘于当隐士的人，写诗通常局限于眼前狭小的景象，如贾岛的"行蛇入古桐"（《题长江》），而有入世之心的隐士，则会被雄浑壮丽的景色深深打动，比如这首诗的写景部分气势就非常壮阔。

既然有入世之心，那么如何表达又不失身份，就成了很有技巧的事情。五、六句由眼前景物想到自己，前句是比喻引申，说想渡河却没有船和桨，后句是直陈其事，说自己过着安闲的生活实在愧对皇帝。七、八句说自己没有钓具，对他们钓到了鱼只好徒劳地羡慕了，这是暗示自己因为无人推荐，不能为国效力。

就这样，诗人通过比喻的手法，既表白了求荐的心曲，也保持了文人的体面。

引申

李白心目中的孟浩然是位飘逸洒脱的隐士，他在《赠孟浩然》中说："吾爱孟夫子，风流天下闻。红颜弃轩冕，白首卧松云。"而孟浩然笔下的自己却在感慨"不才明主弃，多病故人疏"（《岁暮归南山》），说明他的隐居是迫不得已的，空有入世之心，但是无人赏识。

早寒江上有怀

木落雁南度，北风江上寒。

我家襄水曲，遥隔楚云端。

乡泪客中尽，孤帆天际看。

迷津欲有问，平海夕漫漫。

○早寒：二字出现在题目中，可知这是本诗着重渲染的意境，否则以"江上有怀"为题就可以了。诗中对"寒"的描述比较充分，比如一、二句中的草木摇落、北雁南飞、北风呼啸等。第六句"孤帆"也是印证"早"，因为早所以船只少。

○乡泪客中尽：三、四句写家乡遥远，引起五、六句的怀乡之情。此句五个字，将乡愁层层递进。因为乡愁浓重，不免落下泪来，这是一层。而乡泪已尽，说明漂泊在外的时间很长，思归而不能归，是乡情更深了一层。

○欲：主动的同时表现出试探之意，和本诗真正的主题相呼应，即在仕与隐的矛盾中，对未知的政治前途充满怅然。

破题

这篇诗题为"有怀"，怀想的内容不是乡里或亲友，而是自己的政治前途。欲问迷津，但一眼望过去却是漫漫平海，诗人不禁感到惶惑而迷惘。所以虽然题为"有怀"，实际意思是"感遇"。

赏析

"迷津"即找不到渡口，泛指失去方向，既是眼前景，也是用典。子路问津的故事就表现出隐士们和孔子在隐居与从政之间的观念冲突，而这也正是诗人内心矛盾的地方。

这时诗人大约正漫游在长江下游，前六句是环境渲染，也是情绪渲染。早寒时分，江上清冷，思乡却不得归。直到第七句"迷津"处陡然生出一问，透露出诗人不知所往的迷茫。

诗人面前有两条路。可以回乡，也就是过隐士的生活，可惜"遥隔楚云端"。诗人的故乡襄阳在湖北北部，古为楚地，从长江下游回望，地势很高，所以称为"楚云端"。或者继续前进为仕途奔走，可是"平海夕漫漫"，同样看不到尽头和方向。

全诗紧扣"迷津"二字造境，表现诗人内心的困扰。

引申

本诗首句是从南朝诗人鲍照"木落江渡寒，雁还风送秋"（《登黄鹤矶》）一句化用而来。同样写树叶纷纷落下，大雁南飞，北风呼啸，鲍诗的视角在江边，本诗的视角在江上，所以孟浩然没有用江边的渡口营造气氛，而是通过江上的小船孤帆来写冷寂。二诗对看，就可以看到本诗继承和创新的地方。

王昌龄

　　王昌龄（约698年—约757年）字少伯，边塞诗人，其七绝诗有独到的成就。他是尚气慕侠、纵酒长歌的性情中人，二十多岁时曾在嵩山学道，漫游边塞。他两次登科及第都没有得到与之相称的官职，一度被贬岭南，次年北归改任江宁县丞。因为意气用事，他迟迟不去赴任，在洛阳一住半年，到任后放纵地游历山水。因为行事不拘小节，他屡被贬斥，天宝初年被贬为龙标尉。安史之乱中，他在返回故乡的途中被亳州刺史杀害。

出塞

秦时明月汉时关，万里长征人未还。
但使卢城飞将在，不教胡马度阴山。

○**秦时明月汉时关**：这句是互文见义的写法，即秦汉时的明月、秦汉时的关塞。明月和关塞既是征人眼前看到的景物，又是千百年来战争的证明，由此对景生情，抚今追昔。

○**但使**：这是假设的意思，用想象中的美妙来反衬现实中的缺憾，这种愿望事实上是不可能实现的。"但使"与"不教"相呼应，共同表明古时有、现在无，从而借古讽今。

破题

这首诗没有正面斥责当下无能的人，而是通过赞美汉代的飞将军李广，实现了婉转的批判。出征的士兵一直不能回家，侵略的胡人总是越过阴山，这究竟是什么原因呢？作者回答道：是因为将领太无能，要是有李广那样的将军该多么好！

赏析

  唐代诗人习惯用汉代的人物和故事来比喻或影射本朝人物和故事。首句就通过互文见义的方法，延续了从汉到唐的边境战争历史。在感叹现实中没有良将的时候，也用了汉代名将李广作为参照。

  "卢城"指卢龙县（今属河北），也有的诗歌版本作"龙城"。龙城是匈奴单于祭天的地方，李广不可能驻守在那里，这是由于音近而在传播中造成的错误。李广当时是右北平太守，右北平在唐朝的北平郡，治所就是卢城，所以被称为"卢城飞将"。

  写秦汉的明月是为了写唐代边事，赞美汉代将军是为了讽刺当下边境无人。以汉说唐，焦点都是唐代人事，这一点并没有因为写汉代的景物和人物而发生转移，有效形成了含蓄的讽刺。

芙蓉楼送辛渐

寒雨连江夜入吴，平明送客楚山孤。
洛阳亲友如相问，一片冰心在玉壶。

○**寒雨连江**："寒"点出时间在秋冬之际，"连江"形容雨势平稳连绵。通宵夜雨既烘托了离情，也铺垫了诗人被冤枉后无法自白的委屈与郁闷。

○**一片冰心在玉壶**：比喻个人品德纯洁清白，化用自南朝诗人鲍照的"直如朱丝绳，清如玉壶冰"（《代白头吟》）。和温庭筠"水精帘里颇黎枕"（《菩萨蛮》）、李商隐"水精如意玉连环"（《赠歌妓二首·其一》）一样，都是用透明纯净的冰、玉、水晶等作比喻，写出想象中最明洁的境界。

破题

这是一首送别诗，地点在镇江芙蓉楼。当时诗人从被贬的地方回到江宁（今江苏南京），友人辛渐正要前往洛阳，所以诗人特别叮嘱他：如果有亲朋好友问到自己，那么就请代为说明，我是清白无罪的，被贬不是由于我的过错。

赏析

第一句写景，同时引起前夜饯别和一夜风雨的情况。第二句写送客，古代吴、楚相连，辛渐由吴去楚，沿江向西而去再北赴洛阳。从"楚山孤"三字开始，就以现实为基础展开了想象，假想辛渐旅途的寂寞。三、四句顺势推进，想象辛渐到达洛阳后，亲朋好友来探听诗人的近况，由此引出请辛渐带话：我是清白无罪的。

诗人借用冰壶自证清白，既委婉又有力量。自南朝诗人鲍照开始，诗人们就喜欢用冰壶自比光明磊落。唐代开元时期的宰相姚崇写过《冰壶诫》，王维有诗《清如玉壶冰》，李白诗云"为邦默自化，日觉冰壶清"（《赠范金卿二首》），都是用冰壶的通透澄澈来比喻人品的纯正高洁。所以和普通送别诗相比，这首诗赠别的意味少，主要目的是自我表白。

引申

诗人为送别辛渐共写了两首诗，本诗是第一首，第二首写道："丹阳城南秋海阴，丹阳城北楚云深。高楼送客不能醉，寂寂寒江明月心。"两首诗形成一个倒叙的叙事结构，第一首写清晨送别，第二首写前晚饯别，主要描述情景，于景中有不舍之情。第一首更为人们广为传唱，原因在于前两句精练地交代了事情和环境，后两句作为诗人至诚的心意表白，更显动人。

从军行·其四

青海长云暗雪山，孤城遥望玉门关。
黄沙百战穿金甲，不破楼兰终不还。

○长云：布满长空的云。长云和流云相对，是横亘在天上不动的云彩，大片地挡住了太阳，于是达到了使雪山暗沉的效果，这也是高原地区的景象。

○楼兰：汉代的西域诸国之一，曾和汉作战，唐时已不存在，这里用它指代西北地区和唐王朝作战的各族。诗中将新疆楼兰和青海湖、甘肃玉门关组合在一起，共同呈现出广袤的地理山河。

破题

《从军行》是乐府歌辞的旧题，主要描写军旅战争。王昌龄这组诗一共七首，从不同角度反映了当时边塞上的军事状况，书写远征军人的生活和情感。这首诗主要讲述征人们保卫边疆，在艰苦的条件下保持昂扬的斗志和热情，下定决心完成保卫国家的任务。

赏析

这首写边塞的七绝诗不仅风格雄浑、意境开阔，而且善于用鲜明的景物刻画出征人的内心活动。一、二句写景，从现实情况来看，战场不可能同时包含新疆楼兰、青海湖和甘肃玉门关，这是夸张手法，为了铺陈战场的广阔，以及渲染边地的战争气氛。

第三句写激烈的战争，通过一件铠甲以小见大，说明战事频繁。"金甲"赋予沙场以色彩，不说九死一生，只说百战沙场，那么戍卫工作的繁重、奔走的艰辛就自然而然地表现出来了。最后一句写征人们的忠勇，前面铺垫了许多辛苦，至此仍然不曾磨灭他们的雄心壮志。通过程度副词"终"，双重否定"不破""不还"，进一步表现了他们坚定的决心和意志。

这首诗反复用景和物造势，最终推出征人们的誓言——不破楼兰终不还。全诗既写出开阔雄浑的边塞气象，也表现出征人们伟大的胸襟与气魄。

引申

在这组诗里，征人们既有柔情的一面，又有铁血的一面。比如第二首"琵琶起舞换新声，总是关山旧别情。撩乱边愁听不尽，高高秋月照长城"，就是写他们消除不去的思乡愁苦。作为家人他们是多情的，作为征人他们不负家国责任，誓死保卫家园，终于在第五首中赢得了"前军夜战洮河北，已报生擒吐谷浑"的胜利。

崔颢

崔颢（约704年—754年）在唐玄宗开元年间考中进士，曾经游历天下。他的早期诗风比较浮艳，晚年奔赴边塞，诗风变得慷慨而有风骨。他精心钻研诗歌文字，生病的时候朋友曾经取笑他："你怕不是因生病消瘦的，而是辛苦吟诗瘦下来的。"可见他对字句的锤炼很有追求。他最出名的作品就是《黄鹤楼》，传说李白也对这首诗甘拜下风，说："眼前有景道不得，崔颢题诗在上头。"

黄鹤楼

昔人已乘黄鹤去，此地空余黄鹤楼。

黄鹤一去不复返，白云千载空悠悠。

晴川历历汉阳树，芳草萋萋鹦鹉洲。

日暮乡关何处是？烟波江上使人愁。

○**黄鹤楼**：在今湖北武汉的蛇山上，俯瞰长江，与湖南岳阳楼、江西南昌滕王阁齐名。

○**黄鹤**：诗中一共出现了三次黄鹤，律诗中很少这样不避重复的。第一句用仙人乘鹤的传说，引起人去楼空的感受，呼应楼名。第三句以黄鹤一去不返为重点，拉开时间的历史纵深感。虽然用字重复，但引起的诗意有层次，文气贯穿，一气呵成，不受格律拘束。

○**晴川**：晴朗的平原，即江对面武汉三镇之一的汉阳。只有在晴好的阳光下，才能远眺到清晰的树木、茂盛的芳草，草木郁郁葱葱的视觉效果也和"晴"字相关。

○**烟波**：烟波迷茫，既实指傍晚时分的江景，又是内心愁绪的外化。

破题

仙人、黄鹤都已远去，留下空荡荡的黄鹤楼，千百年来只有白云悠悠。如今阳光下的江边草木一片葱茏，傍晚时分的江上烟波令人忽然生出乡愁。这首诗因登楼而动乡思，主题常见却气象阔大，颇见风骨。

赏析

前四句讲黄鹤楼的典故，却不拘泥于传说本身，而是抓住黄鹤、仙人一去不返这个点，形成世事茫茫的沧桑感。五、六句描述所见之景：黄鹤楼在长江边，面对壮阔的江景，诗人的目光却越过江水，直看到江堤和江中小岛上的草木。当前四句将往事扫空，这里便生出无穷的生机，使感情不会沦于虚无，暗蕴着盛唐式的积极人生态度。七、八句激起乡愁，点明时间是傍晚时分，与江上烟波相互呼应。"愁"字点到即止，不再深入下去。

登高远望的诗篇很多，为什么这首诗获得极高的赞誉，甚至令李白甘拜下风？重要的原因就在于它的气象，前四句的历史纵深感、五、六句的生机勃勃，与最末二句的一点乡愁，共同造就了既气势壮阔，又情感沉郁的千古佳作。

引申

敦煌文书中的《黄鹤楼》与现在的通行版本有些不同："昔人已乘白云去，此地空余黄鹤楼。黄鹤一去不复返，白云千载空悠悠。晴川历历汉阳树，春草青青鹦鹉洲。日暮乡关何处在？烟花江上使人愁。"争议最大的地方是第一句"黄鹤"作"白云"。现存唐人选本均作"白云",直到王安石编《唐百家诗选》才出现"黄鹤",后来经过明末清初批评家金圣叹的推崇和《唐诗三百首》的传播,"昔人已乘黄鹤去"终于在清代成为不容置疑的通行版本。

文字在流传过程中,既有传抄错误的可能,也有人为修改的可能,所以孰是孰非一时难有定论。难得的是即使三个"黄鹤"连在一起也并不生硬,反而更见气韵贯通。

王维

　　王维（701年—761年）字摩诘，是唐代杰出的诗人和画家，苏轼赞他"诗中有画""画中有诗"。他十五岁前到过长安游学，对功名充满向往。他曾经奔赴塞外，对边塞生活有了真切的体验。安史之乱中，王维被迫做了伪官，唐军收复京城后他一度下狱，后官复原职直至升迁到尚书右丞，被后人称为"王右丞"。

　　王维笃信佛教，虽然身居要职，但生活清静无为。诗人的隐逸情怀，加上精通音乐和绘画的艺术感受力，成就了他山水田园诗的空明宁静之美。

鹿柴

空山不见人，但闻人语响。
返景入深林，复照青苔上。

○**鹿柴**：辋川别墅中的一景。柴（zhài）同"砦"，用竹条或木条编成的栅栏。

○**空山**：山是空山，又说不见人，两层意思似乎有点重复。但是细想去，空山应该有更大的范围，包含的不只是人迹。"空"字突出了山间安静、空阔的感觉。

○**返景**：反射的光影，指夕照。景同"影"。一线光影射入幽暗的深林，有透视的感觉。

破题

辋（wǎng）川是王维的别墅所在地，他选取了其中许多景物，根据自己的感受，为它们各题小诗一首，《鹿柴》就是其中之一。作者细致地描摹了幽美的景物和自己的心境，表现出自然之美，也处处反映了他隐居生活的情趣。

赏析

我们在深山里的时候，山林很安静，哪怕很远的声音都能听到，但因为树枝、山石密布，视线遮挡，光线黯淡，常常找不到声源。这就是为什么第一、二句会说"空山不见人，但闻人语响"，诗人用简练的语言描绘出生活经验，表现出山林的空灵之感。而山林的动态之美则在第三、四句表现出来。光影从密林上穿过缝隙射入林间，往下照射到地上的青苔，这由上而下的一束光影，便为山林增加了许多动感与生机。

这首诗奇妙的地方在于，虽似无人，而人自在其中。想一想，那不知在何处说话的人，那看到斜晖洒入密林的人，都在发现着自然之美，与山林和谐相处。

引申

在这组诗中，《辛夷坞》也是辋川一景："木末芙蓉花，山中发红萼。涧户寂无人，纷纷开且落。"这个景观是芙蓉花圃，看上去写花自开自落，实则写寂寂无人的幽静清冷，和《鹿柴》描绘的情境是一致的。同时可以看出，诗人对于自然声息的消长、光影的变化，都有着画家般的敏锐观察力。

送元二使安西

渭城朝雨浥轻尘，客舍青青柳色新。
劝君更尽一杯酒，西出阳关无故人。

○安西：唐代安西都护府在今新疆库车，都护府是汉唐时代中原王朝在边境设置的军事机关。元二宦游长安之后前往安西，去程遥远。

○渭城：渭城是西出长安的必经之地，而敦煌境内的阳关则是前往西北的必经之地。从现在所处的渭城，想到将来的阳关，思维的跳跃既有情理可依，又以现实路线为凭。

○客舍：点明这是客中送客。元二从长安出发，王维送他到渭城，稍微停留后再度告别，更添惆怅之情。

破题

这是一首极负盛名的送别诗，曾被谱入乐曲，称为《渭城曲》或《阳关曲》（又称《阳关三叠》），在唐宋时代广泛流传。诗人在渭城送别友人，刚刚下过雨，柳色青青。想到友人西出阳关举目无亲，诗人唯有举杯劝酒，请他暂留片刻，以表深深的惜别之情。

赏析

前两句布景。地点是渭城，时间是早上。诗中有意突出了"朝雨"二字，细雨蒙蒙，沾湿了微细的尘土。一方面天气不好增加了路途的困难和别情的惆怅，另一方面雨水的清润带出柳色的青绿干净。柳是送别的象征，柳色越浓烈，人的别离之情就越浓烈。所以说"朝雨"二字不是等闲用笔，它一气呵成地铺垫出极为丰富的信息。

后两句抒情。用一个"更"字，将此前的殷勤劝酒、此刻的留恋不舍、此后的关切怀念都体现了出来。诗人之所以这么留恋关切，是因为元二一出阳关，就再也没有像自己这样的知己好友了，何况还要越走越远直到安西。想到他将来的艰难险阻，还是此刻在故人面前多饮一杯酒吧！可以说诗人用一个"更"字，完成了前后的交代与联系，将朋友间真挚的情谊表露无遗。

言简意赅，语浅情深，正是这首诗的妙处。

九月九日忆山东兄弟

独在异乡为异客，每逢佳节倍思亲。

遥知兄弟登高处，遍插茱萸少一人。

○**九月九日**：农历九月九日重阳节，是中国的传统节日。因月、日都是九，九是古代最大的阳数，所以又称"重阳"。这天有登高、插茱萸、饮菊花酒、吃重阳糕等风俗。

○**山东兄弟**：王维家居蒲州（今山西永济），当时他在长安、洛阳一带漫游。蒲州在华山以东，所以他称留在故乡的兄弟为山东兄弟。

○**遥知**：通过"遥知"与"忆""思"等动词的配合，从此地遥想彼地，写出想象中的情境，实现了空间的跳跃。

○**插茱萸**：茱萸又名越椒，是一种带有香味的植物。在古代传说中，人们要在九月九日这天登上高处、臂插茱萸才能消灾避难。后来演变成为节日风俗，茱萸改插到头上，游玩之意多过避灾之意。

破题

这是一首千百年来传诵极广的诗，写诗人独在异乡登高过重阳节，由此想到远在家乡的亲人，表达出怀乡思人的情感。"每逢佳节倍思亲"一句朴实无华，却因为恰当地表达出人人心中都有的情感，而成为广泛使用的习语。

赏析

这首诗用极为准确的文字表现出感情的层次。第一句点明作客，说"在异乡"还不够，是"独在异乡"，可见是一个人在外地，再接以"为异客"，就愈发加重了孤寂的气氛。第二句的"每逢"和"倍"也是如此，"每逢"透露出何止在这个重阳节，每次遇到佳节都会产生浓浓的乡情，"倍"字道破其实平时也是思乡的，只是过节的时候更加想念而已。精确的用字让感情越转越深。第三句通过"遥知"将空间转换到家乡，"遍插"之"遍"不仅突出了兄弟们的全体，而且与"少一人"相呼应，突出自己的孤单。

此外，我们还看到诗人在名词概念上的精确递进，比如第二句是"思亲"，"亲"通常指父母，第三句随着空间转换将思念之情从父母推而广之到兄弟们，思念的范围进一步扩大了。

引申

杜甫在《九日蓝田崔氏庄》写道："明年此会知谁健，醉把茱萸仔细看。"诗人对人事难料的深沉感慨尽露无遗，醉看这个动作把醉态、心曲都表现得恰如其分。朱放在《九日与杨凝、崔淑期登江上山会有故不得往因赠之》中说："那得更将头上发，学他年少插茱萸。"以发量渐稀难插茱萸感叹年华逝去。同样是登高插茱萸的风俗，在诗人们的笔下因各自的写法不同而呈现出不同韵味。

使至塞上

单车欲问边，属国过居延。

征蓬出汉塞，归雁入胡天。

大漠孤烟直，长河落日圆。

萧关逢候骑，都护在燕然。

○**使至塞上**：题目交代了作诗的缘起是诗人奉命出使边塞。公元737年春，唐朝大破吐蕃军队，王维被派往塞外慰问。古人做官一旦离开中央，就难免有被排挤出朝廷的意思。于是诗中既写到一路所见的塞外风光，又微微传达出诗人的寂寥之情。

○**居延**：唐代的居延海在汉代称"居延泽"，在今内蒙古额济纳旗北境。有人认为这个地名是实指经过的地方，但也有人认为是虚指，为了表现疆土的广阔。

○**征蓬**：蓬草枯死后被风卷起，到处飞旋，所以常称为"飞蓬"。古人用飞蓬来表现人生的漂泊无定。和战事相关的远行，就称为"征蓬"。此处为诗人自喻，明明是出使，却说漂泊无定，可见内心有些小小的埋怨。

破题

这首诗以完整的结构写出了使至塞上的全过程。第一、二句交代行程线路，第三、四句写塞外感受，第五、六句描绘塞外风光，第七、八句交代到达塞上。通篇布局合理，但独绝千古的还是"大漠孤烟直，长河落日圆"一联，表现出塞外风光的雄浑壮阔之美。

赏析

这首诗的第三联被王国维称为"千古壮观"，是唐诗中炼字的典范。以"大"形容沙漠，形成广袤的视野。以"孤"形容烟，衬托出塞外的荒凉孤绝。以"直"字延伸出自下而上的空间感。以"长"形容河，充满了直到天尽头的意味。太阳是落日，既有光彩又清冷，而以一"圆"字减轻了感伤枯寂的气氛。最终，构成壮阔苍茫而意气不衰的艺术效果。

这一联的艺术效果毋庸置疑，但也引起一些争论，最主要的问题就是烟为什么是直的，而不会被风吹散。从真实的角度来看，古代军事防御系统中用于报警的狼烟，就是直而不散的。从艺术的角度来看，即使不以狼烟作为确定的解释，也并不影响人们对它的感悟。《红楼梦》曾借香菱之口说："诗的好处，有口里说不出来的意思，想去却是逼真的；有似乎无理的，想去竟是有理有情的。"她举的例子就是这一联："想来烟如何直？日自然是圆的。这'直'字似无理，'圆'字似太俗。合上书一想，倒像是见了这景的。若说再找两个字换这两个，竟再找不出两个字来。"

引申

王国维在《人间词话》中将"长河落日圆"的意境和谢灵运"明月照积雪"(《岁暮》)、谢朓"大江流日夜"(《暂使下都夜发新林至京邑赠西府同僚》)、杜甫"中天悬明月"(《后出塞》)相提并论,认为"此种境界,可谓千古壮观"。之所以千古壮观,在于诗人们凭借文字,把崇高的自然之美、阳刚之美表现出来,不同于青山秀水的优美,而是塑造了壮阔的无垠空间。

山居秋暝

空山新雨后，天气晚来秋。

明月松间照，清泉石上流。

竹喧归浣女，莲动下渔舟。

随意春芳歇，王孙自可留。

○秋暝：太阳落山称"暝"。题目中的"秋暝"二字，与第二句中的"晚来秋"相互呼应。

○莲动下渔舟：诗人没有真的看到，而是想象。李商隐"已闻佩响知腰细，更辨弦声觉指纤"（《楚宫》）写听到美妙的音乐，就想到弹琴的手指也是纤细而美丽的，同样运用了想象的技巧。

○随意春芳歇，王孙自可留："春芳歇"即春草枯萎，"王孙"指诗人自己。本句出自《楚辞·招隐士》中的"王孙游兮不归，春草生兮萋萋"和"王孙兮归来，山中兮不可久留"，但原文描述的是山中艰苦险恶，所以劝告王孙尽早归来。这里则反其意而用之，说草在春天随意而生，又在秋天随意而歇，春草怒生的时候，我愿意留在这里，秋草将枯的季节也是一样，因为大自然永远是美丽的。

破题

在这首诗中，诗人写了美丽如画的秋日乡村和自己与这一幽美环境契合的心情。雨后的山间有澄澈的月光、潺潺的泉流，浣纱女们刚结束一天的劳作，传来喧闹的嬉笑声。

赏析

本诗一、二句点明气候、环境、季节，三、四句写景，五、六句写山村居民的淳朴生活，七、八句收束前六句，回归诗人自身的感受，赞美风景令人流连忘返。二、三联是本诗最负盛名的佳句，妙在动静相宜。松林间的月色是纯净的静态之美，而清泉在石间流淌的声音打破了静态，反而更添静谧之感。少女们的晚归带来喧哗的人声，平添了静谧山林的动感和生趣，诗人甚至捕捉到她们下船时"莲动"的摇曳感。第三联还运用了想象的艺术手法，说得通俗一点就是"想当然"。诗人并没有看到浣女、渔舟，只是听到声音就展开了合理又自然的联想，使山林的动静之美更具表现力。

引申

白描指的是运用简练的笔墨，不加渲染烘托，描绘出鲜明生动的景色和形象。本诗三、四句写山间夜景，没有刻意的文字修饰，平白如话，轻快流畅，就是典型的以白描动人。宋人秦观的"斜阳外，寒鸦万点，流水绕孤村"（《满庭芳》），曾被晁补之称赞为"虽不识字人，亦知是天生好言语"，指的就是这样浑然天成的诗词境界。

李白

　　李白（701年—762年）字太白，号青莲居士。他祖籍陇西成纪（今甘肃天水），祖辈流落西亚。李白出生在碎叶（唐时属于安西都护府），幼年来到四川，因此也算是蜀郡人。他是中国最伟大的诗人之一，被称为"诗仙"，与杜甫并称"李杜"。

　　李白信仰神仙道教，喜好剑术，二十四岁时仗剑出蜀，漫游四方。他热衷功名，曾经供奉翰林，成为唐玄宗的御用文人。他个性豪迈不羁，蔑视权贵，后遭权贵诋毁，被皇帝放出宫去。李白怀着对官场的失望再度纵游山水，与杜甫结为至交。他渴望从军报国，却受牵连流放夜郎（今贵州桐梓）。民间传说他醉后水中捞月而溺亡，极尽最后的浪漫。

望庐山瀑布

日照香炉生紫烟，遥看瀑布挂前川。
飞流直下三千尺，疑是银河落九天。

○**紫烟**：诗人登上庐山香炉峰，看到对面瀑布上的水汽在日光的折射下散发着彩虹的光彩。孟浩然《彭蠡湖中望庐山》中写"香炉初上日，瀑布喷成虹"，描写的也是此景。这里"紫烟"既是水汽蒸腾，又是从香炉峰的名字而来，说水汽好像是炉中点起的香烟，袅袅升起。

○**九天**：九是个位数中最大的数字，在古代有极限的意思，"九天"指天的最高处，这里是形容瀑布落差极大。

破题

这是诗人登上香炉峰，望见南面瀑布所写的一首诗。第一句交代望瀑的事由，第二句说明望瀑的方位，第三、四句以绝妙的比喻和想象力，渲染出瀑布奔流而下的气势。

赏析

　　这首绝句写瀑布没有面面俱到，而是选择了落差大这个特点着力描写，使得瀑布的恢宏气势力透纸背。第二句的"挂"字点出大自然的鬼斧神工，第三句"飞流直下"描写瀑布的动态，"三千尺"则极尽夸张之能事，为将瀑布比喻为银河坠落做铺垫。第四句进入亦真亦幻的世界，怀疑瀑布是银河从九天坠落。

　　相较而言，李白《望庐山瀑布二首》中的另一首五言古诗写得更详尽："西登香炉峰，南见瀑布水。挂流三百丈，喷壑数十里。欻如飞电来，隐若白虹起。初惊河汉落，半洒云天里。仰观势转雄，壮哉造化功。"交代了登山的过程、瀑布的方位，对瀑布的高度、喷出来的水雾进行描写，分别用飞电、白虹、银河做比喻，再直接写出诗人的惊叹之情。

　　五言诗中的大多数内容，这首七绝都没有写到，但不代表读者感受不到。实际上正是这首绝句真与幻高度统一的想象，令读者身临其境。先是形容瀑布像银河从九天坠落，那么水光之美、水量之大、声音轰鸣就都自在其中了。继而在真与幻之间，用了一个"疑"字来进行主观想象和客观事实的过渡，把诗人的惊疑和赞叹充分表现出来。

赠汪伦

李白乘舟将欲行，忽闻岸上踏歌声。
桃花潭水深千尺，不及汪伦送我情。

○**忽闻**：先是听到踏歌声，然后才知道来的是汪伦，而汪伦踏歌而来，又是专门为了给诗人送行。"忽闻"二字在人来说是意外之事，就诗而言则是意外之笔。

○**踏歌**：用脚踏地打拍子，一边走一边唱歌。

○**不及**：有评论说，如果仅把汪伦的情谊和潭水相比，那么就只是普通的语言了。所以这两句的妙处全在"不及"二字，从反面进行比较，连千尺深的潭水都比不上诗人和汪伦的情谊，这样才能把两人的友情之深充分地表达出来。

破题

李白在安徽泾县游历的时候，曾受到汪伦的热情招待，临走时汪伦又来送行。这首诗用眼前的潭水作为友情的参照物，随手拈来而言近旨远，这种自然天成正是李白诗歌的过人之处。

赏析

　　这首诗很有特色的地方是出现了四次人、物名称。《赠汪伦》标明赠诗的对象，从诗题开始就特别直白。第一句开篇是诗人自己的名字，将人、事、地点迅速地说清楚。李白就要乘船离开，忽然听到岸上的歌声，由此构成水路与陆地的空间相对。第四句揭开谜底，原来陆上赶来相送的友人正是汪伦，送行者的名字和第一句行路者的名字形成呼应。

　　最令诗歌增色的名称当然是"桃花潭"，一首看似随性的小诗，立刻平添了色彩感和丰富性。桃花潭是具体的泊船地点，诗人一点也不浪费这样美妙的名字，将潭水之深和汪伦的情谊进行比较。

　　把人名直接写进诗歌往往直白，可能损伤诗歌的意蕴，但因为有桃花潭及潭水的温柔沉静，就形成了直曲相生、刚柔相济的洒脱天成之美。

黄鹤楼送孟浩然之广陵

故人西辞黄鹤楼，烟花三月下扬州。
孤帆远影碧空尽，唯见长江天际流。

○**故人**：指题目中的孟浩然。孟浩然年长李白十二岁，他们在公元726年结识，两年后再度在江夏（今湖北武汉）相遇同游。江夏在广陵（今江苏扬州）以西，孟浩然即将顺江东下，所以说"西辞黄鹤楼"。

○**烟花三月**：既用"三月"点明了季节，又用"烟花"二字概括而形象地写出春天秾丽的景色，给全诗带来丰富生动的气韵。

破题

这是李白在武昌黄鹤楼送孟浩然去广陵时写下的一首诗。前二句叙事，写孟浩然在烟花三月辞别而去。后二句借景抒情，写诗人目送孤帆的留恋之意。

赏析

故人在这么美好的阳春三月出游繁华的扬州，本来是可喜可羡的事情，但对诗人来说却难免有些惆怅。尤其是故人的船挂帆而去，诗人再次登楼，只见江面上孤帆渐行渐远，最后消失在浩荡的长江之上。江水越壮阔苍茫，就越衬托出诗人的依依不舍之情。这就是典型的借景抒情。

"孤帆远影碧空尽"将诗人极目远眺的状态描写得真实生动。这七个字的意象非常密集，构成距离感的三个层次：第一层是小船离岸而去，孤独地漂泊在阔大的江面上；第二层是孤帆远去，只余下一点影子；第三层是望断天涯，远到几乎看不见。诗人以层层渐远的距离，既写景，又强烈地投射出寂寥的心情。第四句一反前句的不断变化，只写长江。"唯见长江天际流"一气呵成，与第三句配合起来疏密有致，既写了深情，又不会过于局促，同时表现出诗人豪迈不羁的个性。

引申

唐代诗人许浑《谢亭送别》写道："劳歌一曲解行舟，红叶青山水急流。日暮酒醒人已远，满天风雨下西楼。"第一、二句写行人匆忙离去，第三句写黄昏的时候诗人酒醒了，突然意识到行人已远，不觉怅然若失。第四句不接前情，只写凄凉的景色，但怅惘的感情自然流露。这首诗与李诗都是借景抒情的佳作，许诗凄恻缠绵，李诗则开阔爽朗，气象各有不同。

早发白帝城

朝辞白帝彩云间，千里江陵一日还。
两岸猿声啼不住，轻舟已过万重山。

○**朝辞**："朝辞"与题目"早发"意思相同，相互呼应。因为是一早出发，所以天上有朝霞，白帝城就好像在云彩中一样；又因为是"朝辞"，所以才能从早到晚"一日还"。可见一个"朝辞"，关合到诗中好几处。

○**千里江陵一日还**：顺水行船，速度很快。因为是遇赦东归，所以用"还"字。《水经注》记载：朝发白帝，暮宿江陵，途中一千二百里，行船比骑快马还要快。所以这在当时是符合生活经验的，也说明诗人在写这句诗时，已经想到了这段文字。

○**猿声**：写猿啼既是写峡中景物，就章法而言也别具匠心。有评论家认为，这就像司马迁写《史记》的笔法，在急迫中忽然加入一二闲笔，令全篇更生动有味。

○**已过**：明人郭濬评论说，"已过"二字，便见瞬息千里。

破题

唐肃宗乾元二年（759年）三月，诗人因为参加永王李璘的幕府而获罪，被流放夜郎，走到四川奉节白帝城的时候遇赦而归。正是在这种愉快的心情下，诗人以轻快的笔调，为白帝城到江陵的这一段旅程画了一幅速写。

赏析

起句写早发白帝城，次句写暮到江陵县。江水浩荡，顺水行船非常迅速，虽然相距千里，但是一日可到。后两句进一步描写航程中水急船快的特征。舟行如飞，两岸风景目不暇接，但闻猿声不绝，不知不觉就过了万岭千山。诗中通过相对的概念，加深了这种极为轻松和快速的感受。先以数字的相对性构成强烈的反差，比如"千里"距离和"一日"到达；再以浑然一片的"两岸猿声"和"万重山"作为相对稳定的参照物，反衬出行船之快。

船小而轻快，所以用"轻"形容舟。"已过万重山"是写水急舟轻，一日千里。诗人突然遇赦，意外结束了艰难困苦的旅程，心情舒畅，归心似箭的心情就通过一箭风快的轻舟表现出来。

引申

"两岸猿声啼不住"与杜甫"听猿实下三声泪"（《秋兴》）都是写猿声，但一喜一悲。三峡林间常有高猿长啸，声音凄楚，当地渔人歌唱道："巴东三峡巫峡长，猿啼三声泪沾裳。"可见同一段素材会因诗人的心情不同，而在诗歌中以不同样貌呈现。

望天门山

天门中断楚江开，碧水东流至此回。

两岸青山相对出，孤帆一片日边来。

○**天门山**：诗中先后出现了四次天门山，表达方式不同，也各有功能，令人不觉重复。在题目中，它是"望"的对象，也是全诗的表现中心。

○**天门**：东梁山和西梁山分立长江两岸，合称天门山。两山对峙，形同门户。这里的"天门"二字既是地名，又是生动的描述，与"中断""开"相呼应，引出它与水的互动关系。

○**此**：亦指天门山，这句主要描写江水从两山之间奔流而过，由于天门山的阻挡和逼迫之力，激起江水的乘势回旋。

○**两岸青山**：仍是指天门山，这里突出的是山的色彩，同时用它作为静止的参照，来表现孤帆的由远及近。

破题

公元725年诗人出蜀东游，途中经过安徽天门山，写下这首诗。第一句写两山夹江的地势，第二句写奔腾的水势，后两句宕开一笔，极目远眺两山之间的景色，由此别开生

面，继描写出大自然的神奇壮丽之后，又写出江山风光的
舒展。

赏析

　　第一、二句就江水与天门山的互动关系来写。江水看似被天
门中断，却将门推开，从狭窄的水道奔涌回旋而出，从而突出山作
为"门"的地势特征。如果一直这样描写汹涌的场景，就难免急
促，所以诗人不再着意于碰撞的速度与力量，而是拉开镜头的距
离，从迅疾的动态转向静态的青山相对，一江中流。

　　第三句平复了第一、二句的激烈，山与江不再是角力的关
系。随即新的变量出现了，第四句的节奏再度跳跃起来，两山之间
一叶孤帆远远而来，还有一轮红日与青山遥相对应。表现出丰富
的色彩感和不失壮大的格局。

　　这首诗以写景为主，主要描述对象是天门山、江水和孤帆。
很简单的三样事物，在诗人的笔下却因为富有层次而显得动感十
足，变化无穷。

春夜洛城闻笛

谁家玉笛暗飞声？散入春风满洛城。

此夜曲中闻《折柳》，何人不起故园情。

○暗飞声：首先听到"飞声"，寻找它的来处，却又不知道是谁在吹，从何处而来，所以说是"暗飞声"。

○满洛城：这自然是夸张的写法，由己及人，由自己在城中某处听到暗暗飘出的笛声，推及春风吹拂下全城都能听到，既赞美了笛声的悠扬响亮，又为下文的人情做出预设。

○何人不起：诗人用了反诘的句法，正是为了着重强调正面的意思，即人人都生发出乡愁。

破题

这首诗大概是唐玄宗开元二十三年（735年）诗人在洛阳客居时写的。全诗紧扣"闻"字落笔，前半写所闻，充分说明"春夜洛城闻笛"的题面；后半写所感，写因闻笛而产生的故园之情。

赏析

　　诗人虽然不知道是谁吹奏了笛声，却听出所奏的正是伤离的乐曲《折杨柳》，不禁被打动而引起乡愁。由于这种感情太强烈了，以至于他认为凡是客居的人们都会因此产生故园之情。这样一来，诗中的感情就由个别的变成一般的了。这种心理活动在实际生活中常常会出现。

　　在笛声激发感情的过程中，还有一种重要的媒介，就是春风。题目首先点出春夜，第二句点出春风，笛声的四处飘扬和春风的无处不在相互呼应。笛声借东风之力才能"散入"且"满"全城，才能有"何人不起"的设想。春天本来就容易引起感伤，何况正是柳树新发的时节，杨柳已经堪折，而游子尚未归家。笛声来自谁家终究没有答案，去向何处则是散入春风。所闻所感交织在一起，因春风而更加强烈。

引申

　　王建《十五夜望月》写道："中庭地白树栖鸦，冷露无声湿桂花。今夜月明人尽望，不知秋思在谁家？"写众人同在十五望月，唯独诗人秋思满怀，是不同境遇中的人们对相同的景物产生不同的感受。李诗则写自己闻笛生情，就认为其他人都闻笛生情，这是人们由于相同的境遇，感情可以彼此沟通。两首诗的推及方向正好相反，却都是生活的真实。

闻王昌龄左迁龙标，遥有此寄

杨花落尽子规啼，闻道龙标过五溪。
我寄愁心与明月，随风直到夜郎西。

○**左迁**：古代一般以右为尊，从右到左就是由尊变卑，所以"左迁"就是降级贬官的意思。正因如此，诗人想到他的友人时就会联想到"子规啼"，会是一片"愁心"。

○**杨花落尽子规啼**：漂泊无定的杨花，叫着"不如归去"的子规，都是当时的情事。既有飘零之感，又有离别之恨，可以说是景中见情。

○**龙标**：古代经常以籍贯、任职地名等称呼人物。王昌龄这时被贬龙标（今湖南洪江）县尉，题目中的龙标是地名，第二句诗中的龙标则是代称王昌龄。

○**五溪**：一说为雄溪、樠溪、无溪、酉溪、辰溪的总称，在今湖南西部。同样是想象王昌龄贬谪途中的遭遇，杨花、子规是虚笔，五溪的地点则是实指，可以说是虚实相间。同时以五溪代表山水道路，表现出迁谪路途的荒远和艰难。

破题

由于生活不拘小节，王昌龄获罪被贬官。李白听说他的不幸遭遇后，从远方寄给他这首诗以表慰问。首句写景，同时点明时令。次句叙述事件，即好友遭遇贬谪。后两句抒情，面对好友的不幸，诗人将愁苦的心情托之明月，随风而去，直到更西的夜郎。

赏析

　　后两句重在抒情，人隔两地难以相见，唯有月亮在空中可以传递情谊，与题目"遥有此寄"相互呼应。这两句中又有三层意思：一是说自己心中充满了愁思，无人倾诉，只有将这种愁心托之明月；二是说唯有明月分照两地，自己和朋友都能看见；三是说只有依靠月光将愁心寄予，此外也没有别的办法了。

　　通过诗人的想象，本来无知无情的明月，就成了富有同情心的知心人，愿意将诗人无处表达的情感带到遥远的地方，转交给迁谪者。明月更出色、更巧妙、更诗意地替人表达了深厚情感。诗人将感情赋予客观事物，使之人格化，同时营造出完美的意境。

峨眉山月歌

峨眉山月半轮秋，影入平羌江水流。

夜发清溪向三峡，思君不见下渝州。

○**峨眉山月半轮秋，影入平羌江水流**：峨眉山上高悬着半轮秋月，平羌江中月影摇荡。诗人仰观山上月色，俯视江中月影，两处明月一静一动，共同组成深峡幽谷的夜月景色。

○**清溪**：驿馆的名称，在四川峨眉山附近。

○**思君不见**：想念的人现在见不到，等出了三峡就更见不到了。诗句停留在此时的"思君不见"，虽然没有继续渲染将来的思念，但是行程中已自然而然地点染了这份思念之情。

破题

这是诗人早年离开四川出门游历，途中咏月所作。诗人游完峨眉山，沿着平羌江（今青衣江）由嘉州（今四川乐山）进入岷江，在清溪驿乘船出发，即将穿过三峡前往渝州（今重庆）。临出发时，他怀念住在附近的一位友人，因而写下诗篇。

赏析

一般而言，过多使用名词或数字，会使诗句有堆砌的感觉。比如杨炯用人名作对"张平子之略谈，陆士衡之所记"，被讥笑为"点鬼簿"。骆宾王用数字作对如"秦地重关一百二，汉家离宫三十六"，被嘲为"算博士"。而本诗短短二十八字中，连用了峨眉山、平羌江、清溪、三峡、渝州五处地名，共占十二字，整篇读来却仍然婉转流畅。

这首先在于文字安排巧妙，没有刻意采用对句，因而不显痕迹。另外，诗中地名虽多，却是相辅相成、虚实结合。比如峨眉山与平羌江山水相依，高低错落，刚柔相济。清溪是现在所居，三峡、渝州则是船行方向，现在和未来的空间相互交错，因此富有变化而不呆板。最重要的原因当然还是整篇作品情景交融，作者笔力雄浑，全诗气势奔放，能够将这么多质实的地名写入诗句而仍然举重若轻。

引申

宋代有两位著名文学家都曾直接借用李白的诗句。一是苏轼《送张嘉州》："峨眉山月半轮秋，影入平羌江水流。谪仙此语谁解道，请君见月时登楼。"二是陆游《月岩》："几年不作月岩游，万里重来已白头。云外连娟何所似？平羌江上半轮秋。"既体现了他们对李诗的喜爱，也说明李诗对江月的描述十分贴切精彩。

渡荆门送别

渡远荆门外，来从楚国游。

山随平野尽，江入大荒流。

月下飞天镜，云生结海楼。

仍怜故乡水，万里送行舟。

○**大荒**：广袤的荒原。既说明地理环境，又表现出江水奔涌的阔大视野。

○**云生结海楼**：云蒸霞蔚如同缔造出海市蜃楼。诗中不仅蕴含了云彩变幻的特征，而且点明了其中的光影作用。

○**怜**："怜"即爱的意思，有的版本作"连"，二字因为音近发生误用。两个意思都能说通，"连"字顺理成章，但较普通；"怜"字则投射了诗人的个人情感，这也是它渐成通行版的原因。

破题

这首诗是诗人第一次出蜀漫游时所作，充满积极的理想主义精神，所以眼中看到的景物都极富生机。尽管结尾点明思乡之情，但以不同寻常的"万里送行舟"五字，洒脱地打破了通常低沉的情绪，展现出对于万里前程的期待。

赏析

这首诗富有强烈的动感，一来动词具有流畅的连贯性，比如"来从……游"，"山随……尽"，"江入……流"，主语既有来处也有去向，不会呆板地停留在一个动作上。恰如其分的动词搭配，造就了一气呵成的动感。二来诗人有意构成了动态的相互照应，视觉效果尤其丰富。比如"月下"是月亮从空中落入江中，好像飞出的天镜，"云生"则是从江面蒸腾向天空形成的海市蜃楼。"天镜"和"海楼"都是从现实所见的月和云彩联想而来，前者是一掷而下的飞行动态，后者是冉冉上升的变幻莫测，两相对应，层次分明且生动。

除了擅长使用动词，诗人同样精于选择物象。如用"平野""大荒"表现阔大的境界，用"天镜""海楼"写出瑰丽的想象，充分体现出诗人初次壮游的蓬勃朝气。

引申

杜甫晚年所作《旅夜书怀》写道："细草微风岸，危樯独夜舟。星垂平野阔，月涌大江流。名岂文章著，官应老病休。飘飘何所似，天地一沙鸥。"杜诗和李诗的第二联写的都是广阔平原上大江滚滚东流，李白先写从丘陵到平原的地势变化，杜甫则将星光、月光纳入江景，更增波光相映之美。两首诗都有漂泊感，李白初出四川，虽然怀念故乡但少年豪情不减；杜甫则在老病之中，更觉孤零无依。不同的作者心境造就了不同的文学表达。

送友人

青山横北郭，白水绕东城。
此地一为别，孤蓬万里征。
浮云游子意，落日故人情。
挥手自兹去，萧萧班马鸣。

○青山横北郭，白水绕东城：这句是"的（dí）对"，也就是非常贴切的对句，比如青山对白水，北郭对东城。二句交代送行的景物环境，色彩感不错。唐诗中用的对较多，到宋代则较少用这种对法，因为不易变化。

○此地一为别，孤蓬万里征："一"是助词，用来加强语气。这两句是双句单意的"流水对"，即上下两句意思相贯穿，两句合成一个意思。即别后友人远行，有如一根蓬草被风卷走。

○萧萧班马鸣："萧萧"是马鸣声，"班"即分别，"班马"谓离群之马。前一句说人挥手道别，这句由人到马，说双方骑的马仿佛也受到情绪的感染，因此恋群而长鸣，以此巧妙的联想衬托出离情。

破题

这首诗写惜别，笔调俊爽，风格流丽。一、二句点明送别的景物环境，三、四句预想别后远去，后四句融情入景，深情而不沉溺。

赏析

朋友之间的分别本来就令人伤感。飘零的一人像"孤蓬"一样，而且是万里征程，距离遥远，不舍之情就更加强烈了。三、四句虽然只是述说离别的客观情况，但是深情自在其间。

五、六句没有直抒胸臆，而是用眼前的景物随手作比，没有一点刻意的地方。"游子"指友人，"故人"指自己。友人漂泊无定如浮云，自己眷念难舍有如日光徐徐落山，不忍与大地分别。"浮云""落日"这两个比喻看似浅显，实则喻意很深。

最后两句仅从动作来写别离，写完人的挥手道别，由人及马，马都不忍分离，人情自然更加浓烈。通过一系列的客观描写和比喻，诗人既让读者体会到他的深情，又没有在文字中极力渲染伤感，所以诗歌呈现出的状态就是深情而又洒脱。

行路难

金樽美酒斗十千，玉盘珍馐值万钱。

停杯投箸不能食，拔剑四顾心茫然。

欲渡黄河冰塞川，将登太行雪满山。

闲来垂钓碧溪上，忽复乘舟梦日边。

行路难！行路难！多歧路，今安在？

长风破浪会有时，直挂云帆济沧海。

○美酒斗十千：这句直接借用了曹植《名都篇》中现成的句子，形容酒好价高，也突出了诗人不羁的一面。

○闲来垂钓碧溪上，忽复乘舟梦日边：姜太公在遇到周文王之前，曾在磻（pán）溪垂钓；商初的伊尹在当宰相之前，曾经梦到乘船经过日月旁边。诗人在这里运用了两个典故，说明他也正期待着这种机会。

○长风破浪：南朝的宗悫（què）在少年时，叔父曾经问他的志向是什么，他回答说"愿乘长风破万里浪"，表示志在四方。诗中用这个典故，比喻广阔的前途。

破题

诗人在天宝元年（742年）得到唐玄宗的赏识和礼遇，却并没有得到真正施展政治抱负的机会，后来又被宦官高力士等人诋毁，只好离开。这首诗就是作于将要离京的时候，虽然知道前程茫茫"行路难"，但仍对未来存有幻想，认为有朝一日可以乘风破浪。

赏析

本诗起笔于一场豪华的宴会，席间有美酒佳肴，诗人却无心于酒菜，从而引起内心情感的抒发。

诗人的心情很矛盾，虽然受到挫败后对前途产生茫然，但仍然不放弃对未来的憧憬。诗人用两个比喻表现自己壮志难酬的遭遇：想过黄河河水结冰，想登太行山大雪阻路。两个比喻都是在讲道路难行，同时使用冰雪这样的严寒意象表达自己失落的心情。

诗人在失望中忽然又燃起希望，连用姜太公和伊尹的典故，说明自己仍然怀着美好的理想和抱负。随即又知道自己的希望是多么渺茫，陷入迷惘，直至高呼数声"行路难"。在这样强烈的感情抒发后，诗人再次鼓励自己，总有一天会实现抱负。

诗人一方面充满了抑郁不平之气，一方面又充满了积极自信。在诗篇中，这一对矛盾始终交织在一起，自"欲渡黄河冰塞川，将登太行雪满山"以下，基本两句一转，诗人在两种矛盾的心情之间反复转折，使得本诗跌宕起伏，富有变化。

引申

　　"行路难"是乐府古题，多咏叹世路艰难和贫困孤苦的处境，现存较早的作品是南朝诗人鲍照的一组《拟行路难十八首》。鲍照的"行路难"是指广泛意义上的人生，而李白的《行路难》则将主题锁定在追求功业的挫折上。除了艺术技巧上更加成熟，李诗还在表现怀才不遇的愤懑的同时，始终保持着积极乐观的信念。

宣州谢朓楼饯别校书叔云

弃我去者，昨日之日不可留。

乱我心者，今日之日多烦忧。

长风万里送秋雁，对此可以酣高楼。

蓬莱文章建安骨，中间小谢又清发。

俱怀逸兴壮思飞，欲上青天揽明月。

抽刀断水水更流，举杯消愁愁更愁。

人生在世不称意，明朝散发弄扁舟。

○**谢朓楼**：又称谢公楼。谢朓（tiǎo）是南朝诗人，也是后文中的"小谢"。谢朓任宣城太守时修建此楼，在今安徽宣城。诗人因为在谢朓楼与李云共饮，不免联想到谢朓的文学成就，精神亦与历代文学家相通。

○**蓬莱文章**：泛指汉代文学。蓬莱是古代神话中的海上仙山，相传是仙界藏书的地方，东汉时官府藏书的地方也被称作"蓬莱"。

○**建安骨**：指建安风骨，即以曹氏父子（曹操、曹丕、曹植）为代表的汉魏之际作家群体那种"慷慨以任气，磊落以使才"的风格。

○**散发**：古人平时都戴冠（帽子），用簪子将头发盘住藏在冠内，头发散了就是一种不拘礼节的行为，只有在家中无事时才会这样。这里与"弄扁舟"一起，指归隐江湖。

破题

这首诗既有登楼诗的普遍特征，即登高望远以抒不平之气，又因为登的是谢朓楼而联想到谢朓的文学成就，从而很特别地传达出诗人的文学史观，认为在从汉代到唐代的文学发展史中，谢朓清秀又激扬的风格一直都很突出。

赏析

诗的开头气韵生动，突如其来。因为饮酒消愁，诗人从烦恼到忘忧。由于饮酒酣畅，于是进入放飞自我的状态。"长风万里"衔接得一气呵成，从楼中远望的风景转到身处的"谢朓楼"，由此对谢朓的文学成就进行顺理成章的评价。

"俱"包括汉代及建安作家、小谢、李云和诗人自己。李白与李云畅饮高楼，与历代文学家精神相通，因而产生青天揽月的奇想。诗人没有沉醉太久，就从豪迈不羁的冥想世界蓦然转回现实的烦恼，心想既然烦恼无法摆脱，索性弃世而去。

这首诗的开头"破空而来"，尤其奇妙的是，以下的衔接转折之处都来得很突然，出人意料。而人情与物理、过去与现在、幻想与现实，交织得十分妥帖，又都在意料之中。篇幅小而变化极快极大，是这首诗的独到之处。

引申

晚唐诗人陆龟蒙写过一首《怀宛陵旧游》，宛陵即宣城旧称，诗中也写到了谢公楼："陵阳佳地昔年游，谢朓青山李白楼。唯有日斜溪上思，酒旗风影落春流。"

李白在诗中追忆谢朓的文学成就，陆龟蒙则在诗中咏叹李白对谢公楼的行吟。

将进酒

君不见，黄河之水天上来，奔流到海不复回。

君不见，高堂明镜悲白发，朝如青丝暮成雪。

人生得意须尽欢，莫使金樽空对月。

天生我材必有用，千金散尽还复来。

烹羊宰牛且为乐，会须一饮三百杯。

岑夫子，丹丘生，将进酒，杯莫停。

与君歌一曲，请君为我倾耳听。

钟鼓馔玉不足贵，但愿长醉不复醒。

古来圣贤皆寂寞，唯有饮者留其名。

陈王昔时宴平乐，斗酒十千恣欢谑。

主人何为言少钱，径须沽取对君酌。

五花马，千金裘，

呼儿将出换美酒，与尔同销万古愁。

○将进酒：沿用乐府古题创作的七言歌行。"将"即且，"将进酒"就是且饮酒的意思。敦煌文书的手抄本中，此诗题目写作"惜罍空", 也就是希望杯中酒不空的意思。

○**奔流到海不复回**: 化用自古乐府《长歌行》中的"百川东到海，何时复西归"。

○**岑夫子, 丹丘生**: 指诗人的两位朋友岑勋、元丹丘。"夫子"是尊称，"生"是先生的简称。最后一句里的"尔"指的也是这二位。在一段七言后面突然插入四句三字，节奏变化加快，奔放流丽，文字内外都令人感受到酒酣耳热的畅快淋漓。

破题

这首诗反映了诗人有才而不能施展的苦闷心情，他希望借酒消愁，结果"举杯消愁愁更愁"。想实现"天生我材必有用"的信念，是一件非常不容易的事情，所以怀才不遇是古代诗歌中常见的表达主题。李白通过夸张的比喻、强烈的感情渲染，使得这首诗感情充沛，一泻千里。

赏析

这首诗感情炽热奔放，采用小剧场式的情境对话，一再激发出诗人的情绪。

从两个"君不见"到"杯莫停"，可以说是第一个情景段落——祝酒。诗人一上来就感慨时光飞逝而功业未成，既然如此，不如饮酒。在这个场景中，诗人以朋友为倾诉对象表达心中悲愤，一来是发牢骚，二来也很符合酒席上随心所欲的气氛。

从"与君歌一曲"到"斗酒十千"是第二个情景段落。宾主饮酒正欢，诗人已有醉意，所以会说"但愿长醉不复醒"。前面诗人是就个人遭遇发牢骚，后来一细思，原来古今莫不如此，于是得出结论：既然有志者从来都难以实现抱负，那就更应痛饮到醉。

"主人"以下是第三个情景段落。这时朋友开始阻止诗人饮酒，找了个托词说钱不够。于是诗人被激出一发不可收拾的豪情，要求典当宝马衣物去换美酒。突如其来的反客为主，既表现出诗人醉酒后的狂放不羁，也更加突出了他胸中的郁结之情。

这首诗以倾诉的方式打破了诗人独自抒情的单调，使得诗歌层次丰富，情绪的推进也更具情节性和承接关系。

引申

"陈王昔时宴平乐，斗酒十千恣欢谑"里的典故，用的是曹植《名都篇》中的"归来宴平乐，美酒斗十千"。这两句诗本是曹植讽刺当时豪门少年的，并不是描写他自己的生活，李白在这里将它张冠李戴了。虽然错用了典故，还好放在整首诗的语境中此句并没有产生误会。

王湾

　　王湾的生卒年不详,在唐玄宗时期考中进士,曾在朝廷掌管图书典籍的昭文馆编校书籍,后因功担任了洛阳尉。他是北方人,却曾经往来吴楚之间,写下一些吟咏江南山水的作品。

　　《次北固山下》在唐代就被选入了《国秀集》《河岳英灵集》等唐诗集,其中"海日生残夜,江春入旧年"一句曾得到宰相张说的欣赏,他亲自书写挂在自己工作的政事堂,展示给大家作为写作的模范。唐末诗人郑谷也感叹"何如海日生残夜,一句能令万古传"(《卷末偶题》),可见这一联在唐代备受赞誉。

次北固山下

客路青山外，行舟绿水前。

潮平两岸阔，风正一帆悬。

海日生残夜，江春入旧年。

乡书何处达，归雁洛阳边。

○**北固山**：在今江苏镇江，三面临江。诗题中既然说是停留在北固山下，那么诗中风光自然提及江水、舟船等。

○**乡书**：来自家乡的书信，与第一句的"客路"、最后一句的"归雁"都点明诗人漂泊在外。

○**归雁洛阳边**：古人有鸿雁传书一说，这句是上接"何处达"这个问题而来。大雁是候鸟，春天北上，秋天南下，迁徙大多发生在黄昏或者夜晚。因为诗人是洛阳人，所以说"归雁洛阳边"。

破题

这首五律写一个行船于北固山下的傍晚，诗人看到青山绿水、潮平岸阔的江南景色，由此引起乡情。第三联在当时备受激赏，既符合一日晨昏和四季节序的正常变化，又因为一日光明与一年春意的将至，带来积极乐观的向上气象。

赏析

本诗全篇对仗工整。第一联"客路"对"行舟",与末联"乡书""归雁"相互呼应,说明人在旅途。"青山"对"绿水",点出地点环境,同时由青、绿的色彩为第三联"江春"做好铺垫。第二联"潮平"对"风正",说明风势平静。"两岸"对"一帆",勾画出船行江上的风光。最精彩的是第三联"生"与"入"两个动词的对仗,准确地描绘出日出江上的风光,分别将旭日、春意的勃勃生机引入暗夜与旧年,从而为暗沉的残冬之夜带来光明与温暖。

这首诗在唐人殷璠编选的《河岳英灵集》中题为《江南意》,与现在通行版本文字出入很大:"南国多新意,东行伺早天。潮平两岸失,风正一帆悬。海日生残夜,江春入旧年。从来观气象,唯向此中偏。"两版相比,通行版末联能够宕开一笔写乡情,立刻就融情入景,别有深意了。

引申

宋代文学家王安石的《泊船瓜洲》写道:"京口瓜洲一水间,钟山只隔数重山。春风又绿江南岸,明月何时照我还?"京口即今江苏镇江,瓜洲在长江北岸,与京口相对。可见王安石和王湾走的是同一片水路区域。他们同样在感受到春意的时候产生了思乡之情,王安石是从钟山(今南京)出发,所以能够江上回望,而王湾家在洛阳,只好借归雁来抒情,各自选择了最适合的表达载体。

刘长卿

刘长卿字文房，生卒年不详，唐玄宗天宝年间进士。他富有才华，蔑视时俗，因个性刚强得罪权门，两度迁谪，最后官任随州刺史，世称"刘随州"。他与诗人钱起并称"钱刘"。刘长卿长于五律，自称"五言长城"。他每每题诗都不写姓，只落款"长卿"，因为当时没有人不知道他的大名。

送灵澈上人

苍苍竹林寺，杳杳钟声晚。

荷笠带斜阳，青山独归远。

○**苍苍**：深绿的颜色。形容竹林寺掩映在山林深处，四周树木葱茏。

○**杳杳**：深远的样子，这里形容钟声绵长悠远。

○**荷**：既可以指荷叶制作的斗笠，也可以用作动词（读作hè），指背着斗笠。

破题

诗人从贬谪的地方南巴（今广东茂名）归来，在失意中等待新的任命。他与灵澈上人在镇江附近相识相交，而今灵澈即将返回会稽（今浙江绍兴）。这首诗是诗人送灵澈返回他暂住的竹林寺时所写。

赏析

这首诗像是一幅素描的风景画，前两句想象竹林寺的傍晚景色，意象简单，画面安详，用林木苍翠、钟声悠扬衬托出幽静。

两人道别没有什么忧伤的话语，诗人没有进入画面，灵澈上人也只是给出一个背影。且这背影干净简洁，只说戴着斗笠。然而"带斜阳"三字，蓦然给画面添加了灵动的色彩。因为太阳落山时角度很低，所以就好像斗笠顶着斜阳。这里有光影，有透视，并且呼应一、二句，共同点明了傍晚时分。

最后一句写灵澈上人越走越远，渐渐消失在青山斜阳之中。"独"和"远"两字既是所见实景，又淡淡地表现出别离后的寂寞，情景交融。

引申

差不多在同一时间段，有一首《秋日送僧志幽归山寺》（作者一说马戴，一说秦系）："禅室绳床在翠微，松间荷笠一僧归。磬声寂历宜秋夜，手冷灯前自衲衣。"可以看到，关于僧人的着装都写到荷笠，均用钟磬之声描写寺庙清静。同样是写送僧人归寺，刘诗写得很清淡，没有任何实质的生活对象，所以清灵如画。而这首诗却很具体地给出禅室的绳床、灯前缝衣等细节，诗意虽然少些，却成为唐代禅宗僧人生活的写照。

杜甫

杜甫（712年—770年）字子美，是中国最伟大的诗人之一，他与李白合称"李杜"。在艺术技巧方面他取得了五七言律诗的最高成就。人们称他为"诗圣"。

杜甫的青年时代正值盛唐，他曾经漫游山水，三十三岁时在洛阳遇到李白，两人结下一段千古传唱的友谊。杜甫曾在长安逗留十年，却没有等到做官的机会。安史之乱中他辗转多地，一度落入叛军手中。听说唐肃宗即位后，杜甫历尽艰辛赶到临时首都，终于被授予左拾遗一职，不久被贬。后来杜甫弃官入蜀，晚年漂泊西南，穷困潦倒，五十九岁病故于旅途舟中。

杜甫对家国百姓始终怀有强烈的忠爱之心，他用诗笔记下广阔的社会生活画面，因此他的作品被称为"诗史"。

绝句·其一

迟日江山丽，春风花草香。
泥融飞燕子，沙暖睡鸳鸯。

○迟日：出自《诗经·豳风·七月》中的"春日迟迟"。到了春天，白昼越来越长，所以说"迟日"。词作《阮郎归·南园春半踏青时》中的"日长蝴蝶飞"，也是这个意思。
○泥融飞燕子，沙暖睡鸳鸯："泥融"对"沙暖"，表现气温的回升。春燕筑巢，鸳鸯成对，都代表了普通人在战后对于安定家庭生活的渴望。一动一静，一空中一水边，把春意的生机勃勃用动静结合的方式表现得异常生动。

破题

这首五言绝句是诗人漂泊西南时的早期作品，作于广德二年（764年）暮春。那时诗人刚在成都的草堂安居下来，生活相对稳定。这首小诗带有春天的气息，不经意间还表现出诗人初获安定的喜悦。

赏析

第一句是全诗总括，春日迟迟，江山多娇。全篇的诗眼在"丽"，后面三句通过不同的意象来表现春天的美丽。第一个意象是花草的香气，平时注意到花花草草的生长是常态，而草木之香就跳出常规，给人新鲜的感觉。

第三、四句写春燕衔泥筑巢，鸳鸯睡在水边。春燕是春天的常见意象，鸳鸯则较少用于描绘春景，所以在寻常事物中又呈现出变化。第三、四句写两种动物的动态，既写春日晴暖，又显出对温馨人情的渴望。

诗人就是这样融新奇于日常，让人们充分感受到春天的气息，同时传达出个人安居草堂的喜悦，使这首小诗真正表现出其乐融融的气氛。

引申

杜甫写有两首《绝句》，第二首写道："江碧鸟逾白，山青花欲燃。今春看又过，何日是归年？"曾经有人评论说，第一首诗只写景，没有写出感情。两首诗对读就会发现，诗人把直抒胸臆的诗句放在了第二首的三、四句。美好的春天令人情不自禁地思念起家乡，而何日才是归程呢？通过一组诗的配合，就能更加完整地实现情景交融，这正是组诗的功能。

江畔独步寻花·其五

黄师塔前江水东，春光懒困倚微风。
桃花一簇开无主，可爱深红爱浅红？

○**黄师塔**：蜀人称僧人为"师"，黄师塔就是埋葬黄姓僧人的墓塔。南宋诗人葛立方《题卧屏十八花·桃花》中，就直接借用"黄师塔前江上花"写桃花。

○**无主**：没有主人，自由自在开放的花朵。正因为江边的花朵无主，所以更容易上前亲近，甚至引起诗人的自问自答。

破题

这是诗人《江畔独步寻花》组诗七首中的第五首。当时，诗人携家人从甘肃历经千辛万苦到达成都，刚刚定居下来。这一组诗写的是从恼春、怕春、怜春到赏春，渐渐自得其乐的变化过程。写到第五首黄师塔前的桃花，诗人已经不再叹老伤病，暂时忘记了忧愁，被春天自然的生机和美丽吸引。

赏析

诗中洋溢着诗人微醺又喜悦的心情。微醺倒不是因为喝了酒，实际上这组诗中除了寻花这条明线，还有访酒这条暗线。诗人没有找到酒伴，但春日温暖的阳光却令他不禁慵懒。流淌的江水，吹拂的春风，都未能使诗人提起精神。一簇热烈的桃花突然跃入眼帘，它们深深浅浅地自由怒放着，以至年逾半百的诗人被美好的自然激发出天真之情，纠结起究竟哪一种红色的花朵更加美丽。诗人的惜花之情、乐观的天性、未泯的纯真，都由末句一问表现出来。

引申

陆游《卜算子·咏梅》题咏的是"驿外断桥边，寂寞开无主"的梅花，为什么无主的花朵更能激发诗人的诗情呢？从对美的欣赏来看，野花展现出更顽强的生命力，体现了诗人们对美好事物的希望，杜诗便是如此。从以花喻人的角度来看，古时称"盛世野无遗才"，但大多数文人怀才不遇，所以就会像陆词一样，以无主的梅花自况，自许高洁的品格，感叹人生的坎坷。

绝句·其三

两个黄鹂鸣翠柳，一行白鹭上青天。
窗含西岭千秋雪，门泊东吴万里船。

○**黄鹂**：即黄莺。诗人抓取黄莺悦耳的鸣叫声，表现出春天的生机勃勃。唐代诗人金昌绪的《春怨》也是利用黄莺善啼做文章："打起黄莺儿，莫教枝上啼。啼时惊妾梦，不得到辽西。"

○**窗含西岭千秋雪**：西岭即成都西南的岷山，因为终年积雪，所以说"千秋雪"。"窗含"既是拟人的写法，又是从窗中望见风景，表现出借景的巧妙。

○**东吴**：指长江下游地区。诗人跳跃的思维拉伸了诗歌的空间，同时这一联想又十分合理，因为眼前的江水是可以通到东吴的。

破题

公元764年春天，诗人在经历了一次蜀中动乱后，再次从梓州（今四川三台）回到成都草堂。这时安史之乱已经平定，诗人的心情非常愉快。所以在这首小诗里，我们不仅能感受到充满生机的春天，也能感受到诗人既喜获安定又怀念家乡的心情。

赏析

这首小诗写得轻快活泼，清新的色彩增色不少。黄莺鸟的黄衫，鹭鸶的白羽，翠柳的青葱，青天的湛蓝，颜色搭配起来赏心悦目，而且鸟禽都正在愉快地唱歌、飞翔，到处洋溢着春天的气息。

后两句诗人的视点值得注意，诗人在屋里，所以才会说窗含雪山。可是诗人的精神活动却神游千里，从窗外的景色想到千年冰封的雪山，从门外停着的小船想到它将顺江而下直到江南。向西是高远的雪山，往东是一江春水，顿时从眼前推开阔大的时空。

《绝句四首》是一组诗。其他三首倾向于就事论事，这首立足于一点但视野绝不局促，所以格外脍炙人口。

引申

宋代评论家曾慥（zào）认为，苏东坡的《溪阴堂》就是学习了杜甫这首诗的写法："白水满时双鹭下，绿槐高处一蝉吟。酒醒门外三竿日，卧看溪南十亩阴。"我们可以看到，绿和白的色彩对比、动物鸣叫的声音、双鹭和一蝉的数字对比等，都是比较明显的借鉴痕迹。但是苏东坡也有创新的地方，他把自己酒醒、醉卧的状态放到诗中，更具生活的情趣。

江南逢李龟年

岐王宅里寻常见，崔九堂前几度闻。
正是江南好风景，落花时节又逢君。

○江南：这里的"江南"和通常的概念不太一样，指今湖南的长江、湘江一带。诗人与李龟年重见于长沙，所以说江南。

○几度闻："闻"字点明李龟年是位歌唱家，"几度"呼应诗人曾在岐王李范和殿中监崔涤府中多次听到他的歌声。李龟年在开元年间很受唐玄宗宠信，安史之乱后流落江南。

○落花时节：重逢的时间恰在"落花时节"，落花富有强烈的象征意味，象征人的漂泊。诗中泛说江南好风景，但只取落花写入诗中，应当不是随手拈来，而是别有意味。

破题

这首诗作于唐代宗大历五年（770年），是如今传世的杜诗中最后一首七绝，也是他最好的作品之一。前二句写过去的繁盛，后二句写今日的衰落，用一个"又"字形成强烈的对比。表面上写两个流落异乡的人在国破家亡后意外重逢，实则将国家的治乱、个人的哀乐都融入诗中。

赏析

　　前二句写过去。"寻常见"与"几度闻"意思相同，都是陈述同一个事实，即李龟年经常在权贵的府中表演。那时年少气盛的诗人只有十四五岁，也时常出入这些场合。当时既是太平盛世，也是两人人生的高光阶段。

　　后二句写现在。关于重逢其实有很多可以说的内容，比如李龟年流落江南，每逢良辰美景就给人演唱，唱得观众纷纷落泪。他们还可以相互倾吐这些年来的流离失所，回忆过去的繁华似锦，感叹现在的残破凋零。明明那么多感慨，诗里却只是平铺直叙——在美好的春天又遇到你。然而风光越美，今昔对比之下，越能显现出深深的感伤。

　　本诗正是通过寻常的故事和人情，辅以今昔对比、象征比喻等手法，将大题材写入小诗，呈现出沉郁顿挫的风格。

望岳

岱宗夫如何？齐鲁青未了。

造化钟神秀，阴阳割昏晓。

荡胸生层云，决眦入归鸟。

会当凌绝顶，一览众山小。

○**望岳**：全诗以"望"为中心，"岳"即泰山，第一句的"岱宗"也是泰山，泰山脚下还有岱庙。泰山为五岳之首，地位很高，古代帝王中的秦始皇、汉武帝、汉光武帝、唐高宗、唐玄宗、宋真宗都曾在泰山封禅祭天。

○**神秀**：集天地之灵气而神奇秀美。在杜诗中，钟灵毓秀的不仅有大自然，还有杰出的人物，如"才士得神秀"（《和江陵宋大少府暮春雨后同诸公及舍弟宴书斋》）。

○**决眦**（zì）：即裂开眼眶，表示极目远望。诗人用一个特别夸张的动作，表现出秀美江山给他带来的震撼。

破题

开元二十三年（735年）诗人应举落第，之后开始漫游山河，这首诗便写于这期间。全篇在"望"的统领下，写泰山的青绿山色、光影变化、山势巍峨，尤其是末句以俯瞰一切的气势，既体现出盛唐气象，又表现出诗人青年时代积极进取的人生态度。

赏析

诗人在齐地，看到了齐鲁边界上的泰山一片青色，这是对其草木覆盖的总体描述。"青未了"说明泰山占地面积广阔，无边无际。山南为阳，山北为阴，《史记》中说昆仑山高两千五百余里，日月避让而有了白天和暗夜的差异。三、四句诗人便暗用了这个典故，再次形容泰山之大，因此光影有明暗。五、六句通过云气描写忽隐忽现的山容变化。

这首诗题为"望岳"而非"登岳"。如果登上泰山，就会有很多细节描写，望就不同了，通常是概括性的印象。最后一联写愿望，远望泰山如此美好，当然激发出有朝一日登上泰山的豪情，而想象中"一览众山小"的气魄，也令人叹服诗人昂扬进取的精神。

引申

公元758年，诗人重返朝廷却因直言获罪被贬。诗人眺望西岳华山写下《望岳》，同样立下登华山的志向："车箱入谷无归路，箭栝通天有一门。稍待秋风凉冷后，高寻白帝问真源。"登泰山的愿望是"凌绝顶"的豪气干云，而登上华山的愿望是求仙问道。如果说咏泰山的《望岳》表现出青年的积极进取，那么吟咏华山的《望岳》则充满中年的失意彷徨。

春望

国破山河在，城春草木深。
感时花溅泪，恨别鸟惊心。
烽火连三月，家书抵万金。
白头搔更短，浑欲不胜簪。

○**城春草木深**：春天的城里草木长得很茂盛，暗示长安城中的居民很多都已逃亡。

○**感时花溅泪，恨别鸟惊心**：诗人由于为国家的时局感伤落泪，所以觉得露水也是花朵为此流下的泪水。由于自己和家人隔绝而生愁怨，所以觉得鸟叫也是在为恨别而惊心。"感时"和"恨别"都是诗人的感情，却投射在无情之物上，以无情之物写有情人生，更见感情的力度。

○**三月**："三"是虚数，泛指时间很久。

○**不胜**（shēng）：即受不住、不能。由于白发脱落得越来越少，簪子简直要插不上了。

破题

至德二载（757年），经历了安史叛军的烧杀抢掠，繁华的

114

京师变成一座荒城。这首诗写于沦陷的长安，时值暮春，诗人通过对京城巨变的描写，对处在危急中的国家和处在隔绝中的家人表达出深刻的忧愁和眷念。

赏析

一、二句以诗人见到的客观情况写整个长安城的环境。一座宏伟的都城遭到破坏，诗人通过自然和人事进行对比，山河犹在，草木茂盛而人烟稀少，说明自然变化很小，而人事变化极大。三、四句借助人与自然界的交流，将主观感情融入客观景物，把个人的感情嫁接在自然的花鸟草木之上，于是带有露水的花朵、啼叫的鸟儿，仿佛都表现出诗人的愁苦。五、六句直接写人事，通过客观境遇反映主观感受。战争持续，家人隔绝，借"连三月""抵万金"这样强化时间与难度的词语，渲染诗人的焦虑。七、八句写诗人的处境，是内心主观情感的充分外化。

整首诗的写法是用环境来烘托自己的心情，总体思路是由外而内，从客观景物到主观感情，最终归结到自身。

引申

本诗的主题是黍离之悲。《黍离》出自《诗经》，是周朝的大夫看到宗庙遗址，有感于周室的衰落，悲伤而作。诗中一唱三叹"知我者，谓我心忧，不知我者，谓我何求"，表现出故国之思和亡国之哀，后人就用黍离之悲比喻国破家亡之痛。杜甫的《春望》和姜夔（kuí）的《扬州慢·淮左名都》都是其中的代表作。

月夜忆舍弟

戍鼓断人行，边秋一雁声。

露从今夜白，月是故乡明。

有弟皆分散，无家问死生。

寄书长不达，况乃未休兵。

○**舍弟**：谦辞，用于对别人称自己的弟弟。诗人有四个弟弟，这时除了幼弟跟随在身边，其他三个都分散在别处，所以令诗人分外牵挂。五、六句的"有弟""无家"和第七句的"家书"，都与题目"舍弟"相呼应。

○**戍鼓**：指戍楼上报时的鼓声。一般鼓声报到三更天（夜里十一点到凌晨一点）就宵禁了。夜里的戍鼓之声和孤鸣的雁声一样，是以动写静，烘托出寂静无人的漫漫长夜，为月夜思念铺垫好时间、环境和情绪。

○**况乃未休兵**："休兵"即停止战争。用"况""未"双重递进，交代当时正处在水深火热的战乱时代，不仅解释了前一句家书不达的原因，而且进一步深化了诗人的哀愁。

破题

这首诗是唐肃宗乾元二年（759年）诗人在秦州（今甘肃天水）所作。这是安史之乱爆发后的第四年，诗人远避秦州，但他的弟弟们正在战事的中心河南、山东一带，书信不通，引起诗人的思念与忧愁。此为习见的思亲念远题材，但诗人凭借不同凡响的文字驾驭能力，使小诗显出匠心独运。

赏析

这首诗一、二句造境，突出夜色深沉。三、四句交代季节，引出传递相思的明月。五、六句叙事，点明兄弟分散，背井离乡。七、八句说明时事，正是战乱造成骨肉分离，不知何时能够重聚。

"戍鼓断人行"的"断"字是使动用法，即戍鼓使行人减少，以至于人流断绝，这样句法就不呆板。颔联"露从今夜白，月是故乡明"更索性运用了倒装句法，把"露"作为主语，以"今夜"为起点，用"从"字连接起从今往后的时间线，这样以点带线形成贯通之气。"月是故乡明"也以同样的句法对仗，既不因循，又流畅生动。

颈联"有弟皆分散，无家问死生"，则抓住"有"与"无"这两个具有哲学意味的字眼反复跳转：有亲人但不在等于没有，没有家哪有地方问询生死？从而形成感情上的强烈反差。

这首诗写兄弟情深，达到杜诗的一贯水准。之所以从一众类似题材中脱颖而出，正在于诗人对语言的锤炼与灵活运用。

引申

　　在此诗前后，诗人写过三首《得舍弟消息》。写于公元756年的二首中，诗人得到消息后"遥怜舍弟存"。战乱后的《得舍弟消息》写道："乱后谁归得，他乡胜故乡。直为心厄苦，久念与存亡。"可见诗人一直忧心如焚的都是兄弟们的"存亡""死生"。乱后纵然得到兄弟仍在的消息又如何呢？远隔千里，思归不得，诗人只能设想"旧犬知愁恨，垂头傍我床"。旧犬尚且知愁，何况是人？对读这几首诗，就更能感受到战乱中人们深重的哀愁。

春夜喜雨

好雨知时节，当春乃发生。

随风潜入夜，润物细无声。

野径云俱黑，江船火独明。

晓看红湿处，花重锦官城。

○**春夜喜雨**：题目分了三个层次，"春夜"是季节、时间，"喜"是情感，"雨"既是物态也是全诗关注的中心，时令和情绪都围绕它进行。本诗正是围绕这三个方面书写，缴足题面。

○**知**：用拟人的写法说雨知道时节到了，于是来到人间。和第二句的"发生"相互呼应，都是赋予雨主动的态度。

○**花重锦官城**："花重"指花朵由于饱含了雨水而显得沉重。和"红湿"二字相互对应，是对"湿"具体生动的描述。"锦官城"是成都的别称。

破题

这是一首咏物诗，写于公元761年春天。诗人在成都草堂已经定居了一段时间，相对安定，也在从事农业生产。因此他对春雨的书写不是吟风弄月，而是发自内心地感受到大自然的赐予与美好，也令读者捕捉到他笔下的春雨普降大地、滋润万物的情态。

赏析

一、二句入题，写雨自知时节，应运而生。三、四句直接写雨水飘洒。如果是疾风骤雨，对农作物会有损伤，就谈不上可喜，所以雨量一定要恰到好处。"随""潜入""润""细""无声"这些动词和形容词，用拟人的方法将这不大不小的雨势真切地描绘出来。

五、六句写雨中的江上情境，是虚笔写雨。夜里看不到江上的船只，只看得到船上的点点灯火，既然遮挡了视线，说明春雨连绵，水气弥漫，足够充分。七、八句写清晨雨后，不写万物复苏，只选取花朵和雨水的滋润关系，以一概全，证明春雨的润泽之力，诗人的喜悦之情也就不言而喻了。

在这首诗里，我们看到万物生长配合时序，各具灵性，由此可见大自然的造化之工。

蜀相

丞相祠堂何处寻？锦官城外柏森森。

映阶碧草自春色，隔叶黄鹂空好音。

三顾频烦天下计，两朝开济老臣心。

出师未捷身先死，长使英雄泪满襟。

○**蜀相**：指三国时蜀汉丞相诸葛亮，和第一句中的"丞相"意思相同。杜甫经过武侯祠，生出咏史怀古之情。

○**三顾频烦**："顾"即拜访，"三顾"指的就是三顾茅庐的故事，"频烦"体现郑重之意。诸葛亮本来隐居在隆中，刘备郑重其事地去拜访了他三次，他才答应出来辅佐刘备。

○**开济**："开"是开创基业，"济"是继续办好政事。两个字将诸葛亮一生功业托出，先帮助刘备开创蜀汉基业，又辅佐后主刘禅处理政事。

○**出师未捷身先死，长使英雄泪满襟**：诸葛亮屡次出兵北伐，希望完成统一事业，但还没有胜利就去世了。这一联具有深厚的爱国主义情感，不断地激励着后代的忠臣义士。宋代抵抗金人入侵的英雄宗泽在临死的时候就曾朗诵这句诗，表达功业未竟的深深遗憾。

破题

诗人歌颂历史上一位以忠贞和智慧著称的人物。前四句写武侯祠的外部环境，后四句写诸葛亮的典型事迹，寄托了诗人的感慨。既有对诸葛亮忠君爱国的仰慕之情，又包含着对安史之乱还没有完全平定的担忧。

赏析

  这首诗的前四句落笔很淡，只是写景，景也寻常得很，就是说纪念诸葛亮的武侯祠位于一片柏树掩映中。颔联写得比较有意趣，以"自""空"两个字一下子抓住了历史的沧桑感和无人的寂寥感。没有人迹，绿草便自顾自繁盛。"隔叶"呼应"自春色"，由于林荫掩映，听得到黄莺的叫声却看不见它的身影。没有听众，所以说"空好音"。表面上是写环境的安宁，又何尝不是落在对人事巨大变迁的感慨上。

  如果说颈联仍是普通叙事，追述过去诸葛亮的典型事迹，那么七、八句骤然转折，将当时和后世撞到一处，便完全跳出前面平淡而寻常的咏古诗格局。这句不仅是诗人对诸葛亮的崇高致敬，也是他内心情绪的迸发，一生功业未竟的人又何止诸葛亮呢？尾联写得极为饱满刚健，为全诗增色。这最后一句和诸葛亮《后出师表》中的"鞠躬尽瘁，死而后已"是相提并论的名言警句，不仅是诸葛亮的故事，更是中国古代士人以身许国的深刻感悟。

引申

　　诗人共写了四首吟咏诸葛亮的作品，其他三首分别是《咏怀古迹》《八阵图》和《武侯庙》。其中"三分割据纡筹策，万古云霄一羽毛"（《咏怀古迹》）高度赞美诸葛亮的智慧和品德犹如展翅高翔的凤鸟，"功盖三分国，名成八阵图。江流石不转，遗恨失吞吴"（《八阵图》）既肯定诸葛亮的丰功伟绩，又对他的事业未竟深表叹息，"遗庙丹青落，空山草木长"（《武侯庙》）则和本诗第二联有异曲同工之妙。诗人之所以热衷于咏叹诸葛亮，应该是出于一种情感上的强烈共鸣。

闻官军收河南河北

剑外忽传收蓟北，初闻涕泪满衣裳。

却看妻子愁何在，漫卷诗书喜欲狂。

白日放歌须纵酒，青春作伴好还乡。

即从巴峡穿巫峡，便下襄阳向洛阳。

○**初闻涕泪满衣裳**："初闻"与"忽传"对应。因为太过欢喜以至于激动得流泪。

○**漫卷**：古代书籍像字画一样，是一卷一卷放置的。诗人将书籍随随便便地卷起来，说明早已心不在此，只想着赶紧回乡。

○**青春**：指杜甫写诗时的那个春天。春季草木茂盛，颜色青绿，所以称"青春"，和"白日"（明媚的阳光）形成对偶。

破题

公元763年春天，杜甫在四川梓州漂泊时，听到延续了七八年之久的安史之乱初步结束的消息，于是兴奋地写下这首诗。诗人以难得的开朗心情唱出了欢欣的调子，动人地描绘了对于国家复兴与和平生活的渴望。这首一气呵成、极尽喜悦之情的诗歌，被称为杜甫"生平第一快诗"。

赏析

这首诗感情明快，文字极为畅达，不假修饰。

全诗八句，只有第一句叙事，其他都是写情。第二句写初闻落泪的欣喜之情，第三句从妻子的愁云消散来写，第四句从自己整理行囊的急切心情来写。从初闻到诗人与妻子的反应，方方面面写出了两人的欢欣之情。

颈联以下直接付诸行动，用明媚的阳光、青丽的春色呼应放歌和纵酒的庆祝活动。尾联非常少见地直接将行程线路写到诗中，用"即从""便下"凸显急迫的心情，用"穿""向"表现顺江而下穿行三峡和前往洛阳的方向。

全诗都在写喜，但是极有层次，分别从意态、动作、想象反复递进，绝不雷同单调。

引申

1945年抗日战争胜利，流亡四川的女词人沈祖棻在《声声慢·闻倭寇败降有作》这首词中写道："已信犹疑，何时北定中原？真传受降消息，做流人、连夕狂欢。相笑语，待巴江春涨，共上归船。"女词人在表达相似的喜悦和对返乡的期待时，对杜诗有明显的借鉴，但是她以女性的细腻，将听闻消息后惊疑不定的心态描摹得很真实，继承的同时有所创新。因为词人远在上海的父亲和妹妹在战争期间都已去世，所以她在下阕翻转了这份惊喜，悲愤地写出"无家何用生还"这样惊心动魄的悲伤。可见，人生境遇才是写作的最大推手。

石壕吏

暮投石壕村，有吏夜捉人。

老翁逾墙走，老妇出门看。

吏呼一何怒，妇啼一何苦。

听妇前致词：三男邺城戍。

一男附书至，二男新战死。

存者且偷生，死者长已矣！

室中更无人，唯有乳下孙。

有孙母未去，出入无完裙。

老妪力虽衰，请从吏夜归。

急应河阳役，犹得备晨炊。

夜久语声绝，如闻泣幽咽。

天明登前途，独与老翁别。

○投：投宿。第一句简单地交代诗人得以见证这一场悲剧的缘起，和结尾二句与老翁告别相互呼应，完成投宿、起程的全过程。

○一何：即何其、多么。用相同的程度副词，形成"一何苦"与

"一何怒"的强烈反差。开篇点明官吏的仗势欺人、老妪的悲苦无奈,而以下的"致词"都是围绕"苦"字做文章。

○河阳:今河南孟州,在洛阳东北。唐朝名将郭子仪的部队当时驻守在那里保卫洛阳,老妪就是被拉去河阳军中服役。

○犹得备晨炊:连夜赶去还可以给军中烧早饭,说明被催逼的急促,也和末句诗人只能与逃跑返回的老翁单独告别形成因果交代。

破题

这首诗以富于戏剧性的手法,揭露了官吏的横暴。妇女依法是不用服兵役的,老妪说明了家中的苦况,原以为可以打动官吏,免于被征,但出乎她和诗人的意料,她仍然被捉去了。百姓在战争中的悲惨状况令人痛心。

赏析

这首叙事诗中出场了四个人物。诗人作为旁观者,虽然没有直接介入事态或者表明立场,但从对双方的褒贬描述中可以看到他对老妪的同情。

老妪和官吏形成正反力量的对抗。官吏在全诗中没有语言,一上来就是呼喝着捉人,耀武扬威,在诗中仅作为逼迫势力而存在。全诗的主要人物是老妪,她的对白占据了诗歌的大部分篇幅。她对官吏的陈情,将战争中普通家庭的生死离散体现得淋漓尽致。老妪试图以情动人,而官吏不为所动,两人的推拉过程以老妪即刻出发服役为终结。

诗中的第四个人物是老翁，他和诗人一样仅在首尾出现，作为故事线索的完整交代。诗中还有虚出的儿媳和孙儿，他们没有出场，隐没在"有孙母未去，出入无完裙""夜久语声绝，如闻泣幽咽"的诗人听闻中。

人间的悲苦便在旁观者一点一滴的记录中展开。

引申

《新安吏》《潼关吏》《石壕吏》《新婚别》《垂老别》《无家别》是杜甫最杰出的组诗之一，简称为"三吏""三别"，写于安史之乱期间。诗人既关心国家的安全，又同情百姓的苦难；既不能反对支援平叛战争的征兵，又不能坐视百姓遭受苦难而不申诉。在这种极端矛盾的心情下，诗人描绘出这六幅不朽的生活图画，其中洋溢着深厚的爱国主义和人道主义精神。

茅屋为秋风所破歌

八月秋高风怒号，卷我屋上三重茅。

茅飞度江洒江郊，高者挂罥（juàn）长林梢，

下者飘转沉塘坳。

南村群童欺我老无力，忍能对面为盗贼。

公然抱茅入竹去，唇焦口燥呼不得，

归来倚杖自叹息。

俄顷风定云墨色，秋天漠漠向昏黑。

布衾多年冷似铁，骄儿恶卧踏里裂。

床头屋漏无干处，雨脚如麻未断绝。

自经丧乱少睡眠，长夜沾湿何由彻？

安得广厦千万间，大庇天下寒士俱欢颜，

风雨不动安如山。呜呼！

何时眼前突兀见此屋，吾庐独破受冻死亦足。

○三重茅：盖在屋顶上的几重茅草，三和九一样是虚指，表示数量多，不是确指的三层。

○**雨脚**：雨向下落，如人脚下垂。日光下射时也称为"日脚"。

○**寒士**：宋代文学家王安石在致敬之作《杜甫画像》中写道："宁令吾庐独破受冻死，不忍四海赤子寒飕飕。"通过王诗以"四海赤子"对"寒士"的解读，我们就可以看出"寒士"泛指天下苍生，而不仅仅是狭隘地指和杜甫一样比较穷困的知识分子。

破题

诗的前半部讲述了悲苦而又艰辛的生活境遇，大风吹走了茅屋顶棚上的茅草，茅草还被孩童们公然抱走，真是屋漏偏逢连阴雨。诗人由自己的不幸想到广大百姓的不幸，提出只要天下寒士都有屋子住，那么自己冻死了也不要紧，以此结局升华出极为高贵的精神和品格。

赏析

这首诗富有生动的细节，比如写到被卷走的茅草，分别从吹得远的、吹得高的、吹得低的不同状态来写，远的被吹到江边，高的被吹到林梢，低的被吹到水坳里。从三个方向来写茅草被吹散的凌乱程度，由此强调诗人疲于应对的狼狈。

诗中还两次描写到孩童。第一次是村里的群童当面抱走茅草不予归还，后人曾批评杜甫贬低儿童为盗贼是不对的，但要想到这样写的生活经验和写作目的，生活经验是孩童们通常一哄而走，写作目的则主要是衬托诗人的年老无力。第二次写到孩子是自家的娇儿，由于睡相不好把被里子都踢破了。小孩子睡觉不老实，是生活中的常情。而孩子之所以睡得无所顾忌，也是因为天真烂漫不知苦难，反衬诗人"自经丧乱少睡眠"的愁苦样貌。

岑参

　　岑参（约715年—770年）是唐代边塞诗人的杰出代表。他的父祖曾经做过宰相，到了他这一代已家道中落。他于天宝三载（744年）进士及第，五年后弃官从戎。他首次出塞时在名将高仙芝的幕府待了两年，后来再度出塞又在封常清的幕府一住三年。他曾出任嘉州（今四川乐山）刺史，所以后人又称他为"岑嘉州"。

　　他的诗中充满了奇幻瑰丽的军旅生活和边塞风光，并在其中注入了积极进取的精神和英雄主义的气息，造就了慷慨壮丽的诗歌风格。

行军九日思长安故园

强欲登高去，无人送酒来。
遥怜故园菊，应傍战场开。

○**行军九日思长安故园**：对于一首五言绝句而言，这个题目显得比较长，想要说明的内容层次也较为丰富。首先点明是在行军途中，"九日"点明节令为重阳节，"思长安故园"交代这首诗的主题。

○**无人送酒来**：表面上是说无人送酒过节，所以没有兴致，实际上是用陶渊明"白衣送酒"的典故，写军旅生活的萧条。陶渊明辞官后的一个重阳节，因为家贫无酒，正在菊边闷坐，忽有白衣人奉刺史王弘之命前来送酒，于是痛饮到醉。这句诗里典故用得很自然，没有刻意的痕迹。

○**故园菊**：诗人是南阳人，他久居长安，所以将长安看作故园。如果单纯地理解为诗人只为故园的菊花伤感，那么格局就小了。这里是很典型的以局部代整体的写作技巧，也就是说遥怜的不仅是故园菊，更是整个毁于战火的长安城。

破题

至德二载（757年），岑参随唐肃宗行军到凤翔（今陕西宝鸡），这时长安仍未收复。诗人在重阳节这天牵挂着长安，无心登高和饮酒。整首诗表现出诗人对战事、故园的关切之情。

赏析

重阳节通常要登高、饮菊花酒，诗人一上来就说"强欲"，表示很勉强地打算去登高。第二句说无人送酒。第三句"遥怜"二字把诗人的思绪推到长安，"故园菊"既呼应了思亲念远的主题，又衬托了重阳节的习俗。

写到这里，也还是一般的题材，第四句一个"应"字，使吟咏的格调发生了变化。这花不仅是无主的故园之花，还是战场边零落的花。诗人的忧国忧民之情就此和盘托出。诗中处处关合节日习俗，却写出与普通思亲念远不一样的深情。

逢入京使

故园东望路漫漫，双袖龙钟泪不干。
马上相逢无纸笔，凭君传语报平安。

○**东望**：越往西走，就离东面的故乡越来越远，所以说"东望路漫漫"。

○**双袖龙钟泪不干**："龙钟"即眼泪乱流的样子。诗人因思家而流泪，因流泪而袖湿，表现出极为感伤的离情。

破题

公元749年，诗人在安西节度使高仙芝的幕府中任书记，这首诗作于赴安西途中。诗人为了功名离开家人，奔赴塞外，越走越远，思乡之情油然而生。这时遇到返京的使者，就想请他为家人捎去口信。诗中饱含真情实感，文字也很朴实。

赏析

诗人满腹离情，由东而西行，正好遇到一位自西向东去长安的使者，这么好的带信机会，诗人当然要马上抓住。但途中相遇，既无纸又无笔，信写不成，机会又不能轻易放弃，那就只有请这位使者给家人带个平安口信了。情节顺理成章。诗人就这样将人之常情亲切感人地落实在文字之中。

这首诗的画龙点睛之笔是三、四句，一、二句的思乡之情都是为三、四句做铺垫。

引申

唐代诗人张籍的《秋思》，也是用细节动作极为巧妙地表现思乡之情："洛阳城里见秋风，欲作家书意万重。复恐匆匆说不尽，行人临发又开封。"信都封上了，临行前又拆开来看看有没有遗漏，将对得之不易的机会的珍惜表达得细腻入微。所以有评论说，这首诗与"马上相逢无纸笔"写得一样妙，都是用极为朴素的本色语言道出内心活动。

白雪歌送武判官归京

北风卷地白草折，胡天八月即飞雪。

忽如一夜春风来，千树万树梨花开。

散入珠帘湿罗幕，狐裘不暖锦衾薄。

将军角弓不得控，都护铁衣冷难着。

瀚海阑干百丈冰，愁云惨淡万里凝。

中军置酒饮归客，胡琴琵琶与羌笛。

纷纷暮雪下辕门，风掣红旗冻不翻。

轮台东门送君去，去时雪满天山路。

山回路转不见君，雪上空留马行处。

○**白草折**：只有草已干枯才会折，写出了边塞植被的特点。诗人在边塞生活较久，细节描述得就很到位。

○**忽如**：以春天盛开的梨花比喻塞外的雪花，是诗人的奇思。"忽如"就是如，与杜甫《峡中览物》诗中的"巫峡忽如瞻华岳，蜀山犹似见黄河"用法相同。

○**瀚海阑干百丈冰**："瀚海"是沙漠的别称，"阑干"是纵横的意思，"百丈"极言其厚。这一句写出了冰天雪地的景象。

○**风掣**：即风吹，有风力牵引、拉扯之意。用字很有力度和动感。

○**轮台**：唐代县名，属于北庭都护府，故址在今新疆乌鲁木齐。

破题

岑参于天宝十三载（754年）夏秋到达北庭，三年后的春夏东归中原，这首诗就作于这段时期。这首诗以豪迈的感情描写了北方壮丽的冬景，虽然是送别之作，却并无哀伤的情绪，显出了诗人开阔的胸襟。

赏析

诗的前四句写户外雪景，三、四句气韵生动，是脍炙人口的佳句。用梨花雪白的颜色形容白雪，以梨花的繁盛形容雪花的密集，都是神来之笔。明明一、二句写北风折草的衰飒，五、六句写风吹的寒冷，三、四句却以春风梨花带来盈盈生意，这就是意气不衰的盛唐气象。五到八句由风吹雪花将冷湿的空气带进屋内写起，从衣衫、武器、铁衣写寒冷的程度。九、十句由此再度联想到户外的天寒地冻。十一、十二句翻转回室内气氛热烈的相送，乐器奏响，此起彼伏。然而饮酒千杯，终须一别。

诗人送友人出外，人物与背景合而为一。"纷纷""风掣"二句是军营门口所见，"轮台""去时"两句是城门所见，末二句是城外所见，友人渐行渐远，景物动态与风雪之势浑然一体。

全诗以风雪为贯通，自然衔接户外与室内的空间，有序地推进时间进程，有条不紊地写出军营中极富深情的离别故事。

韩翃

韩翃（hóng）的生卒年不详，是"大历十才子"之一，进士及第后一直在军队幕府中做文书工作。他的诗歌中占比最大的是送别诗和唱和诗。他和歌女柳氏在战乱中的悲欢离合，被写入传奇《柳氏传》。建中年间他写下《寒食》诗，对皇帝进行讽咏。唐德宗很有雅量地接受了，还专门钦点他担任知制诰，为皇帝起草诏书。

寒食

春城无处不飞花，寒食东风御柳斜。
日暮汉宫传蜡烛，轻烟散入五侯家。

○**寒食**：中国古代的传统节日，在清明节前两天，因禁火三天只能吃冷的食物，所以叫"寒食"。最初是为了纪念春秋时代宁可被火烧死也不出山为官的介子推，后世逐渐增加了祭扫、踏青、荡秋千等风俗。

○**御柳**：在古代凡是属于皇帝的东西，都会加上一个"御"字表示尊敬。比如皇帝的衣服称为"御衣"，宫苑的沟渠称为"御沟"，宫苑的柳树就称为"御柳"。

○**传**：挨家挨户地颁赐，所以说"传"，与第四句的"五侯"相呼应。

○**轻烟**：蜡烛质量越高，烟就越少，所以说是"轻烟"。

○**五侯**：西汉成帝、东汉顺帝时都曾封五位外戚为侯，东汉桓帝曾封五位宦官为侯，总之"五侯"不是外戚就是宦官。

破题

这是一首讽刺诗，用了汉代的典故，说寒食那天全国都禁火，皇帝却赏赐蜡烛给封侯的贵族们，让他们能够照明。诗歌借古喻今，用意深刻而表现含蓄。表面上通过宫廷的例行故事写出皇帝的恩宠，实有委婉的批评之意。

赏析

前两句写京城的春色。"春城"二字点明时令和地点，飞花的前面冠以"无处不"，描绘了一幅柳絮漫天、随风飘荡的春日景色。可以描写的内容很多，诗人却只选择了御柳飞花作为代表，写出春光秾丽，无所不在，是从个别见到一般。起句点明春天，下面的御柳、飞花、寒食、东风，都是从"春"字生发出来的。而柳斜和飞花的顺接关系，也是由东风吹拂造成的。御柳引出汉宫，寒食又是传蜡烛的依据。从这些地方就可以看出诗人的苦心经营，各种意象的相互关联可以说如同细针密线。

后两句紧扣寒食写当时的情事。傍晚时分，宫中已派人将蜡烛送到五侯家中。从这一件小事写出贵族们享受的特权和皇帝对他们的宠爱，可以说以小见大。

崔护

　　崔护（772年—846年）在《全唐诗》中存诗六首，最为出名就是《题都城南庄》。

　　据说有一年崔护举进士落第，清明节独自游览都城南庄，路过一座花木葱茏的村居，敲了很久的门。一位姑娘从门缝中探问，他说一人寻春，行到此处，酒后有些口渴。姑娘打开门给了他水，倚在桃树旁专注地看着他。崔护离开时，她似乎有些不舍。第二年清明崔护又来寻访，花草如故而门户已锁，于是有了这篇物是人非的名作。

题都城南庄

去年今日此门中，人面桃花相映红。
人面只今何处去，桃花依旧笑春风。

○**人面桃花**：以花比喻美女是比较常见的，甚至有点俗套，这首诗与众不同的地方在于，一是选取了眼前的实景，二是将景色和人物融合在一起。既是互相映衬，又表现出诗人当时的眼花缭乱，分不清是花还是人。正是这样美好的场景，构成了难忘的记忆片段。
○**只今**：沈括《梦溪笔谈》中说此处本来写作"不知"，崔护后来认为表情达意不够准确，就改成了"只今"。沈括是北宋人，所以这个记载可能是有根据的。现在看来，"只今"比"不知"好的地方在于今昔之感变得更加突出了。而"不知"比"只今"好的地方，则在于音节声韵更加顺畅。如今这两个版本都很通行，说明笔力不相上下，读者们也各有喜好。

破题

诗中的今昔之感，由对一位乍见还别的姑娘的回忆引起。前两句由今思昔，用追叙的方法先写去年，后两句从昔到今，形成情绪的转变。情节本身就很动人，加上诗歌的语言真率自然，明白流畅，写出这种偶然相遇又永远失去的人生常态，又使"人面桃花"成为常用的典故。

赏析

前两句写过去。"去年""今日"和"此门"点明时间、地点，非常肯定，毫不含糊，说明印象深刻，记忆确切。当时这座庭院里，正是春风和煦，桃花盛开，那位姑娘的面容和桃花互相映照，红得非常好看。人面和花朵既交相辉映，又在争妍斗胜。

后两句写现在。同是"今日"（清明节），同是"此门"。门从外面锁着，可见人已经迁走，屋子空了。那张曾经与桃花相映红的美丽面庞已经不知所踪，而桃花仍然像去年一样在春风中灿烂地盛开。故地重游的诗人是多么失望与惆怅。

全诗用人面、桃花形成鲜明的对比。一、二两句讲的是去年之事，三、四句拆分的"人面"与"桃花"各自引领一句眼前的状态，今昔对读，真是再真切动人不过。

引申

唐代诗人赵嘏（gǔ）《江楼感旧》写道："独上江楼思渺然，月光如水水如天。同来望月人何处，风景依稀似去年。"这首诗也是以前后各两句对照，表现对物思人，由今思昔，写出物是人非之感。但崔诗是从昔到今，一上来就写出去年情事，从回忆中直抒胸臆。赵诗则是从今到昔，先写今日，而以往事作结。都是直抒胸臆，但结构安排各有章法。

张继

    张继是襄阳人，生卒年不详，天宝、大历年间诗人。他考中进士后没有被授官就回到了家乡。安史之乱中，他于官军收复两京之际弃笔从戎，大历年间任洪州（今江西南昌）盐铁判官，在职一年多病逝。

    他在诗中曾自称"终年帝城里，不识五侯门"（《感怀》），可见他不怎么逢迎权贵。他去世后，好友刘长卿在悼诗中说："世难愁归路，家贫缓葬期。"（《哭张员外继》）可见他清贫的一生。

枫桥夜泊

月落乌啼霜满天，江枫渔火对愁眠。
姑苏城外寒山寺，夜半钟声到客船。

○**枫桥**：枫桥在江苏苏州城西九里，寒山寺则在枫桥以西十里外。
第三句中的"姑苏"是苏州的别称。
○**江枫渔火对愁眠**：因客愁而未能成眠的旅人，与江边的枫树、渔
舟的火光终夜相对。
○**寒山寺**：唐代的诗僧寒山曾经在此居住，所以叫寒山寺。

破题

诗人在江南作客，有一次路过苏州，停船枫桥，经历了一
个不眠之夜，写下这首传诵千古的七绝。诗中通过景物写
旅途中的客愁，选色配声都很恰当，融情入景也很巧妙。

赏析

为了突出一夜"愁眠"，诗人将生活中发生的事件顺序重新
做了安排。

第一句重点推出一晚未睡而惊觉天要亮时的感受，月亮西斜，乌鸦啼叫，降霜了，天也更寒冷。第二句才追述天明前的情景，诗人从船舱里望出去，正好看到江边的枫树和渔船中的火光。因为未能入眠，诗人才能格外细致地观察到周围的景物。三、四句写昏暗的夜色中，一声声清冷的钟声既打破了半夜的寂静，又增加了半夜的寂静，当然也加深了终夜不眠的旅客的感触。

"江枫渔火"是一夜所面对的，"钟声"是半夜所闻，"月落乌啼"则是天亮时的所见所闻所感。全篇写客船夜泊的景色，而以"愁眠"贯串始终，使一切景物都染上了诗人感情的色彩，写景也就成了写情。

引申

有人曾批评"夜半钟声到客船"，认为三更天不是打钟的时候，诗人为追求好句子而背离了生活常理。实际上唐代的寺庙确实是半夜打钟的，如皇甫冉"夜半隔山钟"（《秋夜宿严维宅》）、王建"未卧尝闻半夜钟"（《宫词·其二十六》）、陈羽"隔水悠扬午夜钟"（《梓州与温商夜别》）等都证明了这一点。

胡令能

胡令能的生卒年不详，是唐代贞元、元和时期诗人，隐居在圃田（今河南中牟）。他年轻时家境贫寒，以修锅碗、洗镜面为生。传说有一次他祭拜列子，许下求聪慧、思学道的愿望，于是梦到神人剖开他的腹部塞进书卷，从此他就能吟咏出诗篇。他得到了当地太守等名流的仰慕，但依然干着从前低微的"钉铰之业"，人们都赞美他有隐者之风，称他为"胡钉铰"。

小儿垂钓

蓬头稚子学垂纶，侧坐莓苔草映身。
路人借问遥招手，怕得鱼惊不应人。

○**蓬头稚子**：头发乱乱的样子，正是童子的外貌特征。
○**莓苔**：青苔。

破题

诗中描绘了一个小孩子专心致志学习钓鱼的场景。他坐在青苔上，草丛掩映。别人向他问路，他就赶紧摇手示意路人小声点，唯恐惊走了鱼。场景生动活泼，极富生活意趣。

赏析

开篇首先是用蓬头来表现小孩子不假修饰的外部特征，一个"学"字，把小孩子喜欢模仿大人的特征点了出来。他学得有模有样，侧身坐在青苔上，因为身板小，掩映在草丛之中。大人钓鱼通常是端坐之姿，侧身就写出了孩子本身坐不住的样子。

前两句写小孩子垂钓的静态，三、四句则选择了一个很有趣的片段。路人问路，小孩子没有回答而是远远地招了招手，因为怕大声回答惊走了鱼，所以就不能应声了。孩子的小心思就这样活灵活现地呈现出来。

全诗写小孩子学钓鱼，从静态和动态两个层次上突出了天真烂漫的童趣特点。

引申

写童趣的古诗不算多，清代诗人袁枚的《所见》也写得饶有情趣："牧童骑黄牛，歌声振林樾。意欲捕鸣蝉，忽然闭口立。"牧童本来正兴高采烈地大声歌唱着，突然停止不再出声，原来是屏息静气地去抓知了。和胡诗一样，都是通过动作反映出儿童特有的心思，读来格外真切，令人忍俊不禁。

韦应物

韦应物是长安人，生卒年不详。他十五岁就成为唐玄宗的近身侍卫，安史之乱后流落失职，发愤读书，曾入读太学。因他曾任江州刺史、检校左司郎中、苏州刺史，也被称为"韦江州""韦左司""韦苏州"。

他的诗歌风格呈现出较为明显的变化。安史之乱前意气风发，写下过"丈夫当为国，破敌如摧山"这样的盛唐诗句。安史之乱后盛唐不再，加上因执法公正反被迫辞去洛阳丞一职，他开始看破世事，走向孤独宁静的自我内心世界。

滁州西涧

独怜幽草涧边生，上有黄鹂深树鸣。
春潮带雨晚来急，野渡无人舟自横。

○**滁州**：这首诗作于诗人出任滁州刺史期间。西涧在城的西边，又名"上马河"。

○**独怜**：花时已过，眼前只剩下一片绿荫幽草，这种幽静的景色反而引起了别有会心的诗人的怜爱。和王安石《初夏即事》中的"绿阴幽草胜花时"是同样的意思。

○**野渡**：荒凉之处或村野的渡口。

破题

前两句泛写暮春景物，后两句特写傍晚雨中景物。全诗动中有静，有声有色，形象丰富优美。有人说它是一幅风景画，其实绘画也难以完全将诗中情景表达出来。可谓"状难写之景如在目前"。

赏析

一、二句是雨前见闻，点出地点在"涧边"，点明时间是暮春，所以早已枝繁叶茂，黄鹂足以隐蔽在树荫深处歌唱。三、四句写看到的野渡雨景。闲行雨中，忽见西涧的水涨起了春潮，春潮来势本来就急，再加上雨水就更加迅猛了。时间已晚，潮又大，还下着雨，原本荒僻的渡口自然就更没有人迹往来了。风吹雨打，潮水冲击，小船没人看管，顺应着水流横在了渡口。

描写景物的诗篇固然要生动逼真地重现景物，但更主要的还是刻画出人在特定环境中的内心活动。这首诗就通过景物描写，表现出诗人心情的闲适和愉悦。

引申

宋人苏舜钦的《淮中晚泊犊头》同样精美如画，和韦诗有异曲同工之妙："春阴垂野草青青，时有幽花一树明。晚泊孤舟古祠下，满川风雨看潮生。"苏诗也是前二句写雨前，后二句写雨后。韦应物是徒步行走中所见，山林间有草木遮挡，而苏舜钦则是行船中所见，看到两岸广阔无边，两诗布局有所不同。

卢纶

卢纶（739年—799年）字允言，"大历十才子"之一。他的科举之路非常不顺，屡试不第。他因诗名远播而交游广泛，其中不乏权贵，后来在他们的推荐下终于做了官。

咸宁郡王浑瑊（jiān）出镇河中时，卢纶被召为元帅府判官。军中生活给他的诗歌注入了全新的养分，雄浑慷慨的军旅边塞诗从众多的唱和应酬诗中脱颖而出，成为他传诵最广的作品。

塞下曲·其三

月黑雁飞高，单于夜遁逃。
欲将轻骑逐，大雪满弓刀。

○月黑：夜晚看不见月亮，既渲染出夜战的危险气氛，又与敌人"夜遁"相互呼应。一个是自然景物，一个是反面人物，表现出这个夜晚的军情紧急和胜利在望。

○单于：汉代时匈奴人对其君主的称呼，泛指外族首领。

○轻骑：装备很轻、便于运动的骑兵。

破题

《塞下曲》共六首，都是写古代边塞军事生活片段的，如发号施令、射猎破敌、奏凯庆功等。这首诗写战争的胜利，以极其精练的手法画出一幅容量很大、情节完整的雪夜追击图。

赏析

一、二句写战事，第一句点明时间季节，用月黑风高来烘托战争的环境，以及战士们日夜拼杀于沙场的英勇。第二句是叙事，直接说明这场战事的结果而省略了过程，但其艰苦卓绝的程度从第一句的日夜兼程就可以看出来。

三、四句写战争的局部，选择了战事中的轻骑兵和他们的武器。末句突然补入大雪纷飞的情境，武器上都积满了雪。生活经验告诉我们，像弓刀这种迎风面积非常小的物体通常很难积雪，由此可知雪势之大。从这个局部描写就可以看出环境的恶劣、胜利的来之不易。

四句诗有详有略，有整体有局部，很有层次地描绘出边防战争的大场面。

引申

这组诗的第二首也非常出名："林暗草惊风，将军夜引弓。平明寻白羽，没在石棱中。"用汉代"飞将军"李广"射石没羽"的典故，来赞美张仆射的武艺。诗贵在含蓄，而含蓄的方式多种多样。像这样全是叙述性语言，看似将话说尽了，其实赞美隐含在言外之意中：射石头都这么厉害，那射虎、射敌人就更轻而易举了。

李益

李益（748年—827年，一说746年—829年）字君虞，陇西姑臧（今甘肃武威）人。他进士及第后曾在凤翔节度使李抱玉的幕府中任职，参与了大历九年（774年）的大规模防秋军事行动。几年后他再度到朔方节度使崔宁帐下任职，由此写出《夜上受降城闻笛》《从军北征》等著名的边塞诗。

李益和霍小玉的爱情故事被写入传奇《霍小玉传》，传奇中李益背信弃义，令霍小玉相思而亡。这个故事写于李益在世的时候，为此他承受了很大的舆论压力，也有学者认为这是当时党争造成的人身攻击。

夜上受降城闻笛

回乐烽前沙似雪，受降城外月如霜。
不知何处吹芦管，一夜征人尽望乡。

○回乐烽：回乐县的烽火台，故址在今宁夏灵武。诗人在《暮过回乐烽》中描述它的样貌是"烽火高飞百尺台"，解释命名的原因是"昔时征战回应乐"，这些都可以作为本诗的注脚。
○受降城：武则天当政时，名将张仁愿为了防御突厥，在黄河以北筑了东、西、中三座受降城。此处指的是中受降城，即汉代五原，因为诗人还有一首《盐州过胡儿饮马泉》诗，其中的盐州便是汉代五原。

破题

这首诗写戍边将士听到芦笛的吹奏而引起思乡之情，前两句写景，后两句写情。因景生情，风格自然流畅，形象鲜明，呈现出征人的眼前景和心中事。

赏析

一、二句写景，先写大漠的荒寒，点明地点；接着写月色的凄冷，点明时间。"沙似雪""月如霜"不仅在名物上对仗工稳，而且一是俯视，一是仰观，构成上下辉映的白光一片，令人更觉寒冷。这两句很好地表现出边塞苦寒的地域特征，为征人思乡情绪的产生做好铺垫。

三、四句写情。不知何处而来的笛声，一下子触动了这些背井离乡的人们。笛声的感染力是巨大的，不仅时间上达到"一夜"之长，而且影响的人群范围是"尽"，也就是说所有的征人都被它深深地打动，引起了彻夜的乡情。末句可谓言简意赅，直指人心，概括力极强。

引申

诗人还有一首《从军北征》："天山雪后海风寒，横笛偏吹行路难。碛（qì）里征人三十万，一时回首月中看。"同样是通过征人听到音乐引起思乡，但与本诗在表现手法上各有妙处。比如三、四句的内容基本等同于"一夜征人尽望乡"，将"尽"数字化为"征人三十万"，用动作"回首月中"具体表现"望乡"，更见感受的细腻和情景的真切。

孟郊

　　孟郊（751年—814年）字东野，湖州武康（今浙江德清）人。他四十六岁奉母命第三次进京赶考，终于进士及第，五十岁任溧阳尉。他虽然有强烈的功名心，但因个性孤傲，与世不合，一生困苦不得志。

　　他与韩愈等人合称为"韩孟诗派"，韩愈称他的创作是"不平则鸣"，意思就是诗人心中有不平之气，就会通过文学抒发出来。孟郊写诗注重炼字，是唐代著名的"苦吟诗人"。因他和贾岛多在诗中表现清冷寒苦的生活，又被合称为"郊寒岛瘦"。

游子吟

慈母手中线，游子身上衣。

临行密密缝，意恐迟迟归。

谁言寸草心，报得三春晖。

○寸草心：比喻游子的心。"寸草"就是小草。

○三春晖：比喻母亲的慈爱。"三春"指孟春、仲春、季春，即正月、二月、三月，"晖"是阳光。全诗以比喻作结，干脆利落，而以"寸草心"作为陪衬，又使"慈母"的形象更为鲜明。

破题

这首诗孟郊自注"迎母溧上作"，可知是他在五十岁任溧阳尉的时候，接母亲来同住时写下的。诗人一生漂泊，重大的人生阶段如考试、选官等都是在母亲的推动下实现的。这首诗不仅写出母亲的深情，更抒发了为人子女的反哺报答之心。

赏析

　　前四句通过白描，写母亲对子女的深情。四句只写一件事情，就是游子即将出门，慈母为他缝补衣裳。"慈母"与"游子"相对，"临行""迟迟归"都与游子相互呼应，共同点明这个场景发生的时间点。平时也是一样补衣服，但是出门之际，就会因为感情上的不舍而表现出更多的牵挂。"手中线"三字贯串前四句，游子的衣服是针线缝补的对象，三、四句则是慈母手持针线的样子，唯恐游子长时间在外，所以她把针线缝得又细又密，结结实实。

　　前四句通过典型事例描绘出慈母的形象，于是五、六句的议论水到渠成，写出游子内心真切的感激与无以回报的感受。

常建

　　常建字少府，生卒年不详，是玄宗时代的诗人，长期在长安游历。他和王昌龄同一年进士及第，互有诗歌唱酬。

　　常建的诗歌题材以山水田园为主，意境深远。唐人选辑的《河岳英灵集》选了他十五首诗，列在开篇的第一位，第二位才是选诗十三首的李白，可见他在当时文坛的地位很高。《河岳英灵集》认为他的诗开头看似寻常，而后往往曲径通幽、出人意表，并评价他的一生是"高才无贵士"，即很有才华而人生失意。

题破山寺后禅院

清晨入古寺，初日照高林。

竹径通幽处，禅房花木深。

山光悦鸟性，潭影空人心。

万籁此俱寂，但余钟磬音。

○**破山寺**：故址在今江苏常熟虞山的兴福寺。

○**山光悦鸟性，潭影空人心**：形容后禅院环境幽美，使鸟感到愉快，人也消除了世间的杂念。鸟都感到愉悦，既是拟人手法，又烘托出自然的宁静之美。

○**万籁**：自然界的一切声响。

○**钟磬**：两种打击乐器，寺庙中诵经、斋供之起止信号，鸣钟表示开始，击磬表示结束。前一句明明写万籁俱寂，这里反而强调钟磬之声。这种写法就是我们常说的以动写静，更加衬托出山林的寂静。

破题

诗人清晨来到禅寺的后院，将自己的所见所闻写入诗中，山光水影，禅寺钟声，幽美的景物，愉悦闲适的心情，都从文字中一一流淌而出。这篇诗以写静景出名，曾经受到欧阳修的激赏。

赏析

一、二句点明时间地点，"清晨"与"初日"同义，古寺自然林木茂密，一个"入"字，是诗人从横向空间进入树林，一个"照"字，是阳光自上而下纵向进入树林，由此形成了视线与日光的交错。

"竹径"与"禅房"既是连通关系，又相互掩映。因为花木丛深所以形成曲径深幽之感，而禅房就是竹径通往的"幽处"。五、六句动静相宜，"山光"与"潭影"是静态，"鸟"与"人"是动态，无论鸟还是人都感受到静谧的美好。

这首诗就像一幅静景写生，山林禅房，光影动静，令读者身临其境。最后一联还有钟磬之声悠长，余韵袅袅，更增强了赏心悦目的空灵之美。

韩愈

　　韩愈（768年—824年）字退之，自称郡望昌黎（今属河北秦皇岛），被世人称为"韩昌黎"。他三岁就成了孤儿，由兄嫂抚养成人，从小发愤向上，个性刚直。元和十四年（819年），他因为反对皇帝迎佛骨，被贬为潮州刺史。他曾跟随裴度出征淮西，晚年官至吏部侍郎。

　　韩愈推动了唐代的古文运动，主张散文摆脱骈文的束缚，要反映现实，从而获得生命力，《师说》《进学解》是他的代表作。他和柳宗元合称"韩柳"，是唐宋古文八大家之一。他写诗非常有气势，别开生面，又常常以议论为诗，使诗走向散文化，对宋诗影响很大。在当时与孟郊等人形成"韩孟诗派"。

早春呈水部张十八员外·其一

天街小雨润如酥，草色遥看近却无。
最是一年春好处，绝胜烟柳满皇都。

○**水部张十八员外**：指张籍，他在同族兄弟中排行第十八，曾任水部员外郎。

○**天街小雨润如酥**："天街"指京城的街道。"酥"是动物油，形容春雨滋润细腻。

○**最是一年春好处**：初春正是一年中最美的季节。这句归纳一、二句，看似平白如话，却是一气呵成。苏轼《减字木兰花·莺初解语》就直接借用："最是一年春好处。微雨如酥。草色遥看近却无。"可见诗人描述的精准程度连苏轼都是服气的。

破题

写这首诗时诗人已经五十六岁，因为平息了一场叛乱而升任吏部侍郎。早春时节，诗人敏锐地发现春天的新绿和生机，并为此感到欣喜。他写了两首诗给张籍，分别从景色之美、生命常新来鼓动友人去寻访早春的盎然生趣。

赏析

第一句写春雨，设置的地点是"天街"，和第四句的"皇都"是同样的意思，表明在京城。"小雨"二字落笔很普通，但"润如酥"三字一下子就通过比喻，抓住了小雨最本质的特征，即细腻、润滑。第二句写"草色"，诗人没有去描摹色彩，而是选择了相对的视觉效果，远看没有，近看才有，将似有还无的浅浅新绿描述得既新颖又准确。

这首诗围绕"早春"，抓住细雨和新绿，将初春特有的景致写得生动而真实。出于对自然与生命的热爱，诗人有了于细微处发现美的眼睛。

引申

韩愈《早春呈水部张十八员外·其二》写道："莫道官忙身老大，即无年少逐春心。凭君先到江头看，柳色如今深未深。"第一首诗围绕"早春"美景做文章，第二首则着重鼓励"逐春"。诗人认为哪怕年纪衰老、事业忙碌，也不应停止对自然之美、生命之美的欣赏和追求。

游城南十六首·晚春

草树知春不久归，百般红紫斗芳菲。
杨花榆荚无才思，唯解漫天作雪飞。

○**不久归**：也就是常说的"春归"，既可以指春天来临，又可以指春天离去，这里是后者。白居易《大林寺桃花》说"长恨春归无觅处"，宋人黄庭坚《清平乐》写"春归何处？寂寞无行路"，都是这个意思。

○**杨花榆荚**："杨花"指柳絮，"榆荚"指榆钱。它们都有着经风一吹就漫天散开的特点，所以比喻为飞雪。

○**唯解**：只知道。二字跟随"无才思"而来，因为没有特殊的才华，所以只知道在空中飘散着，表现对春的留恋。也有人引申为无论人有无才华，都应该尽量展现自己。

破题

这首诗是《游城南十六首》组诗中的一首。诗人写晚春的景色，用了拟人的手法，赋予草树、杨花、榆荚以主动争取的姿态，在春天即将归去的时候，竭力呈现它们的美丽和存在。

赏析

正如上一首诗切合"早春",这首诗全文切合"晚春"。写晚春不是面面俱到,而是选择了两类植物。一种是草木,特征是开出花朵,构成丰富的色彩,万紫千红;另一种则是高树如柳树和榆树,柳絮和榆钱都会随风吹散,在空中弥漫,渲染出暮春的气氛。诗人以类分的方法,简洁地概括了晚春的景色特征。

诗人还用了拟人的手法,用"知""斗芳菲""无才思""唯解"等人类的意态,将种种不舍、挽留、珍惜的情感,通过花草树木的各出奇招透露出来。

灿烂的春天即将离去,诗人难免有些意志消沉。在这组诗的最后一首《遣兴》中他写道:"断送一生唯有酒,寻思百计不如闲。莫忧世事兼身事,须著人间比梦间。"表现出明显的伤春意绪,可以作为这首诗的注脚。

左迁至蓝关示侄孙湘

一封朝奏九重天，夕贬潮州路八千。
欲为圣明除弊事，肯将衰朽惜残年！
云横秦岭家何在？雪拥蓝关马不前。
知汝远来应有意，好收吾骨瘴江边。

○朝奏：元和十四年（819年）正月，唐宪宗从法门寺迎取释迦佛骨进宫供奉，韩愈上表劝阻，结果触怒了皇帝。"朝奏"就是早上递出的《谏迎佛骨表》，和"夕贬"相对应，指他被贬潮州刺史，要求即日出发。

○雪拥蓝关马不前："拥"即阻塞，蓝田关在今陕西蓝田东南。大雪阻路，不说人不想离去，只说马都不肯往前。那么天气的恶劣、路途难行和人心中的愁苦，就都在其中了。

○瘴江边：古代常说岭南为瘴疬之地，因为湿热容易引起疾病。这里是指潮州。

破题

韩愈触怒皇帝，被贬至千里之外的潮州。雪夜仓促前行的诗人，通过对侄孙韩湘的道白，述说了对国家的一片赤诚之心，也倾诉了满腹委屈和悲愤。他对前途几乎不抱任何期望，做好了老病之躯葬身潮州的最坏打算。

赏析

这是一首感情炽热的自白诗。

首先，诗人表达了对国家的忠爱之情。三、四句以流水对的形式，倾诉了同一件事：诗人一心要为国家革除弊端，毫无私心，为此他愿意付出任何代价，而不顾惜自己的政治前途。

其次，表达了诗人对此遭遇的悲愤之情，因为忠心爱国却遭到了重大的打击和误解。五、六句不说家已不在，只问"家何在"；不说难以前行，只说"马不前"。诗人突然被贬谪到千里之外，感情上自然是难以接受的，但在写法上含蓄而有力度。

最后，诗人没有沉溺于悲苦，而是重申第四句的信念，正如屈原所说的"虽九死其犹未悔"。诗人将后事托付给侄孙韩湘，进一步坚定了自己的不悔选择。

引申

韩愈在第二年回京途中，为前一年卒于路上的女儿写了一首诗题很长的悼诗。因为父亲被贬受到惊吓，加上舟车劳顿，韩愈十二岁的女儿病死于前往潮州路上的商南层峰驿。韩愈在诗中最后二句写道："致汝无辜由我罪，百年惭痛泪阑干。"作为人臣他可以无悔于自己的选择，但作为父亲他无法不充满愧疚。

刘禹锡

刘禹锡（772年—842年）字梦得，洛阳人。他和柳宗元是意气相投的朋友，两人一起参加了以王叔文为首的政治革新，失败后被一贬再贬。

刘禹锡性格刚毅，在被贬谪的岁月中虽然有些苦闷，但并没有消沉。被贬十年后，他一度回到京城，到玄都观赏花时写下"玄都观里桃千树，尽是刘郎去后栽"（《元和十年自朗州至京戏赠看花诸君子》），结果被人告发说他心怀怨恨，再一次被贬。又过了十四年，他再度回到京城，意气不衰地来到玄都观，写下"种桃道士归何处？前度刘郎今又来"（《再游玄都观》）。

望洞庭

湖光秋月两相和，潭面无风镜未磨。
遥望洞庭山水翠，白银盘里一青螺。

○两：指湖光和秋月，全诗着重写这两种自然景物的相互映照。
○镜未磨："镜"是比喻湖面整体有光泽。根据生活经验我们知道，波光粼粼是一种明暗不定的状态，"未磨"就是反映这种光线不均匀的自然特征。
○青螺：本是螺的一种，和田螺长得差不多。诗人通常用它真实的色彩和逼真的形状来形容青山，这里指的是洞庭湖中的君山。

破题

公元824年秋天，诗人在赴任和州（今安徽和县）刺史的途中路过洞庭湖。诗中描写秋夜月下静谧的湖光山色，视线由近及远，将湖水、月光、山色有机地融为一体。

赏析

  诗中最重要的一对景物是湖光和秋月，这在第一句中就点出来了。二者的关系是"相和"，就是说非常和谐。诗中连用两个比喻来描述湖面，一个是未磨的镜子，一个是白银盘。前者写湖面的波光，后者写湖面的色彩，抓住湖水映着月光时的不同样子，写出了湖光秋月的"两相和"。

  另一对相辅相成的自然景物是山、水。先将二者的位置关系说清楚，即眼下是湖水，远望是湖中的君山。第四句的比喻既关合湖与月，又切中山与水。洞庭湖如银盘，君山就像盘中的青螺，合起来是一道品相极佳的菜肴，更是月夜中配合得浑然一体的山与水。

  这是一首意境非常单纯的诗，湖、月、山、水的相互辉映在诗里得到了完美的体现。

秋词二首·其一

自古逢秋悲寂寥，我言秋日胜春朝。
晴空一鹤排云上，便引诗情到碧霄。

○自古逢秋悲寂寥：战国著名诗人宋玉写过一篇题为《九辩》的长诗，其中有名句"悲哉，秋之为气也"，抒发自己在秋天的悲凉情绪。这篇作品影响到后来的许多文人，形成一种悲秋的传统。本诗第一句欲扬先抑，第二句就直接翻案了。

○排云：冲破云霄。既是描写鹤的振翅而飞，又以其富含的生机，表现出诗人昂扬的情绪。

破题

这是一首歌颂明丽秋日的小诗，反映出诗人的乐观情绪。一、二句以翻案的技巧表明诗人的独特认知，三、四句以鹤冲上云霄的景象表现出诗情的豁达，通篇具有积极向上的气息。

赏析

　　首句写前人对秋天的感受，大多怀着伤感之情。次句写自己独特的看法，觉得秋天比春天更美好。一、二句语言平淡，三、四句却突然绘出一幅极为生动的图景，将秋高气爽的景色和诗人的诗情画意融合到一起。

　　秋天景色怡人，可以写的景物本来很多，诗人却只选取了天气晴朗这一点，再配合鹤的冲上云霄，给人特别振奋的感受。这样无论是人还是物，自然就都谈不上悲秋和寂寥了。这种写法既是以偏概全，又是以少胜多。

　　眼前"晴空一鹤"是实景，诗人旷达的"诗情"则是虚写。诗人用极为明朗的景物、极其爽利的动作，将难以具体描述的主观情绪也描绘得可以感知了。

再游玄都观

百亩庭中半是苔，桃花净尽菜花开。
种桃道士归何处，前度刘郎今又来。

○**百亩庭中半是苔**："百亩"是虚指，形容庭园面积大。一半是苔，形容被荒废后的冷落。如诗序中说："重游玄都，荡然无复一树，唯兔葵燕麦动摇于春风耳。"

○**种桃道士**：用比拟的方式，暗指当时打击改革派的当权派。因为与玄都观、桃花都相关，所以用在这个情境中一点都不显得突兀。

○**前度刘郎**：指诗人自己。"前度"呼应上次写玄都观桃花诗被贬。"前度刘郎"和"种桃道士"相对，一个卷土重来，一个不知去向，由此表现出诗人不妥协的精神。

破题

诗人因看花讽刺权贵被贬，过了十四年才回到长安。这十四年中皇帝换了四位，人事变化很大，但朝堂上的斗争仍在继续。诗人写这首诗显然是故意旧事重提，向打击他的权贵发出挑战，表示决不会因多次被打击就屈服妥协。

赏析

表面上看，这首诗写的是十四年间玄都观的桃花盛衰。十四年前诗人贬谪归来，到玄都观看花时曾记下"玄都观里桃千树"的盛况。如今重来，不仅桃花都没有了，还长满了青苔，说明无人料理，更没有游人，与曾经的"无人不道看花回"（《元和十年自朗州至京戏赠看花诸君子》）形成强烈的反差。

实际上这首诗是通过花的盛衰，比拟人事斗争，暗讽当年权贵的失势。诗人将"桃花"比为新贵，"种桃道士"比为当权派。曾经的当权派已经不在政治舞台上了，被他们提拔的权贵也丧失了从前的声势，而让位于其他人，就像"桃花净尽菜花开"一样。

金陵五题·石头城

山围故国周遭在，潮打空城寂寞回。

淮水东边旧时月，夜深还过女墙来。

○**石头城：**在今南京城西清凉山附近。三国时，东吴君主孙权依石头山建石头城，收藏宝物军器，派兵驻守，整个六朝时期都被视为军事重地，后人用"石头城"泛称南京。诗中的"故国""空城"都是指石头城。这里是以局部代整体，看似咏石头城，实则咏整个六朝的兴废。

○**淮水：**指金陵城内的秦淮河，注入长江，相传由秦始皇下令开凿。青山、江水、秦淮河、明月，都是以不变的自然景物衬托人事变化，从而产生历史的沧桑感。

○**女墙：**城上的矮墙，也就是城垛。

破题

《金陵五题》是一组咏史怀古诗。第一首总写衰亡，后四首分别写具有代表性的人物如贵族、帝王、高僧、文士，以自然的永恒和人事的变迁相对，指出富贵荣华不会长久，对于过去不可一世的帝王将相既有悲悯，又怀着讽刺。

赏析

本诗以对句开头，"故国"点明时间，"空城"增加了盛衰之感。石头城依山而建，所以说"山围"，北临长江，故而至今被潮水冲刷。青山和江水都经久不衰，只有曾经极为重要的军事堡垒已成为一座荒城。江山如旧，六朝繁华烟消云散，情调悲壮。

后两句写从秦淮河边东升又从城墙垛上西落的明月，它看过六朝的繁华，似乎还很多情，夜深的时候像从前那样往来，照着空城的寂寞。这是以有情的月亮衬托出无常的人事。

石头城象征这一历史时期统治者的权势，而历史上的繁华转眼变成如今的寂寞。用今日之衰和昔日之盛对照，淡然而意味深远。

引申

咏史诗的写法多种多样，大体说来，或是借过去人物的活动表现自己的抱负，或是对史事进行评价以表明自己的政治观点，《金陵五题》就属于后者。

与刘禹锡同时的大诗人白居易曾赞美"潮打空城寂寞回"这句诗说："吾知后之诗人不复措辞矣。"是对这句诗既见苍茫气势、又见今昔盛衰之变的高度评价。

金陵五题·乌衣巷

朱雀桥边野草花，乌衣巷口夕阳斜。

旧时王谢堂前燕，飞入寻常百姓家。

○**乌衣巷**：在今南京市东南，秦淮河南岸。三国时曾是吴国部队的营房，军士们穿着黑色的衣服，所以叫"乌衣巷"，东晋初成为门阀世家的住宅区。

○**朱雀桥**：六朝时秦淮河上的一座浮桥，面对城的正南门朱雀门，是当时的交通要道。"朱雀桥"和"乌衣巷"都是实际地名，对仗也极为工整。

○**王谢**：指王导、谢安两家，是东晋最大的豪门贵族，与"寻常百姓"形成对照。贵族宅邸早已成为废墟，而百姓人家却在废墟上建起房屋，由此可见历史的变迁。

破题

这首诗写贵族们命运的盛衰。以六朝最为人们熟知的秦淮胜地、王谢人家入手，从而引起共鸣。相对第一首诗意境阔大、笼罩各篇的总起地位，这首诗作为组成部分，描述更加细节化。

赏析

诗的头两句以巷、桥为例，说明此地在历史上曾是很煊赫的所在，名流往来，车水马龙，而现在与它们相映照的是黯淡的斜阳和随意生长的野草花。这两种自然景物一个是衰败的象征，一个表明行人稀少，共同描绘出此地早已衰落的事实。

后两句是传诵人口的名句。王谢之流富丽雄伟的住宅早已成为普通人家的房屋，然而春天的燕子却依旧年年前来筑巢，它们不理会也不需要理会屋舍主人身份的变迁。三、四句承接一、二句所暗示的盛衰变化，举了燕子寻巢这样的日常小事，来说明王朝更迭之下荣华富贵都不会长久，这是典型的以小见大。

引申

《金陵五题》诗序写道："余少为江南客，而未游秣陵，尝有遗恨。后为历阳守，跂而望之。适有客以《金陵五题》相示，逌（yōu）尔生思，欻（xū）然有得。"秣陵是南京在晋朝的旧称，诗人当时在安徽和县当官，并没有到过南京。由此说明文学创作不一定要亲历才能完成。

酬乐天扬州初逢席上见赠

巴山楚水凄凉地，二十三年弃置身。

怀旧空吟闻笛赋，到乡翻似烂柯人。

沉舟侧畔千帆过，病树前头万木春。

今日听君歌一曲，暂凭杯酒长精神。

○二十三年弃置身：诗人从永贞元年（805年）贬官出京历经辗转，至此已经二十二年，等他到达长安就是第二十三个年头了。"弃置"即不用，指诗人被贬出京城不受朝廷重用。

○怀旧空吟闻笛赋：魏晋时向秀和嵇康、吕安是好友，后来嵇、吕二人都被司马昭杀害，向秀经过好友们的故宅时听到邻人的笛声，引起了对故人的思念，于是写下《思旧赋》。诗人用这个典故怀念当年一起参加革新运动，而后在贬谪中去世的友人。一个"空"字表现出心中的无限感伤。

○烂柯人：传说晋人王质到山上打柴，看到一对童子在下棋，看完棋手中的斧头木柄都烂了，回到家才发现时间已经过去了一百年。诗人用王质比喻自己久离京城，恍若隔世，人事全非。

○听君歌一曲："君"指与诗人初次相逢的白居易，所唱就是他为诗人写的《醉赠刘二十八使君》，即题目中"见赠"的作品。

破题

公元826年，诗人被罢免和州刺史，他北归洛阳途中经过扬州，遇到从苏州返回洛阳的白居易，白居易即席赠诗一首，刘禹锡便写了这首诗作答。这首诗简练沉着，体现了诗人在长期遭到贬斥后仍然意气不衰的豪迈情绪。

赏析

首联中，"巴山楚水""二十三年"是描述客观情况，指被贬谪的地方和时长，"凄凉地""弃置身"是诗人的主观感受，诗人将客观情况和主观感受相结合，总结了过往的遭遇。

颔联和颈联表达诗人即将回到京城的复杂心情。三、四句集中使用典故，用典不是为了炫耀才华，而是为了让读者更深刻地理解诗歌的内容和情绪。五、六句则使用比喻，"沉舟""病树"比喻久被贬谪的自己，"千帆""万木"比喻多数仕途得意的人。这两句紧接上一联而来，对当时朝政的更迭、人事的变迁，有着非常沉痛的回忆。尾联回到酒席上，"暂凭"二字有一种不确定性，究竟以后命运如何仍有悬念。

诗人将复杂真切的感情通过多样的技法表现出来，既克制又有情，同时富有层次，这是此诗特别值得关注的地方。

引申

白居易《醉赠刘二十八使君》写道："为我引杯添酒饮，与君把箸击盘歌。诗称国手徒为尔，命压人头不奈何。举眼风光长寂寞，满朝官职独蹉跎。亦知合被才名折，二十三年折太多。"诗中赞美刘禹锡的才华，对他坎坷的遭遇感到不平。

　　刘诗的起句、结尾和白诗是相对应的。比如白诗从酒席写起，刘诗以酒席作结；白诗以"二十三年"作结，刘诗则以"二十三年"开篇。二诗你来我往，表现出酬答之作的相互呼应。

白居易

白居易（772年—846年）字乐天，号"香山居士"，代表作有《长恨歌》《琵琶行》。他和元稹倡导新乐府运动，主张写时事反映现实，世称"元白"。

元和初年，白居易在朝中积极议政，写下许多著名的新乐府讽喻诗。后来他被贬江州（今江西九江），开始走上独善其身的道路。他和元稹一在江州，一在通州（今四川达州），两人频繁地以竹筒寄诗，酬唱不绝，文学史上称为"通江唱和"。

池上

小娃撑小艇，偷采白莲回。

不解藏踪迹，浮萍一道开。
. . . . . .

○浮萍一道开："浮萍"浮在水面上，细细密密，构成了完整平面的视觉效果。因为人小艇小，小娃以为藏在荷叶间就不会被发现，完全不知道小船荡开的浮萍已经暴露了他的行踪。

破题

公元835年，诗人在东都洛阳做官。一天在池边游玩，看见山僧下棋、小娃撑船，于是写下一组两首的《池上二绝》。诗中描写日常生活的小情景，透露出诗人平和而又不失天真的心态。

赏析

　　诗中首先描述小童的样貌，连用了两个"小"字，用"小艇"配合"小娃"，不嫌重复，更显生动。其次，突出小童特有的动作："撑"字透出卖力的样子，"偷采"是这首诗的关键词，也是整首诗描述的中心事件，瞒着大人的"偷"，正是小孩子们热衷的活动。最后，点破小童明明是偷采，却不懂得隐藏行踪，是因为他们根本没有心机。诗人抓住了孩童天真的特征，以"光明正大"的偷采，形成小诗的趣味所在。

这首诗充满童趣，描写动作尤佳，既真切又令人忍俊不禁。

引申

《池上二绝》中的第一首写道："山僧对棋坐，局上竹阴清。映竹无人见，时闻下子声。"两位僧人对坐下棋，安静无语，清幽的竹林里时时传来落子的声音。两诗对看就会发现，山僧有山僧的定力，小童有小童的天真懵懂。诗人就那么寥寥数笔，既勾画出主人公们各自的身份特征，又都流露出诗人怡然自得的心境。

忆江南三首·其一

江南好，风景旧曾谙。

日出江花红胜火，春来江水绿如蓝。

能不忆江南？

○**忆江南**：今天通常将《忆江南》列为词牌。它出自唐代的乐曲，在当时词作为文学体裁还没有成熟。《全唐诗》收录了白居易、刘禹锡、韦应物等人的《忆江南》，白居易的《白氏长庆集》将其列为律诗。

○**旧曾谙**：旧时曾经熟悉。说明对这时的诗人来说，江南已经是一段美好的回忆了，和末句的"忆"字相互呼应。

破题

诗人晚年在洛阳的时候，回忆十五年前在苏杭任官的时光，写下《忆江南》三首。江南的美景如在目前，诗人的思念亦足以打动人心。"江南"从此成为古典诗歌中最美好的记忆之地。

赏析

全诗重点在突出一个"忆"字。与此相关，便有了"旧曾""能不忆"的首尾呼应，诗人将这种刻骨铭心的思念和盘托出，情感的线索就明明白白了。

忆的内容那么丰富，选取哪一种典型意象才能够打动所有人呢？诗人首先圈定了江南的风景，再从中选择一个更为具体的景物——春江。继而以春江为主体，用灿烂的春花与它相配合，并且在时间上选择了最富变化的日出时分。

红胜火的江花，绿如蓝的江水，一个努力绽放，一个不停向前奔流，这就是诗人最终锁定的江南风景。如此绚烂的两种色彩相对，正是江南大俗大雅的特征。

引申

诗人共写了三首《忆江南》，另外两首分别是忆杭州和苏州。公元822年诗人被任命为杭州刺史，三年后又被任命为苏州刺史，杭州与苏州共同成就了诗人对江南的美好印象。

"江南忆，最忆是杭州。山寺月中寻桂子，郡亭枕上看潮头。何日更重游？"这首诗选取了杭州的典型意象如赏桂花、看钱塘江潮，直到今天这些仍都是杭州秋天最浪漫的事。

赋得古原草送别

离离原上草，一岁一枯荣。

野火烧不尽，春风吹又生。

远芳侵古道，晴翠接荒城。

又送王孙去，萋萋满别情。

○**赋得古原草送别**："赋得"即赋诗得到某个题目的意思。凡被指定题材、主题的诗作，题目前就会被冠以"赋得"字样。所以这首诗的主题是"古原草送别"。

○**野火烧不尽，春风吹又生**：诗人顾况刚看到白居易的投献诗文时，很随便地拿他的名字"居易"开玩笑，说现在长安米价涨了，生活不易。等看到这一句时，大为惊叹，改口说能写出这句诗的人，即使在长安，生活也容易了。可见这句诗令人惊艳的程度。

○**王孙**：出自《楚辞·招隐士》："王孙游兮不归，春草生兮萋萋。""王孙"是公子、贵族的通称，这里是诗人对友人的美称。

破题

这首诗是白居易少年时准备应试的习作,曾经进呈给顾况,得到他的赏识。诗的内容虽是沿用《楚辞》中的传统意象,由春草而写到别情,但它最令人印象深刻的地方,是对平凡生物所具有的顽强生命力的歌颂。

赏析

一、二句写野草的生命常态,三、四句写野草的生命力,"烧不尽""吹又生"与"一岁一枯荣"相印证。一、二句是总结,三、四句以春风的无处不在对抗野火的无情席卷,有昂扬之气。五、六句既写草又衔接别情。"远芳"是散播很远的香气,"晴翠"是阳光下鲜明的绿色,这里形容春草茂盛,"古道""荒城"都被包围在它无边无际的长势中,"侵""接"二字准确生动。"古道""荒城"既是送别之地,又是远行人即将踏上的道路。全诗就从"古原草"过渡到"送别",完成题面的全部表达。

引申

宋人胡仔在《苕溪渔隐丛话》中说"野火烧不尽,春风吹又生"不如刘长卿"春入烧痕青"(《访杨云卿淮上别墅》)一句"语简而意尽"。刘诗同样写出野草的勃勃生机,"烧痕"对应白诗中的"野火烧不尽","春入"和"青"说明"春风吹又生"。刘诗用一句表达出白诗两句的内容,所以胡仔认为刘诗更加简洁。不过刘诗中的草只是景色的一部分,论全诗意境则白诗更胜一筹。

钱塘湖春行

孤山寺北贾亭西，水面初平云脚低。

几处早莺争暖树，谁家新燕啄春泥。

乱花渐欲迷人眼，浅草才能没马蹄。

最爱湖东行不足，绿杨阴里白沙堤。

○**孤山**：西湖中的一个小岛，在里湖和外湖之间，由白堤连接岸边。"贾亭"即贾公亭，唐朝时杭州刺史贾全所建。

○**白沙堤**：又名断桥堤，曾被误传是白居易所修，故又称"白堤"。末二句和首句在地点上相互呼应，以首句中的孤山为参照，白堤在它的东边，所以说是"湖东"。"最爱湖东"也就是最爱白堤的春光。

破题

公元822年白居易到杭州担任刺史，三年后改任苏州刺史。他在杭州待了三年，历经两个春天。这首诗写西湖春景，将风景名胜巧妙地融于诗中，描写了早春的活泼景色。

赏析

题目是"春行"，即春日中的行走，正是这首诗富有移动感的原因。

首句与末联关合，共同交代出游春的线路，非常具体，从位于孤山北边的贾亭之西开始，终至白堤，很有真实感。诗人远眺，目力所及的地方水天一色。"水面初平"是春水满盈，"云脚"即远望中下垂的云气，一个满，一个低，自然是水天相接了，更加显得视野开阔。

下面继续边走边看，三、四句的视线转移到白堤上的花树和莺燕。"几处"与"谁家"表现出莺燕往来穿梭的热闹情景。"暖树"和"春泥"是它们生机勃勃的原因。鸟鸣与繁花相映衬，春燕为筑巢而奔走，整幅画面充满春天的气息，饱含温暖、热烈与希望。五、六句继续写白堤，诗人的目光渐渐凝聚到行走的道路上。草长得很浅，只能没过马蹄，符合早春时节的特征，也是骑在马上的人才会注意到的细节，同时骑行又与"行不足"相呼应。

一路行来描写了各种春意，人在春光中若隐若现。视线的游走，路线的移动，马蹄的丈量，都说明了行人在画中的惬意。

引申

白居易离开杭州时写下《西湖留别》："绿藤阴下铺歌席，红藕花中泊妓船。处处回头尽堪恋，就中难别是湖边。"表达了诗人对西湖的深深眷恋，"就中难别是湖边"完全是"最爱湖东"的再次表白。这首诗主要重在抒情叙事，《钱塘湖春行》则景中有人且有情，抒发富于变化，所以更容易令人折服、传诵。

卖炭翁

卖炭翁，伐薪烧炭南山中。

满面尘灰烟火色，两鬓苍苍十指黑。

卖炭得钱何所营，身上衣裳口中食。

可怜身上衣正单，心忧炭贱愿天寒。

夜来城外一尺雪，晓驾炭车辗冰辙。

牛困人饥日已高，市南门外泥中歇。

翩翩两骑来是谁？黄衣使者白衫儿。

手把文书口称敕，回车叱牛牵向北。

一车炭，千余斤，宫使驱将惜不得。

半匹红绡一丈绫，系向牛头充炭直。

○**冰辙**：车轮在结冰的地面上轧出的印子。"冰辙"和"一尺雪""晓驾炭车"相互呼应，卖炭翁怀着"愿天寒"好让炭卖出好价钱的心愿，却遭受到了无情的掠夺，辛苦和期待就都落了空。

○**市南门外泥中歇**：唐代城中买卖商品的区域叫"市"，每天中午打鼓开市，傍晚敲锣散市。老翁将炭运到市场时还没有开市，所以只好在门外等待。

○**黄衣使者**：指宫中派出来买货的宦官。唐玄宗到唐德宗时期，宦官到市场上看到想要的东西，不按照东西的正常价格买，而是随便给点钱，甚至一分钱也不给就拿走。这是当时不合理但合法的掠夺行径，叫"宫市"，给百姓带来深重苦难。

破题

这首诗是《新乐府》五十首中的一首，写的是一位贫穷的卖炭翁被公开掠夺的场景。作者只是平铺直叙，并没有在诗中正面议论是非，只在结尾二句以非常冷峻的语言对宫市这种强盗行为加以揭露。

赏析

这首诗的故事场景中，一边是卖炭翁，一边是宦官，二者形成了人物形象的鲜明对比。

先从形象上来看，卖炭翁满面尘灰，头发花白，双手乌黑，穿着单薄的衣衫。而宦官们穿着黄衣白衫，翩翩骑马而来，衣着齐整。再从行动上来看，老翁拖着沉重的牛车前来卖炭，来早了无处躲避风寒，饿了也没钱吃饭，在泥泞中等待。而宦官们手里拿着朝廷的文书，毫不犹豫地拖走了整车炭。百姓的无助与宦官的强盗行径，就这样如在目前。

除了人物形象的对比，老翁卑微的愿望和残酷现实中愿望的落空，千斤炭的价值和半匹红纱的微薄所获，叙事中的种种对比落差，都透露出作者明确的立场和态度。

引申

　　韩愈曾经记录过另一个类似的故事：有个农夫牵驴驮着木柴进城去卖，遇到宦官前来索要，只给他几尺绢，还要收税。农夫哭起来，把绢还给宦官，但宦官不肯收，说："必须用你的驴把木柴送进宫。"农夫说："我家里还有父母妻子，都靠卖柴的钱才有饭吃。如今我把柴给你，不收你的钱，你要是还不肯，我只有一死了！"在这段叙述中，有宦官的巧取豪夺，有农夫的苦苦哀求，补充了《卖炭翁》中对话的留白，也令人更充分地体会到唐代宫市制度给百姓带来的苦难。

李绅

李绅（772年—846年）年轻的时候曾写下《悯农》诗二首，脍炙人口。他一入仕途就卷入牛李党争，他属于李德裕集团，与牛僧孺集团相互斗争。他做官的道路起起落落，都和李德裕的升迁贬谪密切相关。晚年李绅当了宰相，又出任淮南节度使，但因为奢侈、残暴最后被定性为"酷吏"。这个评价和《悯农》诗形成了强烈的反差。

悯农 · 其一

春种一粒粟，秋收万颗子。
四海无闲田，农夫犹饿死。

○一粒粟：一颗种子。春天种下一粒种子，就会有丰硕的成果，和下句的"万颗子"相对应。"一粒粟"是一，"万颗子"是多。

○犹：还，作为程度副词，既和"四海无闲田"形成反差，又加深了对农民命运不幸和不公的表现。

破题

这首诗从农民的生计出发，问责普遍性的社会问题。明明天下大丰收，所有的田地都种上了庄稼，为何还会有农民被饿死？这是社会的不公，也是诗人为百姓发出的呐喊。

赏析

春天的一粒种子是希望，迎来秋天万颗稻谷的丰收。这个以"一"对"万"的比较，洋溢着喜悦之情。第三句顺承前意，第四句却陡然转折，说如此丰收的年景，农民却挣扎在温饱线上，落差极大。农夫辛苦劳动却不能温饱，这是何其不公的事情！就如同蚕妇归来，感伤着"遍身罗绮者，不是养蚕人"（张俞《蚕妇》）。

四海丰收的喜悦和农民悲惨的命运，对比越是强烈，就越是能看出社会的不合理。

引申

晚年的李绅丧失了悯农的初心，他在当淮南节度使的时候无视民生，百姓纷纷逃离。刘禹锡曾应邀赴宴，写下一首《赠李司空妓》："高髻云鬟宫样妆，春风一曲杜韦娘。司空见惯浑闲事，断尽苏州刺史肠。"刘禹锡本意是赞美一位色艺双绝的歌妓，"司空见惯"从此成为成语，但是这首诗同样可以证明，奢侈生活对晚年的李绅来说已是寻常事情。

悯农·其二

锄禾日当午，汗滴禾下土。
谁知盘中餐，粒粒皆辛苦。

○**锄禾日当午，汗滴禾下土：**讲农夫们的劳作，诗人选取了最具典型性的时间点。如果一天最热的时候都没有休息，那么可想而知一整天的工作强度和时间长度。顺承第一句，诗人通过汗水滚滚而下这个最常见的景象，毫不刻意地描述出农夫辛勤的样子。

破题
这首诗依然是对社会普遍现象的夹叙夹议。一、二句描写农夫们的辛苦劳作，三、四句提醒享受劳动成果的人们要珍惜粮食，珍惜劳动果实。全诗朴实真切，脍炙人口，具有警示意味。

赏析
两首"悯农"诗，第一首通过对农民的劳动成果和人生命运的比较来激发人们悯农的情感。第二首则是建议人们珍惜农民的劳动果实，是站在一个全新的角度上悯农。

诗人选择了从日常用度入手，通过每个人都会消费的一日三餐，启发人们展开悯农的实际行动。这样一来，悯民就不仅仅是一种情感，而是有目标的实践活动，每个人都可以通过节约粮食，真正爱惜农民们的劳动。

这也使这首诗格外具有指导意义，成为人生的格言警句。

引申

1164年，宋代诗人杨万里回到江西老家，看到农田遭灾，忧虑地写下一首《悯农》："稻云不雨不多黄，荞麦空花早着霜。已分忍饥度残岁，更堪岁里闰添长。"诗句描写久旱无雨，禾苗枯死，农民们对即将到来的饥荒忧心如焚。

无论是讲述普遍性道理的李绅《悯农》诗，还是书写具体事例的杨万里《悯农》诗，都反映了诗人们对底层百姓赤诚的关怀，具有可贵的现实主义精神。

柳宗元

　　柳宗元（773年—819年）字子厚，出身河东柳氏，世称"柳河东""河东先生""柳柳州"，唐宋八大家之一。他因参与王叔文的革新，长期被贬，从湖南永州到广东连州，四十七岁卒于广西柳州。他和韩愈都是唐代古文运动的引领者，并称"韩柳"。他的寓言如《黔之驴》结构短小而极富哲理，山水游记则记录了他长期贬谪的人生。他常常到山水间散心解闷，善于发现自然和生命的美，在作品中寄托了"忧中有乐，乐中有忧"的情思。

江雪

千山鸟飞绝，万径人踪灭。
孤舟蓑笠翁，独钓寒江雪。

○**千山鸟飞绝，万径人踪灭**：这两句对仗工稳，将外部环境的寒冷枯寂表现得非常到位。"千山"和"万径"都是虚指，"绝"和"灭"都是没有。在这么广阔的山水道路中，却没有一点鸟和人的踪迹，足见天寒地冻，万物萧条，为三、四句渔翁出场的与众不同做好铺垫。

破题

这首诗作于永州。一、二句渲染天气的严寒，三、四句写渔翁独自垂钓江中，既是一幅如诗如画的寒江独钓图，又是诗人自我形象的投射，表现出他在遭遇打击后，在孤寂中的坚守与执着。

赏析

一、二句完成了造境，"绝""灭"二字不仅表达了没有的意思，而且是很彻底的没有，在程度和力度上都非常强烈。正是在这样极其空寂的环境中意外地出现了一位渔翁，形成了无和有的强烈反差。

一、二句扫空了所有的生机，三、四句却推出一位不畏寒冷、无惧寂寞的渔翁。用"孤舟""独钓"来描述他的动作，蓑笠是他的衣着，"寒江雪"呼应一、二句，再次强调环境的恶劣。这一切衬托了渔翁形象的孤寂和内心力量的无比强大。

引申

宋代著名画家马远绘有一幅《寒江独钓图》，图中一叶扁舟，船上一位渔翁正在垂钓。大量的留白令人更觉江上烟波浩渺，近处以寥寥几笔勾出船下江涛。神似《江雪》诗中意境，却又不完全相同，比如画中的渔翁就没有披蓑戴笠。没有记载可以证明这是根据《江雪》创作的诗意画，但是这一诗一画，足以说明中国古代文学艺术中"诗是无形画，画是有形诗"（张舜民《跋百之诗画》）的趣味所在。

酬曹侍御过象县见寄

破额山前碧玉流，骚人遥驻木兰舟。
春风无限潇湘意，欲采蘋花不自由。

○酬曹侍御过象县见寄：曹侍御乘船路过象县（今属广西柳州），离柳宗元的治所并不远，但诗人却不能前往与他相见，说明其中有些难言之隐，只好以这首诗酬答对方寄给自己的诗。

○骚人遥驻木兰舟："骚人"本指屈原、宋玉等楚辞作家，后来泛指诗人，这里是指曹侍御。木兰是一种香木，代表品格高洁，"木兰舟"未必是真用木兰做成的船。一、二句指曹侍御坐船经过象县破额山。作者的思绪跳跃到友人的空间，想象友人所乘舟船在远处停泊。

破题

这首诗表达了诗人在贬谪中对自由的渴望，怀念友人又不能相见，满怀不平之气，却用婉转的手法写出来。这不但是柳宗元最好的七言绝句，也是唐人七绝的杰作之一。

赏析

破额山前,江水像碧玉一般流淌,品行高洁的曹侍御在这里暂时停下。取景,诗人只说江水像碧玉一样清澈,取人,只点明友人站在木兰舟上,都是为了突出来的的高雅明秀。这很符合赠诗的要求,一般都有赞美对方的话。

这首赠答诗不仅作为回敬要赞美对方,还要解释自己为何不能去探访。采花相赠是古人的风俗,诗人多么希望到潇湘一带去采蘋花送给友人,但是他没有这种自由。"欲采蘋花不自由"在诗中是兴的写作技巧。"兴"就是用其他事物作为引子,引出要真正述说的内容。但后面的话诗人就不说了,为什么会失去自由?这时诗人因为政坛失意被贬,"无限"之意是政治感情,"不自由"自然也是和政治相关。诗人点到即止,既沉郁又含蓄,同时让读者在品读中感受到他内心的忧愤。兴的手法常常能形成言在此而意在彼的效果,值得慢慢回味。

元稹

元稹（779年—831年）字微之，洛阳人。他有强烈的功名意识，但性情激烈，很容易得罪人，多次遭到贬谪。他一度做到过宰相，因与裴度发生冲突，四个月就被罢免了。

他和白居易有着令人羡慕的友谊，并称"元白"，两人写下大量的唱和诗。他是一位才子型作家，以自身经历写下了唐传奇《莺莺传》，后来被改写成《西厢记》世代传唱。他在妻子韦丛去世后写下悼亡诗，最著名的是《遣悲怀》三首，不仅抒发了夫妻之间至情至性的感情，一句"贫贱夫妻百事哀"也替世间所有的贫贱夫妻道出了生活的无奈。

行宫

寥落古行宫，宫花寂寞红。

白头宫女在，闲坐说玄宗。

○**寥落**：寂寥冷落。这是形容整个行宫，和第二句用"寂寞"具体形容宫花相互呼应。

○**古行宫**：行宫是皇帝出巡时的临时住所。"古"说明时间过去很久了，和"白头宫女"相互印证。

○**说玄宗**：谈唐玄宗开元、天宝年间的旧事。

破题

这首小诗不过二十字，却写出了强烈的今昔盛衰之感。白发宫女坐在春天的繁花中，诉说着从前的故事。文字简练平淡，意味无穷。

赏析

第一句点明地点是行宫，分别用"寥落""古"来形容。第二句点明时间，花开的时候自然是春天。花的前面加了定语

"宫"，又限定了花开之地。颜色只选择了红色。艳丽的春天，花儿寂寞地开放在冷宫中，和"白头宫女"形成强烈的对照。

寂寞红花与白头宫女这组对照，既有寂寞的共性，又有强烈的视觉反差。倘若读者的思绪愿意配合想象，那么完全可以联想到文字背后的意境：曾经，这位宫女也像红花一样青春年少，等待着玄宗的到来，而今老去的她无聊地坐在荒冷的宫中，说着过去煊赫的皇帝的事迹。

由此，唐王朝的盛衰、被浪费的生命以及这位宫女代表的所有宫女的不幸命运，就都浮现出来了。诗人在作品中留下了想象的余地，读者就应该善于展开想象的翅膀。

引申

和《行宫》内容相似的作品，还有白居易的《上阳白发人》和元稹的《连昌宫词》。这两首都是长诗，前者通过描述一位上阳宫女四十年的遭遇，写出深宫女性的悲哀；后者通过一位老人讲述连昌宫的兴废，反映了唐王朝的兴衰。清代评论家认为，《行宫》二十字足以概括《连昌宫词》六百多字。可见，文字的繁简不同是根据创作需要，并不会因此决定其表达效果的高下，该繁则繁，该简则简。

贾岛

　　贾岛（779年—843年）一生穷愁，长于五律。他和孟郊齐名，后人以"郊寒岛瘦"形容他们枯寂的诗歌风格。他注重词句锤炼，曾骑在驴上研究"鸟宿池中树，僧敲月下门"（《题李凝幽居》）一句中是用"推"好还是"敲"好，不料冲撞了韩愈，韩愈不仅没有怪罪他，反而给了他意见，认为"敲"字更合适。从此就有了"推敲"这个词，指斟酌字句，亦泛指对事情反复考虑。

　　贾岛在"独行潭底影，数息树边身"（《送无可上人》）后自注"二句三年得，一吟双泪流"，从中可见诗人苦吟的不易。

寻隐者不遇

松下问童子，言师采药去。
只在此山中，云深不知处。

○**不遇**：没有遇到。全诗在诗人期待"遇"的追问中，得到"不遇"的最终结果。"不遇"又与"寻"字相互呼应，寻是动作，不遇是结果。

破题

诗人前往山中寻访隐者，隐者的童子告诉他，师父进山采药去了，山中云雾缭绕，不知道人在哪里。山林幽深的风景、诗人不急不慢的询问，诗句表现出对生活中小遗憾的释然态度。

赏析

诗中首先写出寻的过程，第一句通过问童子，说明诗人正在寻找隐者。后面三句都是童子的回答，显然不是一气回答出来的，而是在诗人的反复追问之下：先问隐者去哪儿了，再问去哪儿采药了，等等。

其次，是突出隐者的风采。有风骨的松树、云雾缥缈的深山，都衬托出隐者高洁的品质。

最后，是"不遇"，和寻找过程的一波三折相互呼应。遇到童子，自然以为师父就在附近，谁知师父采药去了，这是第一个波折。既然就在"此山中"，好像近在咫尺，结果云深不知去处，这是第二个波折。

全诗仅二十字，却很有层次、内容丰富地缴足了题面，说明诗人文字锤炼的功夫相当深厚。

李贺

李贺（790年—816年）字长吉，是没落的唐宗室后人。他是一位天才诗人，却英年早逝。他的诗歌充满想象力，光怪陆离，后人称他为"诗鬼"。他少负才华，很早就得到韩愈等人的器重，却因为父亲的名字"晋肃"与进士的"进"同音，被人攻击而不能参加进士考试，自此一生抱负难以施展，非常苦闷。

他对诗歌创作投入了巨大的心力和热情，白天骑着驴子寻觅诗句，想到好句子立刻记下来扔到童子的锦囊里，晚上回到家就奋力整理出来。母亲看到他写了很多，感叹道：这孩子是非要呕出心来才罢休啊！说明天才的背后正是呕心沥血的付出。

雁门太守行

黑云压城城欲摧，甲光向日金鳞开。

角声满天秋色里，塞上燕脂凝夜紫。

半卷红旗临易水，霜重鼓寒声不起。

报君黄金台上意，提携玉龙为君死！

○**黑云压城城欲摧，甲光向日金鳞开**：乌云压城，城墙好像都要被摧毁；铠甲反射日光，像金色的龙鳞。据说李贺以诗求谒韩愈，韩愈刚送客归来非常困倦，已经准备休息，随手拿着诗卷边走边读，读到这句立刻停止更衣，令人请李贺进来，说明韩愈对这句极为赞赏。而宋人王安石却认为这句不合情理，明明空中布满乌云，怎么可能会有向日的甲光？无论如何，文字中的压迫感和色彩的强烈冲撞，都很好地制造出战争的紧张气氛。

○**燕脂凝夜紫**："燕脂"即胭脂，深红色。将士红色的血迹在寒夜中凝结为深紫色。

○**报君黄金台上意，提携玉龙为君死**：战国时燕昭王曾筑高台存放黄金，广求人才。"玉龙"指宝剑。用典故来说明将士们报效国家的一片赤胆忠心。

破题

这首诗以强烈的色彩感，写出一场塞外战争的瞬息变化：从兵临城下、两军对阵，到夜幕降临、暂时休兵，再到夜间突出奇兵。战事的紧张和惨烈，将士的慷慨赴死之志，都在其中。

赏析

一、二句中黑色与金色对撞。"黑云压城"的黑色浓墨重彩，形容出敌兵压境的紧迫感。"甲光向日"的金色非常耀眼，打破了黑云的笼罩，极具穿透力。两色相撞，刺激又鲜明，使两军对垒的势不两立呼之欲出。第四句中红色与紫色对撞。胭脂色的鲜红曾经带有生命的热度，最后凝结成紫色，色彩的变化映衬出将士们浴血奋战的惨烈。除了鲜明的色彩对撞，诗中还有两种暗沉的声音。第三句秋天里的角声是冲锋陷阵的号令，更添萧瑟之感；第六句里夜晚进军的战鼓因为霜重只发出沉闷的声音，战事的艰苦可想而知。这首诗里既有非常大胆的配色，也有十分沉重的配乐，都很好地烘托出悲壮的战争氛围。

引申

李贺写诗擅于用色。如《将进酒》中的"琉璃钟，琥珀浓，小槽酒滴真珠红"，通透的琉璃、琥珀色的酒水已经很鲜艳了，加上珍珠般晶莹的红酒，宴席的华丽丰盛跃然纸上。将这首诗和《雁门太守行》，更能感受到李贺运用色彩的表现力和给人的感染力。

李凭箜篌引

吴丝蜀桐张高秋，空山凝云颓不流。
江娥啼竹素女愁，李凭中国弹箜篌。
昆山玉碎凤凰叫，芙蓉泣露香兰笑。
十二门前融冷光，二十三丝动紫皇。
女娲炼石补天处，石破天惊逗秋雨。
梦入神山教神妪，老鱼跳波瘦蛟舞。
吴质不眠倚桂树，露脚斜飞湿寒兔。

○**吴丝蜀桐张高秋**：吴地产的丝、蜀地产的桐树都是制作乐器的优良材质，这里用来赞美李凭的箜篌。"张"即弹奏，"高秋"即深秋九月，第一句诗点明演奏的动作和时间。

○**李凭中国弹箜篌**："中国"即国中，指京城长安，和后面的长安"十二门"相互呼应。按照通常的逻辑顺序，乐师出场应该放在开篇，这里却先写乐技，再推出乐师，就显得富有变化，也容易给读者留下深刻的印象。

○**十二门**：长安四方各有三座城门，共十二门，与下句箜篌的二十三弦形成数字的对仗。形容乐声辐射范围很广，遍及全城。

○**神妪：**指传说中善弹箜篌的神仙成夫人。

破题

这首诗写李凭弹奏箜篌的艺术魅力，诗人用来作为描绘手段的不仅仅是声音，还有色彩、气味、光线、温度，通过人间天上、神仙世界的丰富想象，化无形为有形，令读者体会到强烈的音乐感染力。

赏析

前四句总括演奏的情况。先描绘箜篌的声音响彻天空，云都因此凝结在空中不能流动了。接着写演奏的精彩程度，使娥皇、女英（传说中尧的两个女儿）都为之感动，使善于弹奏乐器的素女因为技不如人而发愁。中间四句用"玉碎""凤凰叫"形容弦声的清脆和激越，用"芙蓉泣露""香兰笑"形容乐声所蕴含的情感。神奇的音乐使长安也变得温暖起来。

最后六句从现实世界来到神仙世界，对于乐声的赞美就更高一层了。先说声音高亢，以致女娲补的天空破裂，秋雨从裂缝中倾泻了出来。接着写李凭以技艺惊动了仙界，曾教授传说中善弹箜篌的神仙成夫人。听了李凭的弹奏，老鱼从波浪中跳出来，瘦蛟也为之起舞，吴刚激动地倚着桂树睡不着觉，不觉露水沾湿了月宫。

就这样，无论人间天上的有情人神，还是三界的无情之物，都被李凭的音乐打动了。

引申

如何描绘无形的音乐之美？"通感"是可用的修辞手法之一，即将人的视觉、嗅觉、味觉、触觉、听觉等不同感觉，通过相互转换实现更活泼的意象表达。比如李诗中的"芙蓉泣露香兰笑""石破天惊"等，都提供了生动的视觉形象。又如韩愈的《听颖师弹琴》："划然变轩昂，勇士赴敌场。浮云柳絮无根蒂，天地阔远随飞扬。"以勇士赴敌、柳絮飞扬来反映听觉所获得的声音之美，从而联通了音乐和绘画这两种艺术，使读者感受到更新鲜的美感。

许浑

　　许浑字用晦，生卒年不详，润州丹阳（今属江苏镇江）人。他住在京口丁卯涧，所以命名自己的诗集为《丁卯集》。他很喜欢写水和雨，当时人评论为"许浑千首湿，杜甫一生愁"。他律诗写得最多，句法圆熟，但宋人方回认为太过工整而缺少韵味。

咸阳城东楼

一上高城万里愁，蒹葭杨柳似汀洲。

溪云初起日沉阁，山雨欲来风满楼。

鸟下绿芜秦苑夕，蝉鸣黄叶汉宫秋。

行人莫问当年事，故国东来渭水流。

○咸阳：秦汉时代的京城。汉代将咸阳原地改名"长安"，唐代则将京城迁到渭水以南，仍叫长安。诗人登的楼在今陕西咸阳境内。

○日沉阁：诗人在诗中注明"南近磻溪，西对慈福寺阁"，可见"阁"就是指慈福寺中的阁。"日沉"点明是黄昏时分。

○鸟下绿芜秦苑夕，蝉鸣黄叶汉宫秋：两句互文见义。"秦苑""汉宫"都是过去繁华岁月留下的痕迹，如今只有飞鸟、鸣蝉点缀在草树之中。"夕"与朝相对，"秋"与春相对，都是描写荒凉，不一定是具体的时节。

破题

这是一篇登临的佳作，全诗以登楼所见所感为线索。那时许浑任监察御史，唐朝已经风雨飘摇，社会动荡不安，诗人从对自然变化的感受，引起对历史沧桑的感慨。

赏析

诗人登楼，一、二句首先引起的是思乡之情。作者是江南人，当他登上高楼远望，觉得渭河流域的芦苇和杨柳茂盛得像是江南的汀洲，于是引起了思乡之情。三、四句从思乡之情宕开，写人在高楼感受到的风雨。"楼"指咸阳城东楼，两句形容天气变化迅速。溪中腾起云气，太阳旋即落到阁后；山间欲雨，大风已经吹到楼头。

诗人一边体会自然的瞬息万变，一边眺望着眼前秦汉王朝的遗迹，生出了世事变迁的沧桑之感。以渭水东流一去不返，暗喻秦汉王朝都早已成为过去。就这样，诗人借助风雨变幻之势，将登楼引起的两种感情流动过渡得自然贴切。

引申

"山雨欲来风满楼"一句既有文辞之美，又精练地揭示出天气变化的自然规律，于是成为成语，比喻重大变化前夕的迹象。

比许浑略晚的诗人刘沧有一句"半夜秋风江色动，满山寒叶雨声来"（《秋夕山斋即事》），被认为和许诗的三、四句意境相似、功力相当，都将骤雨欲来而大风先至的自然状态描写得异常生动。

杜
牧

　　杜牧（803年—852年）字牧之，与李商隐并称"小李杜"。他晚年住在长安以南的樊川别业，世称"杜樊川"。他的祖父杜佑做过宰相，撰有《通典》。杜家是藏书世家，杜牧自称"第中无一物，万卷书满堂"（《冬至日寄小侄阿宜诗》）。杜牧才气纵横，二十三岁就写下《阿房宫赋》，暴得大名。他好读兵书，渴望建功立业，会昌三年（843年）昭义军乱，他的用兵之法曾被宰相李德裕采纳。

　　杜牧个性刚直，不拘小节，在扬州任牛僧孺幕府书记时纵情游历繁华的扬州，诗酒风流，也因此留下了离别扬州、回忆扬州的不少佳作。他颇有怀才不遇之感，临终前自己写下墓志铭，并烧掉了过去的许多文章。

山行

远上寒山石径斜，白云生处有人家。
停车坐爱枫林晚，霜叶红于二月花。

○**寒山**：深秋季节的山，和"枫林""霜叶"都是秋天的意象。

○**白云生处**：也有版本写作"白云深处"。"生"与"深"各有各的意境："白云深处"比较常见，就是深山云雾缭绕的样子；"白云生处"则是白云涌动升腾的地方，就会更有变化的动态。

○**停车坐爱枫林晚**："坐"即因为。诗人因为喜欢傍晚时候的枫林，所以特别停下来观赏。枫叶本来是红色的，斜阳更为枫叶着上一层色彩，令诗人格外着迷。

破题

深秋时节，诗人行走在深山之间，幽深的山景、鲜红的枫叶，都让他深深感受到自然的美丽，并由此产生喜悦之情。

赏析

白居易《钱塘湖春行》行走的是平原，而杜牧的《山行》则是行走在山间。

从人物行动来看，显然是在爬坡，所以用"远上"表现行人运动的方向，通过"石径斜"表现山势陡峭，与平地上的毫无波折就完全不同了。

从见到的事物来看，"白云生处"点明了所处位置是深山之中。深秋的枫树林经过霜降之后，像春天的红花一样鲜艳，一扫秋天的萧瑟之感，诗人的好心情由此产生。这首诗和刘禹锡的"我言秋日胜春朝"一样，不落"悲秋"的俗套，表现出开阔胸襟。

四句诗通过人物的行动和所见所感，非常清晰地呼应了"山行"这个题目。

清明

清明时节雨纷纷，路上行人欲断魂。
借问酒家何处有？牧童遥指杏花村。

○**清明**：二十四节气之一，也是中国的传统节日，活动有扫墓、踏青等。本诗直接以此为题，主要扣住清明时节的阴雨特征。

○**杏花村**：杏花村在哪里一直有争议，有山西汾阳、湖北黄州、江苏南京等说法。人们大多认为指的是安徽池州西郊的杏花村，因为古代方志里记载，唐代有个叫黄广润的人曾在那里酿酒出售。诗人写这首诗时正是池州刺史，池州杏花村也就顺理成章了。此后"杏花村"成了酒店的泛称，可见诗歌流行的力量。

破题

这首诗描写了清明时节诗人走在下雨的路上，向一位牧童打听酒店的情景。"雨纷纷"三个字使人如临其境，诗人虽说"欲断魂"，但诗情还是偏散闲自在的。

赏析

第一句点明时令和环境，春雨连绵是清明时节十分常见的景象，"纷纷"二字说明雨下得绵密，这也正是春雨的典型特征。第二句写行人在雨中低落的情绪。第三、四句落笔问路，寻访酒家。

据说这首诗可以删减为一首五绝："清明雨纷纷，行人欲断魂。酒家何处有？遥指杏花村。"奇妙的是，乍看上去语意上并没有损失，反而是原诗显得有些重复。比如"清明"本就是"时节"，既说"何处"，自然是"借问"。然而多念几遍就会发现，变成五绝后，原诗音节的婉转平和之美就会变得局促，原诗通过"借问""路上"所构成的画面中的人物与空间就会缺失，而牧童往往是骑牛吹笛的少年，这个意象使整个画面更具江南春天的气息。如此看来，虽然多出八个字，七绝还是更有意境，浅显易懂的同时诗意盎然。

引申

《清明》这首诗在北宋家喻户晓，尤其是"清明时节雨纷纷"这一句。北宋宋祁在《锦缠道》词中写道："向郊原踏青，恣歌携手。醉醺醺、尚寻芳酒。问牧童、遥指孤村道，道杏花深处，那里人家有。"就是直接化用了杜牧《清明》的诗意，并且补出了原诗的留白，将诗人盎然的游兴与牧童的一问一答都写在词中，这其实也正是《清明》诗中给人留下的想象空间。

江南春

千里莺啼绿映红，水村山郭酒旗风。
南朝四百八十寺，多少楼台烟雨中。

○**千里莺啼绿映红**：仅这一句就囊括了春天丰富的意象。"千里"是形容江南之广阔，"莺啼"形容生机勃勃，"绿映红"是红花绿树相互掩映。诗人以具体的意象，勾画出江南地区春天里生命复苏、生机盎然的景象。

○**南朝四百八十寺**："南朝"指先后与北朝对峙的宋、齐、梁、陈四朝。史书记载，梁朝都城有佛寺五百余所，所以"四百八十寺"是虚数。寺院大多清幽，配合着江南春景，就更见楼台林立于烟雨中的美感。

破题

古人评画，对于具有很大容量的小品，常常誉为"尺幅千里"，这首小诗便给人这种印象。寥寥二十八字即展现出一幅江南春景的长卷，情调愉快，笔触生动，色彩鲜明，使读者如同置身于无边春色之中。

赏析

全诗四句都是写景，处处柳绿花红，莺歌燕舞。临水有村庄，依山有城，而城边村里临风招展的是酒家用来招揽生意的旗帜，充满生活气息，又有动感。水秀山明之处，还有南朝遗留下来的数以百计壮丽宏伟的佛寺，它们若隐若现地立于朦胧烟雨中，更增添了无限风光。悠长的历史感隐藏在其中，而不流于纯粹的写景。

引申

这么好的诗也曾遇到过糊涂的读者。明代人杨慎就认为"千里"应为"十里"，理由是千里莺啼谁能听得到？千里绿映红谁能看得到？但这样理解诗歌的话就太拘泥了，恰恰是"千里"二字，才延展了江南春色"尺幅千里"的艺术效果。

赤壁

折戟沉沙铁未销，自将磨洗认前朝。
东风不与周郎便，铜雀春深锁二乔。

○**赤壁**：汉末时古战场。赤壁之战是有重大转折意义的一战，结果是孙权、刘备的联军打败了曹操大军。这一战中，东吴三十四岁的统帅周瑜成为头号风云人物，第三句的"周郎"便是指周瑜。

○**二乔**：即大乔、小乔姐妹，大乔是东吴前国主孙策的妻子，小乔是周瑜的妻子。一方面，是以美人衬托英雄，和上句的"周郎"相互辉映；另一方面，这两人的命运其实也代表着整个东吴的命运。

破题

诗人经过著名的古战场赤壁，有感于汉末的英雄成败写下这首诗。一方面写假如东吴失败，二乔的命运就会如何，实则家国命运都在其中，这是以小见大；另一方面，诗人认为周瑜不过是侥幸成功，不免感叹自己的怀才不遇，这是人中有我。

赏析

诗篇开头借一件古物来兴起对前朝人物和事迹的感叹。诗人取了一件在那场大战中留下的折断的铁戟，它沉没在江中的沙底，经过六百多年还没有被时光磨蚀掉，由此引起怀古咏史之情。由这个小小的物件，诗人想到那个纷乱的时代和那次重大的战事，以及战争中的人物。

后两句是议论，杜牧精通兵法，所以对赤壁之战的成败提出了自己的想法。当时周瑜靠火攻以少胜多，东风是成败的重要因素。所以诗人就此大胆假设，如果当时没有东风的便利，那么东吴便不可能取得胜利，大乔、小乔也将作为战利品被曹操带到铜雀台中关起来。第四句寓议论于形象之中，勾画出想象中二乔的处境，水到渠成地完成了评论。

引申

唐代诗人钱珝（xǔ）的《春恨》看起来和杜诗取境相似，都是以重大政治事件中的女性为中心来写："负罪将军在北朝，秦淮芳草绿迢迢。高台爱妾魂销尽，凭仗丘迟为一招。"陈伯之本是南朝梁将军，起兵反梁，兵败后逃往北朝的北魏。梁魏交战，丘迟写了篇《与陈伯之书》，既晓以大义，又以江南风光、对他家眷的宽大政策动之以情，陈伯之终于归来。钱诗没有议论国家大事，只选了私人生活中很小的一部分来写，而陈伯之的妻妾显然也不能像二乔一样代表国家的命运。所以钱诗与杜诗相差较远，二诗可以说是"貌同心异"。

泊秦淮

烟笼寒水月笼沙，夜泊秦淮近酒家。
商女不知亡国恨，隔江犹唱后庭花。

○**烟笼寒水月笼沙**：迷离的月色下，轻烟笼罩着寒水和河边的沙地。看似不经意地取眼前景，实际上有着颜色的准确关合，同时写出秦淮烟水的朦胧之美。

○**商女**：卖唱的歌女。正因为泊船靠近酒家，所以才能听得到店中的歌声，可见诗中的线索很细密，逻辑很连贯。

○**后庭花**：歌女口中所唱的《玉树后庭花》，恰好是陈朝的亡国之音。陈后主作了这首曲子，整天寻欢作乐，以致亡国。当时晚唐国势衰微，诗人听到曲子引起很深的感怀，因而把历史的经验教训推到了时人和后人的眼前。一曲《后庭花》既缭绕在秦淮河的烟水月色中，又衔接了古今的时空。

破题

秦淮河是南朝时的繁华之地，诗人夜泊秦淮，听到歌女唱着陈后主的《玉树后庭花》，不禁产生了古今兴亡之感。全诗意境完整，情景相生，议论精到而不显突兀。

赏析

第一句写景，第二句点明事件、时间和地点：事件是泊船秦淮河，时间是夜晚，地点是靠近酒家。一、二句从顺序来看是倒置的，通常会先写时间地点，再写从这个位置看到、感受到的景观，但诗人一上来就令烟水之感扑面而来，将生活融入自然的诗意当中。

第三句评论歌女不知道国家兴亡，第四句才说明歌女们的行为，即唱着陈后主的《玉树后庭花》。三、四句同样也是倒置，通常是先听到歌声才会引起感叹。但经此倒置，一方面在评论后写景，使直白变成含蓄。另一方面，在最后一句以"隔江""犹唱"呼应"亡国恨"的陈朝历史，让历史的空阔之感和首句的烟水迷离感结合得浑然天成。

从这首诗中，尤其可见倒置手法的运用之妙。

引申

清初戏曲作家孔尚任在《桃花扇》的结尾写道："问秦淮旧日窗寮，破纸迎风，坏槛当潮，目断魂消。当年粉黛，何处笙箫？"（《折桂令·问秦淮》）表现出无论曾经的歌儿舞女，还是繁华的都市风光，都已经随着明王朝的灭亡而烟消云散。

杜牧咏怀的是南朝繁华，孔尚任感叹的则是明朝繁华。历史与名胜相关合，就这样一朝一代书写在文学的记忆当中。

过华清宫·其一

长安回望绣成堆，山顶千门次第开。
一骑红尘妃子笑，无人知是荔枝来。

○绣成堆：据记载，因为唐玄宗时种植花卉、树木像锦绣一般，所以骊山两边有东绣岭和西绣岭。"绣成堆"既是名称上的实指，又是描述如锦绣一般有华彩的山川，形容华清宫所在的骊山的风物之美。

○山顶千门次第开："山顶千门"是写宫殿的宏伟。为了迎接进贡的使者，宫殿门户一重重地按顺序打开。

破题

华清宫是杜牧最爱写的题材，既有五言排律《华清宫三十韵》，又有七言绝句《过华清宫》三首、《华清宫》一首，这是其中最出色的一篇。诗中通过揣摩杨贵妃看到进贡的荔枝到来时的满意心情，揭示山君王的无道，和他们为追求奢侈生活而强加给百姓的苦难。

赏析

第一句从临潼到长安的途中着笔，已过骊山的华清宫，快到长安了，仍然回头眺望，说明诗人感触之深。长安离临潼其实已经有些距离，事实上是望不到的，所以这首诗写的都是想象的情境。第二句为荔枝的到来及第三句这一主要场景做好铺垫。

第三句正写，千门万户打开后一位使者疾驰而来，杨贵妃想到即将品尝到故乡的美食，不禁嫣然一笑。结句反写，诗人不但点明一骑红尘是为了进贡荔枝，而且还说无人知道是运送荔枝。也就是说马奔得这么急迫，大家还以为是紧急的国家大事。正反对照，诗人讽刺的意思就更清楚了。

李商隐

李商隐（约813年—约858年）字义山，号玉谿生，与杜牧合称"小李杜"。他五岁背诵经书，七岁开始写文章，十六岁就以古文闻名。他不幸被卷入当时朝廷的牛李党争，恩师令狐楚属于牛党，他的岳父则亲近李德裕，他因此背负了背叛恩师的"罪名"，导致仕途不顺，郁郁一生不得志。

李商隐擅长写骈文和爱情诗。同时由于平生经历造成感伤内向的性格，他的部分诗歌意象朦胧，曲折隐晦，难以解读，被金元之际的诗人元好问评为"望帝春心托杜鹃，佳人锦瑟怨华年。诗家总爱西昆好，独恨无人作郑笺"（《论诗三十首》）。"郑笺"指汉代郑玄为《诗经》作的笺注，后来泛指对古代作品的注解。

夜雨寄北

君问归期未有期，巴山夜雨涨秋池。

何当共剪西窗烛，却话巴山夜雨时。

○**夜雨寄北**："夜雨"点明作诗的时间，"寄北"即寄给住在北方的人，指的是诗人在长安的妻子。

○**君问归期未有期**：这句是写妻子信中的内容和诗人的回复。来信中当然说了许多家长里短，但重点却在于"问归期"，由此说明妻子对他的思念。诗人当然也有很多内容要回复，重点同样在于"归期未有期"。由此，一路飘荡在外的宦途失意、有家归不得的忧郁之情，就都在这归期未定的答复之中了。

○**巴山**：泛指三巴（今重庆东部）一带的山。

破题

李商隐曾住在巴蜀之地，他的妻子王氏则留在长安。这首诗就是他收到妻子来信后回复她所写的。一、二句写来信内容、时间地点，三、四句向往将来的重逢。全诗以"夜雨"贯穿始终，连通现在和将来的时空，情感表达细腻而质朴。

赏析

诗人在巴山一带接到北方家中妻子的来信，问他什么时候可以回来，他回答说："还没准儿，而且现在正下着愁人的秋雨。将来什么时候能和你一起在西窗下剪烛夜谈，而把现在的生活当成话题，那就好了。"

诗中先写今夜分居巴山、长安两地的自己和妻子，写自己念长安、妻子念巴山；后写想象中他日两人同在长安，共同说着巴山夜雨时的生活。既写出空间的不同，又写出了时间的变迁。更重要的是，在空间和时间的变化中写出人的悲欢离合。这样写相思可以说别开生面。

这是很生活化的一首诗，因为巴山夜雨的萧瑟秋景增加了惆怅缠绵，也因为回旋的时空带来了生活的希望和温情。

引申

唐代诗人刘皂《旅次朔方》写道："客舍并州已十霜，归心日夜忆咸阳。无端更渡桑干水，却望并州是故乡。"前两句写十年来诗人客居并州（今山西太原），思念着故乡咸阳。后两句写十年后的返乡途中，还没有到咸阳，诗人却已经开始思念起第二故乡并州。空间上的并州与咸阳和时间上的过去与将来交织一处，将久客还乡的微妙心理表现得淋漓尽致。这首诗和《夜雨寄北》一样，同样以空间和时间的回圹对照取胜。

贾生

宣室求贤访逐臣，贾生才调更无伦。

可怜夜半虚前席，不问苍生问鬼神。

○贾生：贾先生的简称，指贾谊。他曾被排斥流放外地，后来被汉文帝招了回来，重新得到赏识。

○宣室：汉朝未央宫的正室。贾谊进见汉文帝的时候，文帝正在宣室进行祭祀活动，就在那里问了他关于鬼神的问题。

○前席：古人席地而坐，坐的方式是双膝跪下，臀部放在脚跟上。当谈话或聆听很入神时，双膝就会不自觉地在席上向前移动，以便靠对方更近一些，称为"前席"。关于君臣见面的具体情形，诗中只通过这一个动作，就把贾谊说得头头是道、皇帝听得聚精会神的样子描绘出来了。

破题

诗人通过贾谊的故事，说明君王虽然遇到了有才能的臣子，可是不知道怎么样任用他们。这首诗借古喻今，令许多不同时代怀才不遇的有志之士深有共鸣。

赏析

首句从正面说起，写汉文帝求贤若渴的真诚和迫切，连已经被放逐远方的臣子都要访求。第二句承接上句，写贾谊无与伦比的才华。这两句事实上是欲抑先扬，为后文做铺垫，但在行文上却很平顺，使读者看不出来后面会出现大的转折。

第三句由正面过渡到反面。"可怜"即"可惜"，二字首先引起转折，而"虚前席"的"虚"字，又将皇帝励精图治的假象一扫而空，一、二句的赞赏就都变成了讽刺。结句是议论，说明"可怜"的原因正在于皇帝感兴趣的根本不是国计民生，而是鬼神。

其实就历史上贾谊的真实经历来看，他的的确确得到了文帝的赏识，在他死后，皇帝仍然施行他的主张。但诗人在这里只截取片段，做了符合自己意图的改造，表达了自己想表达的意思。

引申

北宋的王安石有一首同题之作《贾生》："一时谋议略施行，谁道君王薄贾生？爵位自高言尽废，古来何啻万公卿。"表面上是对李商隐作品的翻案，或者说是回到历史的本来面目，实际上是借题抒发他对宋神宗知遇之恩的感激。宋神宗不仅赏识、提拔他，而且在一片反对声中坚决支持他推行新法，这种信任是历史上非常罕见的。由此我们得知，诗人们往往借咏古抒发自己的切身感受，结合作者的生平才能更好地体会作品的深意。

无题

相见时难别亦难，东风无力百花残。

春蚕到死丝方尽，蜡炬成灰泪始干。

晓镜但愁云鬓改，夜吟应觉月光寒。

蓬山此去无多路，青鸟殷勤为探看。

○**无题**：唐代以来，诗人凡是不愿意标出诗歌的主题，就会写作"无题"。有些诗摘取第一句开头两个字作为诗题，而不理会其他的诗歌内容，实际上也是无题诗。

○**相见时难别亦难**：第一个"难"字的意思是相见困难，"别亦难"的"难"则是情绪上的难受。骆宾王说"别易会难"（《与博昌父老书》），即离别容易相见难，此诗则是更进一层。

○**春蚕到死丝方尽，蜡炬成灰泪始干**：通过融情入景，借助形象化的春蚕吐丝、蜡炬成灰这样的自然规律和生活常识，写对情感的至死不渝，以及这种情感被破坏后的无尽悲伤。"到死""成灰"是生命的终点，直到此时"丝方尽""泪始干"，也就是说精神与信念的追求终其一生才会停止。这样写极大地强化了感情力度。

破题

李商隐的"无题"诗大多写爱情，这首诗表面上看是写因为离别而产生的思念，但由于他隐晦不清的写法，很多人认为是以此来寄托政治情感，主要反映他在牛李党争中的遭遇和困惑。

赏析

首句说别离，一反"别易会难"的常识，翻新说"会难别亦难"，既然难上加难，可见别离的惆怅。第二句点明别离是在暮春的落花时节，前人多半只写花谢，而这句中不仅花朵残败，连吹落花朵的东风也是无力的，零落之感就更加强烈，"别亦难"的内涵也更为丰富。

"春蚕"一联表达别后的忧伤，表示要执着于这段感情，直到生命结束。"晓镜"一联前一句写清晨女子对镜梳妆，因年华易逝而愁苦；后一句写她夜晚吟诗，觉得月光凄冷而悲凉，这是想象中对方的相思之情。最后两句转回自己，在绝望中仍希望有人传递消息，再续前缘。

诗人一方面将常见的感情更进一层，如一、二句。另一方面将日常与情感进行交融，如三、四句。同时增加空间调度，既用对方的相思来衬托彼此的深情，又用人间、天上加深距离的裂痕，它们共同达到的艺术效果就是，将离别写出了与众不同的悲伤与缠绵。

引申

　　"春蚕到死丝方尽，蜡炬成灰泪始干"是《无题》中脍炙人口的佳句。它不是凭空而来，南朝乐府诗中的"春蚕不应老，昼夜常怀丝。何惜微躯尽，缠绵自有时"（《作蚕丝》），唐初诗人陈叔达的"思君如明烛，煎心且衔泪"和"思君如夜烛，煎泪几千行"（《自君之出矣》）等，都是李诗借鉴的对象。但李诗中直至生命终点的自我燃烧，是原作不曾达到的程度，使这一联获得了万古常新的生命力。如今人们常用这句诗形容一个人对于事业的奉献精神。

温庭筠

温庭筠字飞卿，晚唐诗人、词人。他诗风艳丽，以擅长写诗与李商隐并称"温李"。他还是第一个努力作词的人，是花间词派的代表词人，与韦庄并称"温韦"。

他精通诗赋，才思敏捷，科举考试中从不打草稿，双手交叉，靠着书桌略加思量，吟一句就写成一句，八韵很快完成，所以被人们戏称为"温八吟""温八叉"。当时有副对联说"三条烛尽，烧残士子之心；八韵赋成，惊破试官之胆"，可见考试难度之高。而温庭筠不仅自己答得快，还有余力帮助别人。他因为常帮周边的考生答卷子，又被称为"救数人"。唐宣宗时，他以搅乱科场的罪名被贬。

温庭筠才华虽高，却因为放浪不羁，饮酒赌博，口碑很差，所以累考不中，终身潦倒。

商山早行

晨起动征铎，客行悲故乡。

鸡声茅店月，人迹板桥霜。

槲叶落山路，枳花明驿墙。

因思杜陵梦，凫雁满回塘。

○**商山**：诗人从长安去襄阳，路上经过商山。秦代四位博士为躲避秦始皇的暴政隐居在这里，汉代时他们出山辅佐汉高帝刘邦的太子刘盈，被称为"商山四皓"。商山成为著名的隐逸之地，代表着有道则仕、无道则隐的儒家观念。这大概也是温庭筠将"商山"标明在题目中，并且内心五味杂陈的原因之一。

○**征铎**：悬挂在马颈上的铃铛，因为一出门就会响，所以叫"征铎"。

○**槲（hú）叶落山路，枳（zhǐ）花明驿墙**："槲"这种植物在秋天时树叶枯萎而不落，到了春天新树叶发芽时旧树叶才落下。"枳花"是春天开的白色小花。温庭筠很喜欢将"槲叶"与"枳花"对举，如"槲叶晓迷路，枳花春满庭"（《送洛南李主簿》）。

○**杜陵梦**："杜陵"是汉宣帝的陵墓，在长安城南，这里指代的就是长安。"杜陵梦"的梦境就是最后一句，梦到春天北归的水鸟、大雁铺满池塘，反衬自己孤零零地离开犹如故乡的长安。不仅与"悲故乡"相呼应，又以倒叙的手法构成了时空的回环往复。

破题

这首诗紧扣诗题"商山早行"，通过诗人流动的情绪，如思乡之情、寂寥之情，将清晨在山中赶路的情境和行走中见到的各种意象贯串在一起，从而显得情景交融，言辞清丽，情感真挚。

赏析

诗人出发得很早，所以称为"早行"。第一句直言"晨起"，第三、四句则呼应"晨起"。鸡叫时分就出发了，月亮还挂在空中，由于行人很少，板桥上还结着晨霜。诗句从多方面印证"早行"，而且天上地下、周边环境相互映衬，共同描绘出早行寥落的意境。

随着马铃的响动，诗人踏上"板桥"和"山路"。第五、六句用"槲叶"与"枳花"相对照，和晨霜一起点明早春时节的山间景色。一个"落"字，增添了林间的动感；一个"明"字，令人感觉到光线渐亮的生色。中间四句很好地完成了点题和写景的任务。然而这首诗之所以能够浑然一体，在于首二句和结二句在思乡之情上的相互照应，由此首尾补足，诗意隽永。

引申

　　欧阳修在《六一诗话》中记录了北宋诗人梅尧臣对"鸡声茅店月，人迹板桥霜"这两句的高度评价，即"状难写之景如在目前，含不尽之意见于言外"，认为"道路辛苦，羁旅愁思，岂不见于言外乎"。这正是写景状物与情感相互交融所造就的艺术效果。

罗隐

罗隐（833年—910年）是杭州人，曾参加过十多次科举考试却全都失败，被戏称为"十上不第"，就此隐居九华山。后来他依附了吴越王钱镠（liú），授给事中，人称"罗给事"。

他的诗歌长于咏史，多讽刺时事，以小品文《谗书》闻名。鲁迅在《小品文的危机》中评价说"唐末诗风衰落，而小品放了光辉。但罗隐的《谗书》，几乎全部是抗争和愤激之谈"，"正是一塌糊涂的泥塘里的光彩和锋芒"。

蜂

不论平地与山尖，无限风光尽被占。
采得百花成蜜后，为谁辛苦为谁甜？

○山尖：山峰。

○占：这个动词用得很有意思，某种程度上来说这并不是同情弱者的用语，显得占有者具有一定权力和主动性。但"尽被占"三字很快被后句颠覆，实际上除了辛苦别无所获。从无所不有到一无所有，反转落差之大，"占"字功不可没。

破题

这是一篇寓言诗，以蜜蜂比喻古代千千万万的普通农民，他们辛辛苦苦地干着活，可到头来劳动成果都被统治者掠夺去了。

赏析

一、二句写蜜蜂漫山遍野忙碌的景象，"不论""无限"二词将它们劳动的空间最大化。这个空间既包含广阔的平面范围，还包括了上上下下的纵向空间。第二句总结它们无处不在。一、二句是昂然又骄傲的语气，完全想不到三、四句会突然翻转，实际上是欲抑先扬。第三句接着前面的劳动景象，产生了劳动果实。第四句则以反问的方式点题，一个"谁"字，将诘问的矛头指向那些不劳动却品尝到甜蜜的人。全诗的诗眼正是"辛苦"二字。

郑谷

郑谷（约851年—约910年）是袁州（今江西宜春）人，他七岁能诗，晚唐诗人司空图曾经拍着他的背说："当为一代风骚主。"从二十一岁到四十岁，他连考了十次科举才考上，四十五岁才授了官职。他早年遭遇战乱，当官的时候眼看唐王朝走向没落，故常在诗歌中感时伤世。

诗僧齐己前来拜访，郑谷看到他的《早梅》诗，就建议将"前村深雪里，昨夜数枝开"中的"数枝"改为"一枝"，因为"数枝"就不算早梅了。齐己十分叹服，拜郑谷为"一字师"。郑谷晚年弃官回到家乡，建造读书房，从此隐居世外，潜心作诗。

淮上与友人别

扬子江头杨柳春，杨花愁杀渡江人。
数声风笛离亭晚，君向潇湘我向秦。

○**扬子江**：长江从南京到入海口这一段的古称。

○**杨花愁杀渡江人**："杨花"即柳絮，和"杨柳春"相呼应。"愁杀"明明是离别的情绪，却说是杨花造成，将"柳"谐音"留"的意思更递进一层。"渡江人"三字前后关照，要渡的是扬子江，友人"向潇湘"即由今天的江苏去湖南，正需渡江南下。

○**数声风笛**：风中的笛声本有悠远之感，何况数声更形成悠长连绵的意境，不仅是对情绪的反映，还起到一种从远景拉回近景的衔接转场作用。

破题

这首诗是诗人和友人分别时写的，和其他送别诗不同的是，这是一场各奔前程的离别，而且背道而驰，聚合难期。前三句渲染离别意绪，而将事件的详细原委放在最后说明，使全诗收结得既干脆利落又余韵无穷。

赏析

一、二句特别自然流畅，"扬子江""杨柳""杨花"连用三个同音字，不避重复。这是虚拟友人由淮上南下即将出现的情景。第一句交代时间地点，第二句描述人情。杨花漫天飞舞既是离散的象征，又有牵连之意，面对这种怅然之景，令人更觉依依不舍。

三、四句是与友人分别的情景，是实写当时之事。离亭笛声于风中荡漾，所奏应该正是送别曲《折杨柳》。两人流连光景，直到日暮都不忍分手。结句以一对矛盾组成，即友人南下而自己北上，这对矛盾正是这首诗立意的根本，组织在一句中间加以对照，使得读者印象强烈。情景交融的充分铺垫使得结语意犹未尽，而本诗也因此成为情深意重的佳作。

引申

宋人黄公度《卜算子》词写道："薄宦各东西，往事随风雨。先自离歌不忍闻，又何况、春将暮。 愁共落花多，人逐征鸿去。君向潇湘我向秦，后会知何处。"这首词几乎全篇都在翻用郑谷的诗，补足了郑诗中的许多留白。比如"先自离歌不忍闻，又何况、春将暮"一句，就是对"数声风笛离亭晚"更加细致的描绘，而"后会知何处"显然也是郑诗中的潜台词。词贵在曲尽其意，而诗贵在含蓄简约，详略各有其美。

韦庄

　　韦庄（约836年—910年）字端己，晚唐诗人、词人，是诗人韦应物的四世孙。他进士及第后曾入蜀为官，后来官至宰相。他的诗词音律工整，擅长白描，风格清丽。

　　唐末黄巢起义期间，他写下长篇叙事诗《秦妇吟》，借一位逃难妇女的叙述，反映战争带来的灾难。诗歌传诵一时，他被称为"秦妇吟秀才"。后人把这部作品与《孔雀东南飞》《木兰辞》并称为"乐府三绝"。因诗歌过于写实，引起权贵们的不满，韦庄为免祸收回抄本。他弟弟编辑的《浣花集》也没有收录这首名诗，以致失传了近千年。直到1900年，《秦妇吟》写本终于在敦煌藏经洞文书中被发现。

台城

江雨霏霏江草齐，六朝如梦鸟空啼。

无情最是台城柳，依旧烟笼十里堤。

○**江雨霏霏江草齐**：长江之上细雨霏霏，长江之滨芳草萋萋，自古以来就是如此，为下句巨大的人事变化做好铺垫。

○**鸟空啼**：此三字顺着六朝如梦而来。既然往事如梦，鸟啼又有什么用？所以无非就是"空啼"。

○**最是**：柳树一到春天就发枝抽叶，含烟惹雾，长条垂地，飞絮漫天，把十里长堤都占领了，无论世事如何变化都是如此，所以不得不以"最是"和"无情"来形容它。

破题

这首诗是怀古伤今之作，诗人吟咏曾为南朝政治中心的台城（在今南京），又以台城的柳树作为情感的反衬，表现六朝兴衰的同时也寄托了诗人对唐王朝没落的复杂情感。

赏析

首句写景，江山如画，万古常新。次句接写古都金陵，风景虽然如旧，而六朝繁华却已如梦般消失，只剩下一片鸟啼之声，兴亡之感油然而生。两句先写所见所听，接着抒发感想，由景及情。

后半以物的无情，反衬人的多情。无论雨、草还是鸟，年年自绿自啼，完全不理会朝代兴亡、人事盛衰，都可以算得上是无情了。然而无情之中最无情的，就是年年岁岁生机盎然的杨柳了。这两句仍然是写眼前看见的景色，而感想自在其中。

诗人亲历了唐帝国的灭亡，饱经沧桑，所以他对这种题材有特别深刻的感受。诗中虽然不明说伤今，但伤今之意自然而然地就表现了出来。

引申

韦庄说"无情最是台城柳"，刘禹锡《杨柳枝》词却反其道而行，将无情之柳变为有情："城外春风吹酒旗，行人挥袂日西时。长安陌上无穷树，唯有垂杨管别离。"写离别的伤感，用"唯有"二字从许多树中突出柳树的有情。

程千帆 沈祖棻 著

张春晓 改编

宋词卷

唐诗宋词大师课 （全二册）

北方联合出版传媒(集团)股份有限公司

万卷出版有限责任公司

果麦文化 出品

目 录

I

李煜

　　李煜（937年—978年）字重光，南唐末代君主，世称"后主"。他天资聪颖，洞悉音律，是天才的文学家、艺术家，却不是一位合格的君王。

　　公元975年，李煜降宋，以俘虏的身份来到汴京，被幽禁在小庭院中。一天，旧臣徐铉前来拜访，君臣相对无言，良久李煜长叹一声，后悔当时错杀了主张变法图强的潘佑和李平。由于他既在词中怀念过去的欢乐生活，又悔恨着曾经在政治上的妥协，终于被宋太宗毒杀。

　　李后主对生活有着敏锐而真切的体验，命运的巨变推动他的词作从前期的流连光景，转向后期的亡国之痛。王国维认为"后主之词，真所谓以血书者也"，可见词中动人心魄的力量。

相见欢

无言独上西楼，月如钩。寂寞梧桐深院锁清秋。

剪不断，理还乱，是离愁。别是一般滋味在心头。

○**无言独上西楼**："无言独上"说明寂寥的状态，与"寂寞梧桐"相互呼应。不说自己寂寞，只说深院中的梧桐寂寞，但结合"无言独上"，词人的内心世界就不言而喻了。

○**锁清秋**：这个"锁"字锁住的不仅仅是满院的深秋，也是亡国之君的人身自由。

○**剪不断，理还乱，是离愁**："离愁"本是抽象的无形之物，这里将其比喻为丝，用"剪""理"两个动词，使它成为有形之物。然而既剪不断，又越理越乱，说明离愁真是千丝万缕，令人无法解脱。

破题

深夜时分，词人独自登楼，陪伴寂寞的是一钩明月，和在秋风中落叶的梧桐。词人思念故国的心情不能明说，即使直抒胸臆也难以一吐为快。

赏析

上片写秋夜寂寥的景物，意象密集。首先是"西楼"，古人登楼通常都是情感上有所寄托，或者悲秋，或者感时伤事。其次是如钩冷月，月光暗淡而又不圆满，和词人家国残缺的境遇相同。最后是梧桐，白居易用"秋雨梧桐叶落时"（《长恨歌》）咏叹失势的唐明皇，词中的梧桐既是眼前景色，又暗合了亡国君王的身世。

下片直抒胸臆写"离愁"。作为亡国之君的国破家亡之感，包含着对曾经耽于享乐的悔恨，极为沉痛。作为阶下囚，这一切都不能明言，只能"别是一般滋味"，极为郁结。

词作上片意象紧密，渲染氛围，下片直抒胸臆，感人至深，全篇结构疏密得当。

引申

李煜词中的离愁，既有对过往奢华的追忆，如"凤阁龙楼连霄汉，玉树琼枝作烟萝"（《破阵子》）、"还似旧时游上苑，车如流水马如龙"（《望江南》）；又有对现在境遇的悔恨，如"最是仓皇辞庙日，教坊犹奏别离歌，垂泪对宫娥"（《破阵子》）、"独自莫凭栏，无限江山，别时容易见时难"（《浪淘沙》）。参看这几首亡国北上后的作品，就更能理解《相见欢》中欲说还休的离愁内容。

虞美人

春花秋月何时了，往事知多少？小楼昨夜又东风，故国不堪回首月明中！

雕栏玉砌应犹在，只是朱颜改。问君能有几多愁？恰似一江春水向东流。

○**春花秋月何时了，往事知多少**："了"即了结、完结。起句一问，惊心动魄。明明自然永恒不变，唯有人生才是短暂的，回答疑问的却是一个反问"知多少"。由此得知，在无限的时间流逝中，对于个人而言，太多的往事成为沉痛的记忆。这既是词人的个人体会，也是人生的普遍情感规律。

○**雕栏玉砌应犹在，只是朱颜改**："雕栏玉砌"指曾经繁华的南唐宫殿。用不变的建筑和人变化的容颜形成对比，反衬出物是人非、美好一去不返的凄凉。

破题

这篇千古传诵的血泪文字，在从普遍到具体的演绎中，从自然永恒到人生无常的对比中，写出词人国破家亡的不幸和悲哀。文字多用口语和白描，不经修饰而有天然之美。

赏析

上片从一般规律写到具体事例。一、二句是一般规律，即自然的永恒和人生的有限，而有限的人生还要承载沉重的悲痛。小楼上，明月下，"又东风"三字告诉人们，词人的"故国不堪回首"远不止这一个晚上。这个具体事例，甚至也是词人北上汴京后的生活常态。

下片从上片的"故国"进一步具体到故国的宫殿，从宫殿的依旧存在，再引起宫殿曾经的主人如今已是阶下囚的现状，从而激出最后两句不可遏制的情感迸发。结语两句再起一问，到底有多少愁怨呢？回答是：就像春水奔腾而永无止息。和"春花秋月"一句的问答构成呼应。

就在二问二答之间，逼出词人的亡国之痛和人事无常的血泪文字。

引申

古人以水喻愁的佳句很多，除了李煜"问君能有几多愁，恰似一江春水向东流"，还有唐人如李群玉"请量东海水，看取浅深愁"（《雨夜呈长官》），刘禹锡"水流无限似侬愁"（《竹枝词》），宋人如寇准"愁情不断如春水"（《江南春》）、秦观"落红万点愁如海"（《千秋岁》）。或取水的深广，或取水的绵长，比喻愁怨的深沉和无限。抽象的无形之物就这样转化为可知可感的有形之物。

潘阆

潘阆（làng）（？—1009年）号逍遥子，早年在汴京开药铺，曾先后两次参与宫廷帝位谋划，都以失败告终。他晚年纵游湖山，葬于杭州，至今杭州还有潘阆巷。

潘阆的作品如今仅存《酒泉子》十首，倒是当时文人赠他的作品不少，称他为"谪仙人"。苏州才子许洞说他"平生才气如天高，仰天大笑无所惧"（《赠潘阆》），王禹偁（chēng）《寄潘阆处士》描绘他"烂醉狂歌出上都，秋风时节忆鲈鱼。江城卖药常将鹤，古寺看碑不下驴"，魏野《赠潘阆》说"从此华山图籍上，又添潘阆倒骑驴"。可见他在当时名望颇高。

酒泉子

长忆观潮，满郭人争江上望。来疑沧海尽成空，万面鼓声中。

弄潮儿向涛头立，手把红旗旗不湿。别来几向梦中看，梦觉尚心寒。

○**弄潮儿**："钱江秋涛"是钱塘十景之一。每年八月十五日到八月十八日去钱塘江观潮，这一风俗，始于汉魏，盛于唐宋。"弄潮儿"就是在潮中戏水的人，由于他们勇于争先，无所畏惧，现在常用来比喻具有开拓进取精神的人。

○**手把红旗旗不湿**：旗是弄潮儿展现技艺的主要道具。他们手持彩旗，迎着江潮出没在浪头之间，而旗子一点都不湿。其中红旗最为鲜艳夺目，所以文人笔下多写红旗。如辛弃疾"看红旆惊飞，跳鱼直上，蹙踏浪花舞"（《摸鱼儿·观潮上叶丞相》），苏东坡"碧山影里小红旗，侬是江南踏浪儿"（《瑞鹧鸪·观潮》）。

破题

这首词写的是回忆中的钱塘江观潮，起句用"长忆"引起，下片用"别来"呼应，构成完整的时间布局。由此表现出词人对杭州的怀念、对弄潮儿的向往，也保留了宋代杭州社会生活的吉光片羽。

赏析

在词人的回忆中，钱塘江观潮的主要特征有三个。一是人多，用"满"表现全城百姓倾城而出，用"争"字表现雀跃之情。二是浪大，令人怀疑整个沧海都为之倾空，如苏东坡所说"欲识潮头高几许，越山浑在浪花中"（《八月十五日看潮五绝·其二》），说潮头比山还高，虽然都是夸张，但可以相互印证。三是潮声大，就像万面响鼓齐发。由此三点渲染出观潮的热烈氛围。

下片先写弄潮儿激动人心的表演，在惊叹中透露着词人不羁的个性。"别来"将时空转回现在，用梦境作为过渡，就产生了诗词的余韵。"几向"是梦见的次数多，可见怀念的程度；"尚心寒"是梦中醒来还觉得心惊胆战，可见当时现场的震撼力。

从过去到现在，从梦境到梦醒，词人在细密的时空结构中，给人留下钱塘观潮的深刻印象。

引申

"弄潮儿"这一意象在唐宋诗词中表达的内涵很丰富，比如李益的《江南曲》："嫁得瞿塘贾，朝朝误妾期。早知潮有信，嫁与弄潮儿。"写一位商人妇对商人年年不回家的抱怨，因为潮水年年都会到来，所以说不如嫁给弄潮儿。陆游在《一落索·识破浮生虚妄》中说"此身恰似弄潮儿，曾过了、千重浪。且喜归来无恙"，则是以弄潮儿比喻自身遭遇，表达历经波折后的释然心情。

张
先

　　张先（990年—1078年）字子野，乌程（今浙江湖州）人。他擅长诗歌和乐府，创作热情至老不衰，词作大多反映文人诗酒休闲的生活。

　　他尤其善于炼字，宋代词人宋祁称他为"云破月来花弄影郎中"，"云破月来花弄影"是其《天仙子》中的名句。欧阳修非常喜欢他的《一丛花令》，词中有一句"沉恨细思，不如桃杏，犹解嫁东风"。有一次张先来访，欧阳修因急于迎客而把鞋都穿反了，见面就称呼他为"桃杏嫁东风郎中"。他则自封为"张三影"，认为平生写得最得意的是有关"影"的词句。

木兰花·乙卯吴兴寒食

龙头舴艋吴儿竞，笋柱秋千游女并。芳洲拾翠暮忘归，秀野踏青来不定。

行云去后遥山暝，已放笙歌池院静。中庭月色正清明，无数杨花过无影。

○乙卯吴兴寒食：题目标明时间、地点、节令。"乙卯"即北宋熙宁八年（1075年）；"吴兴"在今浙江湖州；"寒食"是清明节前两天，因为禁烟火只能吃冷的食物，所以叫寒食节，活动有扫墓、游春等。

○笋柱秋千：竹子做的秋千柱子。

○芳洲拾翠暮忘归：踏青的时候，妇女们采集花草叫"拾翠"，如杜甫有诗句"佳人拾翠春相问"（《秋兴八首·其八》）。女子们在长满芳草的小洲上拾翠，直到傍晚都忘了回家，和下句一样，都是描述踏青游玩的尽兴。

○中庭月色正清明："中庭"是词人所在的位置。"月色正清明"一来表明夜色降临，和前句"遥山暝"相互承接；二来说明月光如水，为杨花飘过做好光影铺垫。

○无数杨花过无影："无数"写杨花的细密；"无影"形容杨花既

小且轻，若有若无，与月光一起形成静谧之感。

破题

这首词作于词人八十六岁的时候，作为颇有人生阅历的长者，他对生活仍然怀抱热情。上片写节日的风俗，青年男女都尽兴地游玩，下片归到宁静的夜晚，形成热闹与静谧的对照，表现出喜悦又安逸的心情。

赏析

上片写热闹的节日景象。"吴儿"与"游女"相对，是节日中的青年男女。"舴艋"和"秋千"提示游乐的活动项目，而"竞""并"则表现出小伙伴们游戏中的关系，男子们是龙舟竞渡，女子们并坐在秋千之上，前者激烈，后者温情，都是活力四射。后两句描述行人的流连忘返，将节日气氛烘托得欢乐畅快。

下片写宁静的庭院，主人公也从青年男女变成了年长的词人。"行云"句是时间的过渡，"放笙歌"是声音的消歇。三、四句则以月影中飘过的杨花，映衬出宁静飘逸之美。月色明净，飞过杨花无数，更呈现出疏中有密、静中有动的诗画境界。

引申

张先觉得"云破月来花弄影"（《天仙子》）、"娇柔懒起，帘幕卷花影"（《归朝欢》）、"柳径无人，堕絮飞无影"（《剪牡丹》）三句，是自己"生平所得意"的佳句，所以自命为"张三影"。其实他还有"那堪更被明月，隔墙送过秋千影"

（《青门引》），和本词中的"中庭月色正清明，无数杨花过无影"等写"影"的佳句。我们注意到，词人特别善于动静结合，比如"破""弄""卷""飞""过"等动词的使用，和"影"字结合得如诗如画，意境完整。

范仲淹

　　范仲淹（989年—1052年）字希文，北宋著名的政治家、文学家，世称"范文正公"。

　　庆历年间，仁宗拜他为宰相，主持庆历革新。一年多后新政被终止，他离开京城，在《岳阳楼记》中写下"不以物喜，不以己悲"和"先天下之忧而忧，后天下之乐而乐"的千古名句，成为心怀天下、不计个人得失者的座右铭。

　　范仲淹个性刚直，因直言多次获罪。诗人梅尧臣曾作《灵乌赋》劝他沉默是金，他却回作了一篇《灵乌赋》，表明了自己"宁鸣而死，不默而生"的人生态度。

渔家傲·秋思

塞下秋来风景异，衡阳雁去无留意。四面边声连角起。千嶂里，长烟落日孤城闭。

浊酒一杯家万里，燕然未勒归无计。羌管悠悠霜满地。人不寐，将军白发征夫泪。

○**衡阳雁去无留意：**"衡阳雁去"按语法应当作"雁去衡阳"，为合律而调整了结构。大雁在这个地方度过了春夏，按理说总会有些留恋，而"无留意"是因为苦寒之地不值得留恋。说雁没有留意，实际上是人没有留意。

○**四面边声连角起：**"边声"包括一切自然界和人类的声音，如风声、雨声、人喊、马嘶，都在其中。以"四面"来形容，更显得它们无处不在，充满了整个空间，不想听也不行，只好任由着它们和战争的角声一起，搅动起思乡的情绪。

○**长烟：**"长"是广阔的意思，与"落日孤城"的"落""孤"二字一起，烘托出环境的辽阔荒凉。

○**燕然未勒归无计：**东汉时窦宪率军打败匈奴，在燕然山立石碑纪功后胜利回朝。词人用这个典故来说明他们的守边之责，和欲归不能的根本原因。

破题

这首词写出了边塞的萧条景色和将士们远离家乡、久戍边疆的沉重心情。上片写景,景中有情;下片抒情为主,而情中有景。景色的描写衬托出人们的心情,从而更深刻地展示了他们的内心世界。

赏析

上片一上来说明这是边塞的秋天,通过候鸟大雁到了季节要回南方,来印证"风景异"的地方,这是词人所感。第三句写边塞的声音,边声和角声的混合音效既凄凉又悲壮,是词人所闻。五、六句写边塞的景色,众山环绕中孤城紧闭,这是词人所见。在这样所感、所闻、所见的情境下产生思乡之情,就显得自然而又迫切。

下片以抒情为主,在这种环境中欲归不得,只能借酒浇愁。欲归不得的原因,是还没有完成国家交给自己的守边任务。于是在羌笛声中看着满地浓霜,无法入眠。

这首词写了一种极为矛盾的心情:一面是边塞荒寒,思乡之情浓烈;另一面是责任重大,必须负担。虽然描述的重点在前者,但情感的力量却在后者,成为矛盾中的主要一面。

引申

欧阳修称范仲淹《渔家傲》系列为"穷塞主之词",认为窘迫得不像宋朝堂堂的大元帅写的词。欧阳修得意的所谓真元帅作品如他所写:"战胜归来飞捷奏,倾贺酒,玉阶遥献南山寿"(《渔家傲》),不只是洋溢着胜利的喜悦,还展现出一种雍容华贵的气象。两相对比，范词中的征人处境确实既辛酸又无奈。但这"穷塞主之词"恰恰是征人们所面对的现实。

苏幕遮·怀旧

碧云天，黄叶地。秋色连波，波上寒烟翠。山映斜阳天接水，芳草无情，更在斜阳外。

黯乡魂，追旅思。夜夜除非，好梦留人睡。明月楼高休独倚，酒入愁肠，化作相思泪。

○**波上寒烟翠**：水面上笼罩着青翠的烟波。这一句承上启下，与上下句"秋色连波""天接水"相互呼应，正因为山色与水光相接，碧天与绿水相接，所以波上烟雾都是绿色的。

○**芳草无情，更在斜阳外**：思乡而远眺天涯，却因为芳草绵延无际，超出了目力所及的范围，令人顿感故乡的遥不可及。词人突然怨怪芳草无情，是无理而妙的写法，更衬托出人的有情。

○**黯乡魂**：因为思念家乡而神思黯然，用了南朝文学家江淹《别赋》中"黯然销魂者，唯别而已矣"的典故。"黯"与"追"相对照，作动词用。

破题

这首词上片写景，虽是萧瑟的秋天，却有着明艳的色彩和无限的空间；下片写情，情感缠绵而意气不衰。整篇词作深情而意境阔大。

赏析

清代评论家称这首词是"铁石心肠人亦作此消魂语",可见情感表达极为动人。

"铁石心肠人"自然不是真的说词人无情,而是说作为一个铁血男儿,他拥有更宽阔和坚忍的胸襟。一是决不过于消沉,比如"夜夜除非,好梦留人睡",用否定的形式来强调实际上的夜夜思乡,如果正面写便会过于低迷,用否定的写法意思一点不少,而意气则不衰。二是写景注重色彩感和空间感。色彩感最触目的是"碧云天,黄叶地",其次是"秋色"、"寒烟翠"和"斜阳"。而空间感则同时来自这些景色,它们相互连接,如著名学者唐圭璋所说:"上片写天连水,水连山,山连芳草;天带碧云,水带寒烟,山带斜阳。自上及下,自近及远。"这样的物物相接使空间格外广阔。

正是"铁石心肠人"作此"消魂语",这首词才会读来既多情又阔大。

引申

王实甫《西厢记》中的"长亭送别"一折,直接借用了本词的首句"碧云天,黄叶地",写道:"碧云天,黄花地,西风紧。北雁南飞。晓来谁染霜林醉?总是离人泪。"同样被称为千古绝唱。相同的是天为碧色,地铺黄色,不同的是"叶"改作了"花"。《西厢记》中是男女主人公别离的场景,黄花委地将女主人公的伤心憔悴映衬得更加贴切。

晏殊

晏殊（991年—1055年）字同叔，江西人。他从小就是神童，十四岁参加科举考试，被赐予同进士出身。在宋仁宗还是世子的时候，晏殊就在他身边任职，仁宗亲政后，晏殊的仕途虽有波折，但一直受到皇帝的信任，官至宰相。

晏殊的词流连光景，具有文人闲适的气息，意境高远。作为文坛宗主，他对欧阳修有提携之恩，范仲淹则始终以他的门生身份自居。他和欧阳修并称"晏欧"，和自己的第七子晏几道合称"大小晏"，后世称他为"北宋倚声家初祖"，也就是北宋文人词风的开拓者。

浣溪沙

一曲新词酒一杯，去年天气旧亭台。夕阳西下几时回。

无可奈何花落去，似曾相识燕归来。小园香径独徘徊。

○**一曲新词酒一杯**：化用白居易的"花枝缺处青楼开，艳歌一曲酒一杯"（《长安道》），但将原来的"艳歌"改为"新词"，就立刻把酒楼艳丽的情调一扫而空，而具有文人自娱的休闲气息了。

○**去年天气旧亭台**：化用晚唐五代诗人郑谷的"流水歌声共不回，去年天气旧池台"（《和知己秋日伤怀》），用了互文见义的手法，"天气"和"亭台"都和去年或者过去是一样的。与第一句形成新与旧、现在与过往的对照，从而揭示时间的流逝。

○**无可奈何花落去，似曾相识燕归来**：晏殊和友人王琪饭后散步，正值春天的傍晚，有落花满地，晏殊提起他题在墙壁上的"无可奈何花落去"很久还没有对上，王琪应声而答"似曾相识燕归来"，从此便有了这浑然天成的两句。将一段日常生活写出哲理的意味，纵然时光流逝，美好亦会重来。

○**独徘徊**："独"有寂寥之感，"徘徊"是惜春留恋之意。一个动作就刻画出文人细腻复杂的内心。

破题

词人面对不变的景物，产生了年华流逝的伤感。通过对暮春时节自然景物的描写，既抒发了伤春惜春之情，又暗暗怀着期待美好的温暖。有些淡淡的忧伤、少许的寂寥，是这个春天的一抹闲愁，同时富有哲思的意味。

赏析

上片第一句是由词人当下的生活情境产生联想。词人一边谱着新词，一边饮着美酒，本来是愉快的闲适生活，却忽然意识到去年也曾这样坐在亭台中。就如同夕阳落下，时光也在年复一年的日常中悄然流逝了。

下片融情入景，再次从自然感悟回到生活的常态。"无可奈何"固然有宿命的感觉，而"似曾相识"又分明增添了对昔日重来的美好希望。"香径"与"花落"相呼应，一是气息，一是形态。正是日常漫步在园林中，令词人产生了这许多感受。

无论是填词、饮酒还是漫步园林，都是宋代文人风雅的日常生活。在这首词中，感怀与日常生活充分结合，看似是闲愁，却透出文人词特有的淡雅含蕴的理性风格。

引申

"无可奈何花落去，似曾相识燕归来"这两句还曾被晏殊写进诗中："元巳清明假未开，小园幽径独徘徊。春寒不定斑斑雨，宿酒难禁滟滟杯。无可奈何花落去，似曾相识燕归来。游梁赋客多风味，莫惜青钱万选才。"（《示张寺丞王校勘》）在这首典型的应酬诗里，这一联景物描写并没有融入个体的感情世界，显得有句无篇。后代评论家也大多认为这一联"情致缠绵，音调谐婉"，更适合词的语境和风格。由此，我们也可以仔细体会作品整体氛围的重要性，以及诗和词的风格差别。

蝶恋花

　　槛菊愁烟兰泣露。罗幕轻寒，燕子双飞去。明月不谙离别苦，斜光到晓穿朱户。

　　昨夜西风凋碧树。独上高楼，望尽天涯路。欲寄彩笺无尺素，山长水阔知何处？

○**槛菊愁烟兰泣露：** "槛菊"即庭院走廊间种的菊花。菊花笼着烟，兰花带着露水，说明时间在秋天的清早。"菊"与"兰"的愁苦和伤心，显然都是以人格化手法来表明人的心情。七个字写出了景物、地点、季节、时间和人物的情绪，十分精练。

○**燕子双飞去：** "燕子双飞"反衬人的孤独，和下片的"独上高楼"相互印证。

○**欲寄彩笺无尺素：** "彩笺"就是"尺素"，要写信却又没有信纸，对于大户人家来说这是不可能的，只是一种托词罢了。到底为什么无法寄出这封信，诗人没有交代，留下意会的空间。

破题

这首词写离别之情。时间跨度由夜晚到清晨，地点由室内、室外到楼上。随着时间和空间的转移，借助不同的所见所感，将心中的离情娓娓道来。

赏析

上片写词人清晨时对室内、室外景物的感受。首句写景，不仅点明了秋天的时令，并且描绘出环境的幽美，从而衬托出人的闲雅。二、三句写清晨燕子从帘幕中间飞了出去，由此把视线从室内引向室外。四、五句写在天亮以后，月亮仍在，因而回想起昨晚彻夜明亮的月光，这是时间的穿梭变化。

下片写这首词的主人公登楼远眺。首先衔接上片结句的时间，印证昨夜的西风吹落了树上的绿叶，所以今天望出去一片空阔。接着"望尽"——但既然望也望不到尽头，那就写信吧。想写信却发现没有纸笺，再退一步，实际上根本不知道往哪里寄这封信。

伴随着时间和空间的变化，主人公的情感线索越来越清晰，最终交代出这是一场无计可施的徒劳的思念。

引申

晏殊说"明月不谙离别苦，斜光到晓穿朱户"，十分无理地埋怨无情的月光照了一整晚，正是无可奈何的心情的表现。同样是月亮照了一整晚，唐代诗人张泌却说"多情只有春庭月，犹为离人照落花"（《寄人》）。明月本是无知之物，可写诗写词的人却赋予它以生命和感情，让它变得无情或多情。

破阵子

　　燕子来时新社，梨花落后清明。池上碧苔三四点，叶底黄鹂一两声，日长飞絮轻。

　　巧笑东邻女伴，采香径里逢迎。疑怪昨宵春梦好，元是今朝斗草赢，笑从双脸生。

○**燕子来时新社，梨花落后清明**：用"燕子""梨花"带出"新社"和"清明"两个节日。社日是祭土地神的日子，有春秋两社，"新社"即春社，在春分前后。从春社到清明，是春光最好的时候。词人将人物安排在这个特定的时间段里，使人格外感受到春光的绚烂。

○**元是今朝斗草赢，笑从双脸生**："斗草"是古代女子玩的一种游戏，先摘取花草，然后以花草名相对，比如狗耳草对鸡冠花，看谁的花草知识最丰富。词中省略了斗草的正面过程，而是重在表现前后的心理活动和心情，手法很巧妙。

破题

这首词写的是古代少女们春天生活的一个片段。词人用写生的妙笔，展开一幅仕女图：美好的春光中，她们从闺阁走向园林，玩着斗草的游戏，充满天真欢乐的气息。

赏析

上片写景，以一联对句开头，写景兼点明季节。三、四句仍用对偶，描绘出一座极其幽静的园子，池塘上点缀着青苔，黄鹂鸟偶尔啼叫，飞絮飘来飘去。而这所有的外部环境，无论是生机盎然的春天，还是悠长假日般的寂静，都是为少女们的出场做好铺垫。

下片写人，头两句的意思从上片贯穿而来，在这样寂寥的环境中，少女们怎么耐得住呢，于是出门找伴。少女与少女相遇，便展开了斗百草的游戏。每个少女都写得活泼生动，特别是这个出门寻伴的少女，她边走边采着花儿，斗草赢了东邻女伴后，脸上更是显出得意的笑容。女孩们的身上都洋溢着无忧无虑的纯真气息。

从写景造境到正面描写，成功地塑造出天真烂漫的少女形象，这在词作中是极为少见的。

引申

古代上层妇女的生活一般会受到束缚，当她们从闺阁走向园林、走向大自然，就会对美好的春天感到更加新鲜，也会因为暂时的精神解放而更加轻松愉快，正如词中那些欢乐的少女们令人感受到的那样。明代剧作家汤显祖的《牡丹亭》中，杜丽娘游园时就对满园春色发出惊叹："不到园林，怎知春色如许！"正是词中少女蓦然走进大自然的惊喜之情的注脚。

欧阳修

　　欧阳修（1007年—1072年）字永叔，号醉翁，庐陵（今江西吉安）人。他是唐宋八大家之一，也是北宋中期的文坛盟主，同为八大家的苏轼、苏辙和曾巩都是他的门生。

　　欧阳修曾在担任主考官时遇到一位名叫刘几的太学生，试卷开头写道："天地轧，万物茁，圣人发。"欧阳修提倡平实的文风，面对这样怪异的太学体，他在试卷上写下评语："秀才剌，试官刷！"将这个违背文理的考生刷掉，从此考场的风气就改变了。

　　欧阳修个性耿直而豁达。熙宁三年（1070年），他因抵制王安石的青苗法被贬蔡州（今河南汝南），从此自号"六一居士"，所谓一翁老于一万卷书、一千卷金石、一张琴、一局棋、一壶酒之间，这既是指退隐的闲居生活，也代表他不苟同于流俗的心意。

采桑子·其一

轻舟短棹西湖好，绿水逶迤，芳草长堤，隐隐笙歌处处随。

无风水面琉璃滑，不觉船移，微动涟漪，惊起沙禽掠岸飞。

○**西湖好**：这一组联章词共十首，写的是颍州（今安徽阜阳）的西湖，借鉴民歌的风格，开篇第一句末三字都是"西湖好"，如其二"春深雨过西湖好"、其六"清明上巳西湖好"、其七"荷花开后西湖好"、其九"残霞夕照西湖好"，前九首各取角度写景，最后一首抒情，形成统一布局的组词。

○**绿水逶迤**：形容西湖蜿蜒曲折的样子。

○**无风水面琉璃滑**：没有风，水面像玻璃一样光滑。接下来的"不觉船移，微动涟漪"同样也是描写这个特征。这一句是以静写静，下面二句则是以动写静。

破题

退休以后，欧阳修终于如愿以偿地回到颍州，过起闲适的生活。词人以船代步，写出西湖美丽怡人的风光和自己轻松愉快的日常生活。

赏析

上片一上来就说"轻舟短棹",标明是以船代步。往前看,绿水弯曲,移步换景。往两边看,两岸绿堤,绿树后传来乐声。"处处随"可见到处都是游人,"隐隐"又说明乐声互不干扰,而是成为彼此的背景,一派太平盛世的气象。

下片视线回到近处,沿着船下的水波推进。先写水面波平如镜,明明船在移动却不觉得。再写虽然只是微微泛起波纹,岸边敏感的水鸟却已经被惊飞,由此打破了表面的平静,增添了游湖的情趣和动感。视线的移动十分自然。

词人游览西湖,通篇视点都是在船上,由远及近,再顺着水波到岸上,声音则静中有动,富有变化。

引申

1049年欧阳修第一次在颍州做官时,便爱上了那里的风土人情,决定退休后定居颍州。1067年,他在赴亳州的途中专门绕道颍州,写下《再至汝阴三绝》,其中有"白首重来似故乡""颍人莫怪归来晚""十四五年劳梦寐,此时才得少踟蹰"等句,都令人感受到欧阳修对颍州的故乡之感。一生钟爱,如愿以偿,正是在这样的背景下,我们更能够理解词中轻松又喜悦的心情。

生查子·元夕

去年元夜时，花市灯如昼。月上柳梢头，人约黄昏后。

今年元夜时，月与灯依旧。不见去年人，泪湿春衫袖。

○元夕：即元宵，也就是后文中的"元夜"，农历正月十五的夜晚。

○花市灯如昼：据记载，宋代都城每逢元宵之夜都非常热闹，张灯结彩，甚至用草扎成龙，在上面放置数万盏烛灯，望上去就像双龙飞升一样，深夜还会放烟火，乐声四起。可见这句是实况描述，而非夸张。

○泪湿春衫袖："春衫"指年少时穿的衣服，"泪湿春衫"说明少年人遇到了伤心事。韦庄《菩萨蛮》中有一句"如今却忆江南乐，当时年少春衫薄"。青春正是多情的年龄，春衫不仅是衣裳，更是以局部代整体，指那个穿着春衫的少年人。

破题

这首词写去年元夜时两人相见，今年元夜却只有主人公独自寻寻觅觅。跳跃的时间线索，为不变的节令空间赋予了完整的故事情节。这首小词用语极为平淡，深衷浅语，意境隽永，是它成为经典的原因。

赏析

上片回忆去年元夜时的欢会，灯火通明，人约黄昏，柳前月下，情深义重。下片回到现在，依然是元宵佳节，风景如旧，而曾经相伴的那个人已经不在身边，唯有独自泪洒衣襟。

这首词的对比手法运用得很突出：今与昔，在情绪上是忧与喜的对比；人事已变与月灯依旧，是刹那与永恒、变与不变的对比；当下的花市与人，又是热闹与清冷的对比。在这三重对比之下，足以逼出主人公泪湿春衫的伤感。

明代文学家杨慎认为，这首词的作者应该是南宋女词人朱淑真，但人们一般认为欧阳修是作者的说法更为可靠。可以想见，如果是欧阳修的代言体，人们读来所能体会到的是文学创作手法的灵活与笔触的细腻生动。而如果是朱淑真所作，那么人们会感同身受于她的忧伤。也许正是在文学接受的过程中，出于读者对作品共鸣的愿望，才临时促成了朱淑真在这首小词上的著作权。

引申

大多数评论都会将词中体现出的今昔怅然之感，与崔护的"去年今日此门中，人面桃花相映红。人面不知何处去，桃花依旧笑春风"（《题都城南庄》）相比。两首作品中的物是人非之感，确实有异曲同工之妙。崔诗以清明的繁花为背景，这首词则以绚烂的元宵灯会为背景，不仅物是人非，还都有以乐景写哀情的特点。

王安石

　　王安石（1021年—1086年）字介甫，号半山，抚州临川（今江西抚州）人，唐宋八大家之一。

　　熙宁三年（1070年）他在宋神宗的支持下主持变法，试图富国强兵。然而新法遭到反对，他于熙宁七年被罢相。一年后王安石再次得到重用，因新旧党争中新法难以继续推行，熙宁九年又辞去相位，退居江宁（今江苏南京）半山园。"旧党"成员苏轼因为乌台诗案差点死在狱中，幸亏曾经的"政敌"王安石不计前嫌，对神宗说："安有圣世而杀才士乎？"这才一锤定音，救了苏轼一命。

　　退出政坛后，王安石的诗词写景咏物，含蓄精练，世称"王荆公体"。"纵被春风吹作雪，绝胜南陌碾成尘"（《北陂杏花》），就是他自我风标的写照。

桂枝香·金陵怀古

登临送目。正故国晚秋，天气初肃。千里澄江似练，翠峰如簇。归帆去棹残阳里，背西风、酒旗斜矗。彩舟云淡，星河鹭起，画图难足。

念往昔、繁华竞逐。叹门外楼头，悲恨相续。千古凭高，对此谩嗟荣辱。六朝旧事随流水，但寒烟衰草凝绿。至今商女，时时犹唱，后庭遗曲。

○桂枝香：王安石首创的词牌，内容适合登临怀古、言志、祝颂，时令则适用于中秋，是桂花飘香的时候。本词中的"晚秋""初肃"说明正当季。

○登临送目：登山临水，极目远眺。四个字领起了上片所见的内容，与"画图难足"共同构成描述的框架。

○叹门外楼头："叹"字与"念"字一样，都是领起怀古之情。"门外楼头"出自杜牧《台城曲》诗中的"门外韩擒虎，楼头张丽华"，说的是隋朝大将韩擒虎兵临建康（今江苏南京）朱雀门的时候，陈后主和他的宠妃张丽华还在结绮阁上寻欢作乐。词中直接省略了故事内容，只取"门外楼头"四字概括，意思照样表达得很清楚，这就是使用典故的好处。

破题

深秋时节，词人在长江边远眺，看到千里江山，岁月宁静。遥想六朝繁华的过去，引起词人对历史兴亡的深切感受。词作不拘泥于小儿女之态，有一种高瞻远瞩的胸襟和气魄，词风高古。

赏析

上片从写景开始，意境高远。在开阔的江景中，有"千里"的壮阔，有众多山峰的环绕，哪怕在肃杀的秋天，也没有刻意渲染悲秋的情绪。残阳下、暮色里，选择的景象都是会让人略带喜悦的日常生活场景，如"酒旗""归帆""彩舟"。所以不仅通篇景物格局很大，而且情感也很饱满，绝不低迷。

下片词人将怀古伤今写进词中，别开生面。无论所叹还是所念，都是"往昔繁华""千古""旧事"，又用"悲恨相续""至今"等词将时空延续到词人所在的当下。而词人站在历史的制高点回望兴亡成败，既让人有深刻的情感共鸣，又不至完全陷于其中。

婉转缠绵是人们对于词这种体裁的最初印象，到了北宋，范仲淹、王安石面向社会现实开拓写作内容，从而带来更沉郁的词风。这首词的景色没有束缚在小庭园中，更没有沉沦在个人的得失中，气象阔大，情感深沉。

引申

这首词化用了不少前人诗句，"叹门外楼头"出自杜牧的《台城曲》，使内容表达更加简洁明了；"千里澄江似练"化用的是南朝诗人谢朓（tiǎo）的"余霞散成绮，澄江静如练"（《晚登三山还望京邑》），写景状物更加优美；"至今商女，时时犹唱，后庭遗曲"则化用了杜牧的"商女不知亡国恨，隔江犹唱后庭花"（《夜泊秦淮》），使怀古伤今更具有历史层次感。细细品味词中的诗句化用，可以体会到它们对于词境格局的提升作用。

王观

    王观（1035年—？）字通叟，曾以《扬州赋》《扬州芍药谱》得到宋神宗的赏识。据说他应诏写了一首《清平乐》，词中描写皇帝夜晚寻欢作乐、纸醉金迷的生活。作为应制作品，或许只是如实描写，但过于真实的揭露，就难免暗含讽刺之意了。高太后认为这首词亵渎了神宗，于是将他罢官。也有人认为他是王安石的门生，高太后是借机排除异己。王观从此不再当官，自号"逐客"。他将自己的词集命名为《冠柳集》，认为自己的词比柳永写得好，在文学上也是相当自负。

卜算子·送鲍浩然之浙东

水是眼波横，山是眉峰聚。欲问行人去那边？眉眼盈盈处。

才始送春归，又送君归去。若到江南赶上春，千万和春住。

○**欲问**："欲问"二字从山水有情，引到送别的主题。欲说还休，正是依依不舍。所谓的"问"当然也是明知故问，不过是在临别前再拖延一点时间罢了。

○**眉眼盈盈处**：总括上片的所有内容，用"盈盈"二字，将山水留恋的拟人意态与词人的不舍合而为一，聚焦眼前的送别场景。

○**若到江南赶上春**：跳开眼前送别的情景，用假设引起想象，即行人到了要去的地方以后的事情。"江南"不仅点题"之浙东"，而且也是"去那边"的自问自答。全句既和"送春归"相互呼应，又具有跳脱的空间感。

破题

词人送友人鲍浩然去浙江东部，在山水间告别，不写自己的惆怅，只写山水有情。下片点明这是暮春时节，鼓励行者到了江南要努力地抓住春天。全篇将别情控制得非常有分寸，既有感情，又不失温暖的期待。

赏析

上片用人的眼波和眉峰比喻绿水青山，这两个比喻自然贴切。一是送别就在山水之中，这是眼前的景色，用起来水到渠成，不费力气。二是用眼波比喻水，液体成分和流动有光的形态很相似，水中波光闪动，正像眼中脉脉含情的顾盼。三是用眉峰比喻山，山峰本来就有高有低，又和眉毛是一样的翠黛色，看起来就像人的愁眉皱起。

眼波流动和眉峰皱起本来是人的神态，词人别出心裁地用拟人的手法来写景，比喻既形象，又先一步表现出人情，加上"眉眼盈盈处"再进一步呼应，针线细密，构成这首词与众不同的地方。

引申

"眼波"指流动如水波般的目光，宋代词人很喜欢用它来形容女性。如王齐愈写酒宴散后，一位女子整理好衣衫和发型，"水沉香熨窄衫轻。莹玉碧溪春溜、眼波横"（《虞美人·寄情》），闲来凝望着水中的倒影，眼光与波光相映。李清照用一句"眼波才动被人猜"（《浣溪沙·闺情》），则将少女的心思描写得活灵活现。眼波透着美丽轻盈的光彩，反映着曲折的内心世界，和水波似乎有着天然的羁绊。以此对读"水是眼波横"，就更能理解比喻的巧妙了。

柳永

　　柳永（约984年—约1053年）字耆卿，原名三变，因排行第七，又称柳七。

　　他风流潇洒，因屡试不中，转而流连歌舞酒楼，为歌女们写词。他同情女性，笔下的女子都有着真实的快乐和痛苦。传说因为他曾经自我嘲地写下"忍把浮名，换了浅斟低唱"（《鹤冲天·黄金榜上》），仁宗便说："那你就去饮酒填词吧，何必来做官？"从此他就自称"奉旨填词柳三变"。柳永最终潦倒而死，每到清明人们在他墓旁饮酒纪念，叫作"吊柳七""吊柳会"。

　　他的词在当时流传很广，一位从西夏回来的官员证实："凡有井水饮处，即能歌柳词。"连苏东坡都忍不住要问别人，他的词和柳永的比起来怎么样。

望海潮

东南形胜，三吴都会，钱塘自古繁华。烟柳画桥，风帘翠幕，参差十万人家。云树绕堤沙，怒涛卷霜雪，天堑无涯。市列珠玑，户盈罗绮，竞豪奢。

重湖叠巘清嘉，有三秋桂子，十里荷花。羌管弄晴，菱歌泛夜，嬉嬉钓叟莲娃。千骑拥高牙，乘醉听箫鼓，吟赏烟霞。异日图将好景，归去凤池夸。

○望海潮：柳永创造的词牌。他精通音调和格律，是宋代创调最多的词人。

○东南形胜，三吴都会，钱塘自古繁华：一上来两个四字对句，指出杭州地理位置的优越性，既是东南一带形势重要的地区，又是三吴（吴兴、吴郡、会稽的合称）最大而富饶的城市。第三句从历史的角度，说它的悠久繁华。

○重湖叠巘清嘉，有三秋桂子，十里荷花："重湖"指西湖有里湖和外湖，"叠巘（yǎn）"指绕着西湖的重重叠叠的山峰。两句对句写花，又和湖、山一一对应。"三秋桂子"既写飘香时间长，又和群山相对。"十里荷花"是说种植面积大，又和湖相对。景象丰富而章法清晰。

○凤池：即凤凰池，唐宋时期对中央政府最高行政机关中书省的美称。

破题

这首词是献给两浙转运使孙何的，作为求举荐的干谒（yè）词，结句呼应了这种需求，但主体部分还是咏叹杭州湖山的美丽、城市的繁华，干谒的主题并没有影响到它的艺术价值。

赏析

上片开头三句以阔大的气势统摄全篇，为以下从自然和社会两个方面描写杭州做好铺垫。"烟柳"两句写湖上桥梁、湖边杨柳，是城外的观赏之地；窗帘翠幕是城中的居住之地，而以户数十万突出了这座城市的富庶。"云树"三句把视线转向城东南的钱塘江，是对自然形胜的进一步描写，"市列"二句则是对商业繁华的进一步描写。

下片重点写西湖，"重湖"三句写自然风光，从湖、山、花三个层次落笔。"羌管"三句写湖上的白天晚上、老人少年都各有其乐。"千骑"五句从湖上游览的人群中重点突出孙何，从而完成对他的称颂。先写他的声势，再写日常行乐，并祝愿他将来前途无量。这五句看似是应酬话，却仍归结到对杭州的赞美，首尾呼应。

整首词写出了太平盛世的方方面面，有城市繁华，有湖山胜景，有百姓安居和官员逍遥，层次分明，布局有条不紊，这正是柳永擅长的慢词铺排之力。

引申

　　《望海潮》一词在当时广为传播，金主完颜亮被"三秋桂子，十里荷花"的江南风光打动，决定渡江南侵。后来谢驿作诗感慨："谁把杭州曲子讴？荷花十里桂三秋。那知卉木无情物，牵动长江万里愁！"（《杭州》）柳永本是赞叹杭州之美，却成了金人入侵的借口。南宋文学家罗大经在评点中更是扼腕叹息，认为西湖之美使南宋文人沉湎于歌舞升平，而丧失了恢复中原的斗志。由此可知柳永词的感染力、传播力及其成为典故并见证历史的过程。

雨霖铃

寒蝉凄切。对长亭晚，骤雨初歇。都门帐饮无绪，方留恋处，兰舟催发。执手相看泪眼，竟无语凝噎。念去去、千里烟波，暮霭沉沉楚天阔。

多情自古伤离别，更那堪、冷落清秋节！今宵酒醒何处？杨柳岸、晓风残月。此去经年，应是良辰好景虚设。便纵有、千种风情，更与何人说？

○雨霖铃：安史之乱中，唐明皇（玄宗）逃到西蜀，雨中听着栈道的铃声，思念已死的杨贵妃，便采用乐人张野狐制的曲子写了一首《雨霖铃》，乐声哀怨，流传世间。柳永的这首词从离别的主题、下雨的意境到忧伤的情感，都和词牌相合。

○寒蝉凄切，对长亭晚，骤雨初歇："寒蝉"是当前的景物，点明深秋季节，和下片"清秋节"遥相呼应。"长亭"点明送别的地点。既然雨停了，天也晚了，那么下文的"催发"就顺理成章了。交代了时间、地点、节令、事由，而又有情境。

○今宵酒醒何处？杨柳岸、晓风残月："酒醒"接上片的"帐饮"，因为"无绪"，所以终究喝醉了。晚上乘船离开后，等到酒醒的时候想必天已经快要亮了，看到的只有杨柳岸边的晓风残月。

虽不说人，风景中人的感情已经不言而明。

破题

这首词是词人离开汴京时与爱人的话别之作。通过对情境的铺垫、别时动作的描写、别后情景的想象，将内心活动一唱三叹地呈现在我们面前，缠绵悠长的离别之情令人感同身受。

赏析

上片写现在告别的情景。本来应该走了，忽然一阵急雨，乘此机会又留恋了一会儿，可是天色已晚，雨开始停了，这就真该走了。乘船的人明明不忍告别，但又不得不别，别情达到高潮。

"执手"二句不仅写出了分手时的样子，还把那种微妙的内心活动表现出来，因为千言万语都不能表达这时复杂的感情，结果就什么都不说了。"念去去"三字，将近景、远景连成一片，有实有虚。"执手"二句写情，"念去去"二句写景，就这样结束了话别的场景。

下片第一句泛说自古而然的离愁别恨，第二句随即用"更那堪"翻进一层，说秋天离别更为可悲。"今宵"二句假想今晚酒醒独自面对美景，"此去"二句立刻再推进一步，说别后年复一年都将是这样冷清寂寞，真是层层深入，步步紧逼。

词人从容铺排，通过描绘典型环境秋雨长亭下的典型送别场景，反复渲染出感人至深的离情别绪。

引申

　　苏东坡曾问善歌的幕僚："我的词和柳永的比起来怎么样？"对方回答说："柳郎中的词只适合十七八岁的女郎手执红牙板，歌'杨柳岸、晓风残月'；而学士您的词须由关西大汉奏铜琵琶、铁绰板，唱'大江东去'。"由此可见，"杨柳岸、晓风残月"设想将来、虚景实写，确实是柳永的千古名句，足以和苏东坡豪放词风的《念奴娇·赤壁怀古》相媲美，它那种词传统的婉约风格，也正适合歌女咏唱。

八声甘州

对潇潇暮雨洒江天，一番洗清秋。渐霜风凄紧，关河冷落，残照当楼。是处红衰翠减，苒苒物华休。唯有长江水，无语东流。

不忍登高临远，望故乡渺邈，归思难收。叹年来踪迹，何事苦淹留？想佳人，妆楼颙（yóng）望，误几回、天际识归舟。争知我，倚栏杆处，正恁凝愁！

○**对潇潇暮雨洒江天**："暮雨"上用"潇潇"，下用"洒"，就令人仿佛听到了雨的声音，看到了雨的动态。

○**洗清秋**："秋"是不可以洗的，词人却偏说因为暮雨的洗刷，令"秋"格外清爽。雨后天清的感受其实人人都有，"洗"字设想巧妙，令人顿感真切，而且将前后所见的景色连成因果关系。

○**渐霜风凄紧，关河冷落，残照当楼**：寒风渐急，山河冷落，词人所在之地即将被斜阳笼罩。景色苍茫辽阔，境界高远，苏轼曾赞美道："唐人高处，不过如此。"

○**不忍**：上片词人就在情境中，却没有明说，下片换头才用"不忍"二字领起登高的事由，是结构善于变化的地方，同时点出下片感情的总体倾向。

○何事苦淹留："淹留"即长期停留。用提问的方式加重语气，写出千回百转的心思和四顾茫然的神态，表达出思归和淹留的矛盾。

破题

这首词上片写景，下片抒情。在深秋的萧瑟中，词人登楼远望，思归而不能，不免自问为何长期漂泊在外，却至今功名未就。和家人的两地相思、两种无望，在阔大的景象中更显得深情和无可奈何。

赏析

上片头两句用"对"字领起，勾画出词人面对的傍晚时分的秋江雨景。接着用"渐"字领起三句，既感到秋风的寒意，又看到眼中的残阳，都是一片凄凉。六、七句写楼头所见，看到大自然的花木都凋零了。江水本不能语，词人却认为它无语就是无情。上片不明写人的感情，是为下片完全写情造势。

下片由景入情。"不忍"三句是就眼前所见说思念故乡而不可得，四、五句回溯自己从过去到现在的潦倒命运。"想佳人"三句则宕开现在的时空，转而想象她在故乡的等待，两下的希望都是落空的。最后两句再次回到当下，逼出个人的无奈与惆怅。

结句"倚栏杆处"既和"对潇潇暮雨"遥相呼应，即上片的一切景物都是凭栏所见，又和下片的抒情相关合，即一切归思都是凝望中的"愁"情。通篇首尾照应，开合自然，章法既严密又灵动。

引申

　　词的下片从对面写"佳人"盼望自己归去，这种写法前人也有，最著名的就是杜甫的《月夜》："今夜鄜（fū）州月，闺中只独看。遥怜小儿女，未解忆长安。"杜诗只写远方的妻女，柳词却双方都写到了，层次更丰富曲折。梁启超曾评论此为"照花前后镜，花面交相映"，就是说这种词中写自己与对方的情景就像美女簪花，前后照镜，镜中形象重叠辉映。

晏几道

　　晏几道（1038年—1110年）字叔原，号小山，是晏殊的第七子。父亲去世后家道中落，他也一生落魄。好友黄庭坚说他是个"痴人"，不投靠权贵，不写时尚文章，生活贫困却花钱大手大脚，只要是信任的人就决不怀疑。

　　他被后世视为婉约派的代表人物，以小令写恋情和身世之感，善于用平淡的语言和常见的景物写出不一样的深情。

阮郎归

天边金掌露成霜，云随雁字长。绿杯红袖趁重阳，人情似故乡。

兰佩紫，菊簪黄，殷勤理旧狂。欲将沉醉换悲凉，清歌莫断肠。

○ **金掌**：汉武帝曾下令修造仙人铜像，服用仙人手掌接取的露水，以求长生不老。词人用汉代长安的"金掌"结露成霜，借指此刻汴京的深秋。

○ **趁**：一个"趁"字，写出佳节时虽然有美酒、佳人相伴，却不过是随俗应景、消遣时间而已。

○ **换**："换"字在这里读来很沉痛。酒宴之上即使仍有一时畅快，也再难唤起曾经的痴狂了，结果只能是"悲凉"。

破题

重阳节这天，晏几道做客都城汴京的一场宴席，写下了这首词。词中聚焦欢乐气氛下复杂的心理变化，人情欢好而旧狂难理。整首词的主题可以用《楚辞》中的一个篇名来概括，就是"惜往日"。

赏析

开头先用一个典故来点出季节，接着写动态的云雁，天上、地下构成了一幅生动而完整的画面。"绿杯"句由秋日写到重阳，席上有"绿杯红袖"的美酒佳人，宾客们身着"兰佩紫""菊簪黄"的节日服饰，再加上"清歌"与舞乐佐酒，营造出极为热烈温暖的气氛。

在这样的氛围中，词人的做客心情却是百转千回。作为离乡之人，本来只是客居的无聊状态，却因主人的真挚之情，感到如同在家乡一样亲切，不免引起属于过去的疏狂情绪。过去有狂歌纵饮，有行事不羁，然而经过多年的世事坎坷，美好的欢聚都成过去，"痴"与"狂"的行为也都被迫收敛了。时至今日，不得不刻意鼓起疏狂的情绪。"殷勤理旧狂"把这种情不自禁却又无可奈何的感情写得吞吐往复。最后本想一醉了事，但词人恐怕一听到席间的歌声仍会有"断肠"之痛，所以用一个"莫"字预先自我宽慰，留下并不陷于绝望的未尽之意。

引申

晏几道《蝶恋花·醉别西楼醒不记》中的"衣上酒痕诗里字"，点出了词人和友人、歌女曾经西楼欢宴的衣上酒迹、一时笑乐的狂篇醉句，这些正是《阮郎归》一词中故乡之情、旧狂所在的部分注脚。当年他曾和好友一起畅饮，流连于美妙的乐舞之中。如今好友离世，歌女们流散人间，忆起失去的美好只是徒增悲凉，正如词中所说"点点行行，总是凄凉意"。这些都为我们体会小晏词中慨叹旧日欢情之易逝、今日孤怀之难遣的情感提供了细节线索。

鹧鸪天

彩袖殷勤捧玉钟，当年拚（pàn）却醉颜红。舞低杨柳楼心月，歌尽桃花扇底风。

从别后，忆相逢。几回魂梦与君同？今宵剩把银釭（gāng）照，犹恐相逢是梦中。

○**彩袖殷勤捧玉钟**：酒杯是贵重的玉器，何况身着彩袖衣裙的女子殷勤地捧着它劝酒？"彩袖"是以部分代整体，她的人美、衣美尽可想象。

○**舞低杨柳楼心月，歌尽桃花扇底风**：古代歌妓通常手持团扇，既可以用来遮脸，又方便将歌曲写在上面备忘。"杨柳"和"月"是实景，"桃花"和"风"则是虚写，字面对仗工巧，意思则有虚实之分。

○**今宵剩把银釭照，犹恐相逢是梦中**：前人诗中多有写意外相逢真如梦境的诗句，杜甫《羌村》中的"夜阑更秉烛，相对如梦寐"，与这两句动作情景最为相似。杜诗风格浑厚，晏词动荡空灵，各有千秋。

破题

这首词描写久别重逢的快乐，将分别的场景作为暗线处理，也没有正面写相逢，而是从分别以前的欢乐、分别以后的怀念到重逢乍见时的惊喜入手，将这种感情烘托出来，用意非常巧妙。

赏析

上片全写分别前的欢娱场景。起句七字容量很大，"当年"遇到此景、此人、此情，醉饮就是自然而然的事情了。不断地起舞，直到照着杨柳荫的高楼上的明月都低沉了；不停地歌唱，直到画着桃花的扇子底下回荡的歌声都消失了。既描绘出舞筵歌席的环境，又刻画出极为尽兴的状态。

下片则通过互相倾诉的对话，表现出别后的思念与重逢的欢乐。前三句写离别后怀念往日，多次梦见。结尾两句写重逢，挑出了最有代表性的心情来写，即惊喜之情。从前是以梦为真，今天却将真疑梦，写得极其细腻。这么一结，就和上面所写的别前欢乐、别后怀念、对重逢的渴望全都一一贯通了。

引申

词中"歌尽桃花扇底风"的"风"并非真风。温庭筠《菩萨蛮》以一句"双鬓隔香红，玉钗头上风"写女子簪花，花的芳香在头上扩散，和这首词写女子歌唱，唱的旋律在扇底回荡相同。

苏轼

苏轼（1037年—1101年）字子瞻，唐宋八大家之一，和父亲苏洵、弟弟苏辙合称"三苏"。宋神宗元丰年间，他因为在诗文中讥讽新法，被御史台捉拿下狱一百零三天。御史台栖息了许多乌鸦，所以此案称为"乌台诗案"。苏轼差点冤死狱中，获救后被贬黄州（今属湖北黄冈），在黄州城东开垦了一块坡地种田养生，从此自号"东坡居士"。后世多称他"苏东坡"。

晚年的苏轼更是被一贬再贬，从河北定州到广东惠州，再到海南岛上的儋州。苏东坡在去世那年回到常州，在《自题金山画像》中写下"问汝平生功业，黄州惠州儋州"，成为他一生坎坷而不屈的写照。

江城子·密州出猎

　　老夫聊发少年狂，左牵黄，右擎苍，锦帽貂裘，千骑卷平冈。为报倾城随太守，亲射虎，看孙郎。

　　酒酣胸胆尚开张，鬓微霜，又何妨？持节云中，何日遣冯唐。会挽雕弓如满月，西北望，射天狼。

〇**左牵黄，右擎苍**：左手牵着黄狗，右臂托起苍鹰。左右二字配合，既点明了出猎的装备，又有平衡感、节奏感，饶有情趣。

〇**亲射虎，看孙郎**：三国时吴主孙权曾经骑马射虎，马被虎咬伤，孙权临危不乱，用双戟投中了老虎。"孙郎"就是指孙权，也是词人的英雄自喻。

〇**持节云中，何日遣冯唐**：西汉云中太守魏尚因为细微的过错被削职，冯唐为他辩护，并奉汉文帝之命持节前来宣布恢复他的官职。词人用这个典故，希望自己也能获得朝廷的信任和重用。

〇**西北望，射天狼**：天狼星意味着有人侵掠，指辽和西夏。既配合射猎的场景，又表达了词人守家卫国的理想。

破题

1075年，近四十岁的苏轼正在密州（今山东诸城）当太守。上片描述出猎的场景，下片是词人就出猎的感受抒发个人志向，借典故言志，表现出豪迈的词风。

赏析

起句"聊发少年狂"是这首词的表现重心。上片描写出猎场景：一方面是突出个人形象，词人牵着狗、架着鹰，不仅架势十足，还像孙权一样亲自射中猎物；另一方面渲染出群像气势，人马倾城而出，千骑席卷山头，一个"卷"字，将速度之快、人马众多的全景动态刻画出来。无论个人还是群像，奔腾逐猎之势都是极为张扬的。

下片词人借势口出狂言："酒酣"三句先说头发白了又怎样，一样开怀畅饮，不失英雄本色，这是呼应起句的"少年"之气；"持节"以下数句，则继续憧憬为国效力的建功立业之志。全篇以"出猎"为题材，写景、抒情紧扣少年般的狂放和张扬，也是这首词最具感染力的地方。

引申

苏轼在《与鲜于子骏书》中说："数日前猎于郊外，所获颇多，作得一阕，令东州壮士抵掌顿足而歌之，吹笛击鼓以为节，颇壮观也。"壮士击掌顿足而歌，吹笛击鼓，可以想象这首词唱起来十分豪迈壮观。它打破了词以婉约为正统的传统，无论题材还是豪放的风格，融叙事、用典、言志为一体的技法，都别开生面，走出创新之路。

水调歌头

丙辰中秋，欢饮达旦，大醉，作此篇，兼怀子由。

明月几时有？把酒问青天。不知天上宫阙，今夕是何年。我欲乘风归去，又恐琼楼玉宇，高处不胜寒。起舞弄清影，何似在人间！

转朱阁，低绮户，照无眠。不应有恨，何事长向别时圆？人有悲欢离合，月有阴晴圆缺，此事古难全。但愿人长久，千里共婵娟。

〇**我欲乘风归去**："乘风"二字出自《列子》。上天而称为"归去"，是自认为神仙下凡，怪不得人们称苏轼为"坡仙"。

〇**起舞弄清影，何似在人间**："何似"句与"我欲"句因果对照。既然天上"不胜寒"，那还不如在人间对月起舞，虽然只是一个人，总还有个影儿伴着。

〇**人有悲欢离合，月有阴晴圆缺，此事古难全**：人事本有很多变化，月亮也自有盈亏，这本来就是自古以来难得完满的事情。这样退一步设想，词人就从前面对月的埋怨变为对月的同情，也对人间的不完满释然了。

破题

欢度佳节的愉快和牵挂弟弟苏辙（字子由）的情怀，是这首词的基调。作者有高旷的胸襟、丰富的想象和奇妙的艺术构思，最终借自然界的现象宽解了人间的离愁别恨，并寄托了对于生活的美好祝愿。

赏析

上片写对月饮酒。起句陡然接连发问，破空而来，体现了作者对于自然现象的好奇与求知，以及他不愿意局促于现实社会的豪迈性格。"我欲"三句虚写了天上的广寒宫殿，又暗示了中秋月色的清明和夜气的寒凉。"起舞"二句再次从幻境回到现实，抒发了作者对人间的热爱。

下片对月怀人。由月而及月下的人，"无眠"的人不仅仅是作者，而是泛指。花好月圆是幸福的象征，月圆而人不圆，自然令人感到惆怅，以"何事"发问，言外有埋怨明月无情的意思。"人有"以下又推开一层说，"古难全"是事实，"人长久"则是希望。两相对立，凭借"但愿"二字便从人间到天上，从疑惑到释然，最终达成美好的祝愿。

这不只是词人对弟弟一人而发，更是一切热爱生活的人们的共同希望。

引申

李白《把酒问月》中说"青天有月来几时？我今停杯一问之"，也是对月发问，只是语气舒缓。而苏词语气急迫，首句发问后，又以"不知"两句继续发问，是追根究底的意趣。李白《月下独酌》中的"我歌月徘徊，我舞影凌乱"，写酒后月下独自起舞的寂寞，但此处"起舞弄清影"引出的却是对人间的肯定。苏轼放旷的气息和李白有神似的地方，既从李白的诗歌中获得启发，也不乏借鉴和创新之处。

卜算子·黄州定慧院寓居作

缺月挂疏桐，漏断人初静。时见幽人独往来，缥缈孤鸿影。

惊起却回头，有恨无人省。拣尽寒枝不肯栖，寂寞沙洲冷。

○**缺月挂疏桐，漏断人初静**：第一句写自然景物以突出深秋月夜的清冷，以"缺月""疏桐"为意象，前者点出月光清幽，后者说明深秋季节，树叶落得差不多了。第二句以一日的时间更替，既交代夜深人静，也为"幽人""孤鸿"的出场烘托气氛。

○**有恨无人省**："省"（xǐng）即理解、明白。没有人明白心中的苦恼，这既是写"孤鸿"，更是写自己政治失意后的苦闷。正因为无人理解，才一再择木而栖，宁可看似孤僻，也不愿苟且将就。

破题

初贬黄州时，词人寓居在定慧院。经历过乌台诗案，词人既委屈凄惶，又内心孤独。上片写一个深秋的夜晚，有幽居之人，也有那若隐若现的孤鸿的身影。下片则将孤鸿不肯将就栖息的行为写得很细致，投射着词人强烈的孤寂感。

赏析

上片造境。一、二句写景，月光暗淡，夜深人静。三、四句却在静态之中突出了两种动态，一是幽居之人在夜色中独自逡（qūn）巡，足见心事重重；二是若隐若现的孤鸿飞过，一个"影"字说明暗夜中看不分明，和"缺月"二字相互呼应。

下片从"孤鸿影"着手，"惊起"是惶惑的样子，"回头"是忍不住寻找同伴，"拣尽"是不愿意苟且妥协。词人将孤鸿的神态动作一一描摹，而与动作相互穿插的是"有恨""寂寞"等感受，既是拟人，又俨然是词人自况。

孤鸿或是亲见实写，或是想象中的虚写，但静夜中的清寂感，以及寄托在孤鸿身上的惶惶然而又坚定的心理无疑是真实的。所以人们通常称赞这是一首借物比兴、托物咏人的佳作。

引申

词人有一首《和子由渑池怀旧》写给弟弟苏辙："人生到处知何似，应似飞鸿踏雪泥。泥上偶然留指爪，鸿飞那复计东西。"同样写到了"孤鸿"，用"雪泥鸿爪"比喻人生过往的经历和印记，而人生漂泊无定的孤伶感始终是词人的切身感受。由此可知，"孤鸿"这一意象固然传达着词人在不同时期的感受，但异中有同，这种"同"就是对人生本质的认知。

念奴娇·赤壁怀古

　　大江东去，浪淘尽、千古风流人物。故垒西边，人道是、三国周郎赤壁。乱石穿空，惊涛拍岸，卷起千堆雪。江山如画，一时多少豪杰。

　　遥想公瑾当年，小乔初嫁了，雄姿英发。羽扇纶巾，谈笑间、樯橹灰飞烟灭。故国神游，多情应笑我，早生华发。人生如梦，一尊还酹江月。

○**大江东去，浪淘尽、千古风流人物**：开篇两句江山与人物合写，不但风格雄浑、苍凉，而且中间含有暗转，即"风流人物"的肉体虽然已经属于过去，他们的事功却不会磨灭，既属于现在也属于将来。

○**乱石穿空，惊涛拍岸，卷起千堆雪**："乱石"句写山的高峻，"惊涛"两句写水的汹涌澎湃。江山合写，而以江为主。"石"曰"乱"，"空"可以"穿"，"涛"曰"惊"，"岸"可以"拍"，"雪"可以"卷"，虚字都用得极富动感而又极精确。

○**遥想公瑾当年**：从"千古风流人物"到"一时""豪杰"，再到"公瑾"（周瑜），一层层缩小描写的范围，从远到近，从多到少，然后周瑜作为一位典型的风流人物和豪杰便登场了。

○**多情应笑我，早生华发：**头发变白是由于多情，即不能忘情于世事。然而这种自作多情，仔细想来又多么可笑。"多情应笑我"就是"（我）应笑我多情"，和"故国神游"一样都是倒装句。

破题

词人因乌台诗案被贬在黄州。他想到古代风流人物的功业，对此无限向往，同时也因自己年将半百而功业未成产生感慨。在赞赏江山、人物之余，渐渐趋于消极，但总的说来掩盖不了全词的豪迈精神。

赏析

上片起头二句，是词人面对长江登高远眺的感受。三、四句从泛泛的江山人物的感想，转到具体的赤壁之战。第五句以下正面描写赤壁风景。结句总结江山、人物之美。下片"遥想"以下五句，从辉煌的战功、潇洒的风度、沉着的性格来刻画周瑜的形象。以上写作战之地、作战之人，"故国"以下转入自抒怀抱。

这首词将不同的甚至对立的事物、思想、情调，有机地融合在一个整体中而毫无痕迹。词中写当前的景物与古代人事，有对生活的热爱、对建功立业的渴望，也将达观、消极的人生态度相融合，还有豪迈气概与旷达情趣的融合。

此外，全篇描写手段虚实结合，变幻莫测。如"人道是、三国周郎赤壁"，是实的地方虚写；"遥想公瑾当年"，是虚的地方实写。有了"人道是"三字，便将其下内容化实为虚，对黄州赤壁并非当日战场作了暗示。有了"遥想"二字，则其下咏叹的虽不是原来的战场，而且掺入了虚构的细节，仍然使人读起来有历史的真实感。

引申

元丰五年（1082年）七月，也就是在写下这首词的当月，苏轼又在《赤壁赋》一文中借客人之口说："这里山川相接，郁郁葱葱，不正是当年曹操被周瑜所困的赤壁吗？那时曹操意气风发，破荆州，克江陵，顺江而下，旌旗招展，战船连江。这位横槊赋诗的一代豪杰，如今却在哪里呢？"和《念奴娇》对读，就会知道这些三国人物都是苏轼心中的英雄，只是年少有为的周瑜更成为逆境中的苏轼神往的对象。

定风波

三月七日，沙湖道中遇雨。雨具先去，同行皆狼狈，余独不觉。已而遂晴，故作此词。

莫听穿林打叶声，何妨吟啸且徐行。竹杖芒鞋轻胜马，谁怕？一蓑烟雨任平生。

料峭春风吹酒醒，微冷，山头斜照却相迎。回首向来萧瑟处，归去，也无风雨也无晴。

○莫听穿林打叶声，何妨吟啸且徐行："何妨"与"莫听"呼应，提示自己的节奏不要被风雨打乱。甚至在声音上也有意形成对照，面对"穿林打叶"的雨声，词人则报之以放声的吟咏。雨越急促，行走越要从容不迫。两句相对，一反雨中仓皇奔走的习见反应。

○谁怕：极为直白又生活化的口语，使词境更加活泼生动，同时反映出作者无惧风雨、无惧打压的真性情。

○料峭春风吹酒醒：料峭春风，与序中"三月七日"的时间点相关合。本句透露出之前并没有交代的信息，即这是一场酒后的行走。如果说上片还带着些酒后的任性和不羁，那么酒醒之后就都是肺腑之言了。

破题

这首词仍然是在黄州所写。全词夹叙夹议，娓娓道来，文字从容如同风雨中的词人，不慌不忙，将心中的那份豁达和洒脱表现出来，也给许多曾经身处困境的人们以真切的人生激励。

赏析

上片写中途遇雨，描写的就是序中说的只有词人不觉狼狈的具体内容：就行动而言，他自顾自吟咏，缓步前行；就感受而言，手持竹杖，穿着草鞋，比骑马更觉自在；就哲学境界而言，人生哪里没有风雨呢？所以词人的坦然，从行动到心理，再到放诸人生的宏观世界，都有着足够的依据。

下片写雨后初晴，词人酒醒，身体感到"微冷"，呼应料峭的雨后春风。同时因为放晴的阳光斜照，他也感受到少许的温暖。写完感受，继续写动作。他回望遇雨的地方，很快再次转头迎向归去的方向，就此心下坦然，无惧风雨，不论喜忧。

全词内容短小，既富有遇雨、放晴的天气变化，又有酒后和酒醒的状态变化，不变的是词人对于风雨及其暗寓的人生态度，始终都用极强的行动力去说明个人意志。

引申

"一蓑烟雨"在词中是虚写，毕竟序中交代他们一行人没有雨具，也就不可能身着蓑衣。参看南宋词人陆游《鹊桥仙》写"一竿风月，一蓑烟雨，家在钓台西住"，范成大《三登乐》说"叹年来、孤负了，一蓑烟雨。寂寞暮潮，唤回棹去"，就知道这四字大约是渔父的标配，也是退隐江湖的文人形象。词中的"风雨"是双关，既是自然现象，也指政治上的风波坎坷。那么从"一蓑烟雨任平生"一句中，就很能玩味出词人愈挫愈勇、不屈不挠的心态了。

浣溪沙

游蕲水清泉寺，寺临兰溪，溪水西流。

山下兰芽短浸溪，松间沙路净无泥。潇潇暮雨子规啼。

谁道人生无再少？门前流水尚能西！休将白发唱黄鸡。

○**潇潇暮雨子规啼：**"潇潇"符合春雨细小的特征，"暮雨"点明时间是傍晚。"子规"即杜鹃鸟，在关合季节的同时，写到鸟鸣也增添了静谧山林的生机。

○**门前流水尚能西：**通常河水向东流，兰溪西流的特殊性，给作者带来了创作上的灵感。一个"尚"字，与"谁道"的反诘、"休将"的全否，共同表达出强烈的语气，推动了对反转的肯定。

破题

词人在黄州渐渐寻到了山水之间的乐趣。上片写细雨溪前的山间风物，下片则就溪水西流，对人生一去不返的定论提出与众不同的主张。融议论于眼前之景，富有寓意。

赏析

序中说明了出游的地点是清泉寺，进而推出寺边的兰溪，点出这首词的重要发现，即兰溪水是向西流的。序中文字不落情感，引起的发愤之情都写进了词的下片。

上片写景，以兰溪为中心，先写溪中的兰草，次写水边林间的沙石路，再写密布的细雨和树上啼叫的子规。看似随意布景，却是以兰溪为视线焦点，由下至上，由近及远，而画中的空缺处又都用"暮雨"悉心地填补上。

下片是全词的核心。第一句以反问的方式提出论点：谁说人生不能再度青春年少？第二句以兰溪西流作为正说论据，第三句反说论点所否定的行为。议论不显空泛的原因，一是有景，景是亲历，且是论据，二是有情，情由政治境遇引起。词人的翻案不是无水之源，因此能够被充分理解，而这种豁达天真、自强不息的精神也一直激励着后来人。

引申

白居易在《醉歌示妓人商玲珑》中写道："谁道使君不解歌？听唱黄鸡与白日。黄鸡催晓丑时鸣，白日催年酉前没。"以日常生活中的黄鸡唱晓、日新月异来表达对时间流逝的伤感。基于对生活的独特认知，苏轼以一句"休将白发唱黄鸡"对白诗进行了翻案，抓住兰溪西流的地理特点，顺势推出自己对人生的看法，不再哀叹岁月无情，表现出在政治上受到挫折而不颓废的乐观心态。他在另外一首《浣溪沙·雪颔霜髯不自惊》中也写过"莫唱黄鸡并白发"，可见这正是词人的自勉。

秦观

秦观（1049年—1100年）字少游，号淮海居士，高邮（今属江苏）人，和黄庭坚、晁补之、张耒（lěi）游学于苏轼门下，并称"苏门四学士"。绍圣元年（1094年）因新旧党争被贬，此前仕途顺利，此后则意气不兴。他一路南迁郴州、横州，直至雷州，跨越今天湖南、广西、广东数省区，生活条件非常艰苦，后在酒醉之中卒于藤州（今属广西梧州）。

秦观诗词文字精美而平易，因《满庭芳》起句"山抹微云，天粘衰草"落笔生动如画，人称"山抹微云君"，苏轼戏称他为"山抹微云秦学士"。秦观曾梦中得词，绝笔之作《好事近》结句写道："醉卧古藤阴下，了不知南北。"苏轼绝爱这两句，将其题写在扇面上，每每感叹："少游已矣，虽万人何赎！"

鹊桥仙

纤云弄巧，飞星传恨，银汉迢迢暗度。金风玉露一相逢，便胜却、人间无数。

柔情似水，佳期如梦，忍顾鹊桥归路？两情若是久长时，又岂在、朝朝暮暮。

○**鹊桥仙**：早期的词牌和内容往往一致，比如《女冠子》咏女道士，《虞美人》咏虞姬。这个词牌就是为牛郎、织女的爱情故事而创作，本词的内容也是歌咏他们七月七日相会的故事。

○**纤云弄巧，飞星传恨**：七月七日又称"七夕"，是古代女孩子们向织女星乞求智巧的节日，所以又称"乞巧节"。初秋天空中的云彩像是织女织出的锦缎，飞动的流星仿佛在传递牛郎织女一年一见的离别之恨。词人将景物和牛郎织女的故事元素结合着写出来。

○**金风**：即秋风或西风。古人以五行、五方和四季相配，秋天五行属金，五方属西，故称"金风"。

○**柔情似水**：写情而用眼前的银河水比喻情之温柔和绵长，情中带景，和上片的"银汉迢迢"相互呼应。

○**忍顾鹊桥归路**：看都不忍看，那自是不消说，就更不忍走了。不说不忍走，只说不忍看，意思表达就更为深厚含蕴。

破题

这是一首写七夕的小词。用笔比较平直，写景状物不失水准，但是在内容上提供了对聚少离多的爱情同样可以天长地久的理解，就使得这首词焕发出别样的生命力，得到许许多多有情人的共鸣。

赏析

上片一、二句以对句写七夕的景色，景中有情，而且是这个民间佳节特有的景和情。第三句交代主要的情节，按照天帝的无理规定，牛郎与织女只能在这一夜渡河相会，因为人们看不见他们如何渡河，所以说是"暗度"。第四、五句表明了词人对这一对仙侣长年分离、一年一会的看法，认为相逢一次便抵得人间无数次。

下片前三句写牛郎织女的相会，离别是长的，感情是深的，相见是短的，就逼出不忍分别的场景。结局陡转，推陈出新，再度强化上片结语中传达的爱情主张。

词人紧扣七夕这天的秋季风景、节日风俗、传说细节，在情景交融中叙述故事，不慌不忙地推出了自己与众不同的爱情观。

引申

牛郎织女的故事产生于汉代，历代诗人大多同情他们被天帝分开，一年只能见一次的命运，其中最著名的就是《古诗十九首》："迢迢牵牛星，皎皎河汉女。纤纤擢素手，札札弄机杼。终日不成章，泣涕零如雨。河汉清且浅，相去复几许。盈盈一水间，脉脉不得语。"

而秦观这首词上下片的结句都对传统的故事理解进行了翻案，对于爱情表达出不同的看法：不一定要朝夕相对，长久的、高质量的爱情才更为可贵。

浣溪沙

漠漠轻寒上小楼，晓阴无赖似穷秋，淡烟流水画
屏幽。

自在飞花轻似梦，无边丝雨细如愁，宝帘闲挂小
银钩。

○**晓阴无赖似穷秋：**"无赖"即无聊，因为情绪无可依托而烦闷。
词人登楼，看到天气阴沉竟和深秋一样，不说人无聊，反说"晓阴
无赖"，既加倍地渲染了这令人心烦的景色，又衬托出主人公对景
生愁的心情。

○**淡烟流水：**回到室内，看到屏风上画的风景和室外所见都是一样
萧条，这无聊的情绪无论室内还是室外，躲也躲不掉。

○**自在飞花轻似梦，无边丝雨细如愁：**"飞花"和"梦"，"丝
雨"和"愁"，本来并不类似，但词人却发现了它们之间有"轻"
和"细"这两个共同点，这样就将四种原来毫不相关的东西联成两
组，构成了既恰当又新奇的比喻，被梁启超评为"奇语"。

破题

这首词写的是春愁，是春天所感到的一种轻轻寂寞和淡淡

哀愁。这是一种细微且不易捉摸的感情，但词人以具体的景物描写和形象的比喻将它表现出来了。

赏析

上片写愁产生的环境。天气不好，阴沉黯淡，人的情绪自然而然地低落了，何况无论室内还是室外，面对的风景都一样萧瑟。动作上设定了先登楼，再入室，就形成了由外而内的视野变化，再推出内外一样的有感而发。

下片写愁的情状。一、二句借窗外之景正面写春愁，将景物和细腻的感情巧妙地结合在一起，使抽象的梦和愁成为可以感知和捕捉的具体形象。进而用"自在"形容飞花，以"飞花"的无情无思来反衬梦之有情有思；"无边"形容丝雨，就更加令人觉得闲愁无边无尽。结语看似闲笔，却就此划分了帘外愁人的风景和帘内惆怅的人两个不同的空间。

通过位置的内外游走，视线的内外交织，那如轻寒一般漠漠的身体感觉，如晓阴一般黯然的心情，如飞花一样缥缈的梦境，如丝雨一般的哀愁，就这样情景交融了。

引申

一般的比喻都是以具体的事物形容抽象的事物，比如秦观《八六子》起句："倚危亭，恨如芳草，萋萋刬尽还生。"词人选择了每年被铲除干净、第二年又依旧生长的野草来形容心里不易排除、不断滋长的愁恨。《浣溪沙》却反其道而行之，用抽象的"梦""愁"去形容具体的"飞花""细雨"，贴切的同时又很新奇。

行香子

　　树绕村庄，水满陂塘，倚东风，豪兴徜徉，小园几许，收尽春光。有桃花红，李花白，菜花黄。

　　远远围墙，隐隐茅堂，飏青旗，流水桥旁。偶然乘兴，步过东冈。正莺儿啼，燕儿舞，蝶儿忙。

○**倚东风，豪兴徜徉**：一个"倚"字点出词人与春风彼此亲近的关系，由此描绘出诗人在和煦的春风里兴致勃勃、自在行走的模样。

○**偶然乘兴，步过东冈**：在下片的写景中插入一句写人，而这人的状态又和上句相承接。上片是"豪兴徜徉"，这里是"偶然乘兴"，点明兴致盎然，既是对春日景色的一种回应，亦表现出"兴"起的悠然随意。

破题

这是一首轻灵的小词，没有沉重的情感，只是一次春日里行走乡间的所见所闻。文字流畅，上下片犹如对对子，有散曲的节奏感和通俗化。兴之所至是这首词的关键处，正是这样一种兴致令全词生气勃勃。

赏析

这是一次很随性的出游，词人边走边看。上片一、二句远写从外围才能看到的"树绕"，所以是由远及近而至村庄。三、四句点明人物和季节，"东风"和"收尽春光"与五颜六色的花儿、百鸟欢啼相互呼应。下片一、二句再次由远及近而至具体人家，三、四句描写围墙和酒旗，透露出村庄中人的活动轨迹。五、六句渐行渐远，记录下完整的出游过程。

全词移步换景写春日里的村庄，不仅有花、鸟，还有东风、水满池塘，都是鲜明的春天景象。下片结尾三句写莺、燕、蝶的各自飞舞，和上片桃花、李花、菜花的五彩缤纷，形成工整的对仗。这种写法在词中很少见，既口语化，又烘托出春天热烈的气氛。

引申

《世说新语》中记载了这样一个小故事：东晋名士王子猷（yóu）雪夜独自饮酒吟诗，忽然想起自己的好朋友戴安道，于是连夜冒着大雪乘船出发。经过一个晚上的奔波才到达朋友家，可他到了门前却不敲门，而是直接返回了。人们问为什么？他说："吾本乘兴而行，兴尽而返，何必见戴？"这当然是一种魏晋风度，但同时也说明"兴"所带来的乐趣。理解了"兴"和文人对它的追求，就更能把握这首词中反复强调的"乘兴""豪兴"的意味。

贺铸

贺铸（1052年—1125年）字方回，人称"贺梅子"。贺铸记性好，爱读书，长相奇特，被称为"贺鬼头"。他性情豪放，常大胆放言，哪怕是一时权贵，照样敢于点评议论。但他的词却写得温柔多情，足见性格中英雄豪气与儿女情长并存。黄庭坚将他视为秦观的继承者，在《寄贺方回》中说秦观已经辞世，"解作江南断肠句，只今唯有贺方回"。

青玉案

凌波不过横塘路，但目送、芳尘去。锦瑟华年谁与度？月桥花院、琐窗朱户，只有春知处。

碧云冉冉蘅皋暮，彩笔新题断肠句。若问闲愁都几许？一川烟草，满城风絮，梅子黄时雨。

○**凌波不过横塘路，但目送、芳尘去：**前句化用了曹植《洛神赋》中的"凌波微步，罗袜生尘"。凌波微步，不过横塘，是人没有来；面对芳尘，只能目送，是自己不能去。她没有来，自己不能去，说明感情受到了阻隔。

○**锦瑟华年谁与度：**化用了李商隐《锦瑟》中的"锦瑟无端五十弦，一弦一柱思华年"。问她美好的青春与谁共度？用疑问句式，点出她实际上无人共度。

○**彩笔新题断肠句：**化用南朝诗人江淹曾经在梦中得到郭璞所传彩笔的典故，说能够用彩笔题写的也不过是令人伤感的句子，由此推出后文无计可施的"闲愁"。

破题

作者晚年退隐苏州，住在横塘附近。上片写感情受阻，是缘起；下片写愁绪纷乱，是结果。表面写相思，实际上是抒发郁郁不得志的"闲愁"。

赏析

结尾以"闲愁几许"提问引起注意，然后以十分精警的三个比喻作答，历来获得很高评价。

首先，是用具体而生动的景物来表现抽象的、难以捉摸的细致情感，使这种感情转化为可见、可闻、因而可信的事物，以草、絮、雨充塞天地的景物特征，使人从形象中感受到无所不在的闲愁。

其次，是这些比喻都很新颖，不落俗套。用"一川烟草"、"满城风絮"和"黄梅雨"比喻愁多，不仅新奇而且连用三个，又都是复合的优美景色，即草是烟雾中的草，絮是空中飞动的絮，雨是绵绵不绝、如雾如烟的雨，所以被评为"真绝唱"。

最后，在于这三句虚实相生，情景交融。本是虚景实写，目的在于比喻，但所写又确实是春末夏初一时的景物，本足以引起愁绪，所以这样写来就亦景亦情，亦虚亦实，融成一片。

引申

用多种事物比喻一件事物的手法，在文人词中比较少见，但在民间文学中就比较常见。比如，唐代敦煌曲子词《菩萨蛮》连用青山烂坏、秤锤浮在水面、黄河彻底干枯、白天看到星辰、北斗指向南面、夜里见到太阳这六种不可能发生的事情，来比喻感情的坚不可摧，可谓联想丰富，感情深沉，气势如虹。相比之下，民间词自有其淳朴刚健之处。

周邦彦

周邦彦（一说1056年—1121年，一说1058年—1123年）字美成，号清真居士，钱塘（今浙江杭州）人，是宋代婉约派的代表词人。二十八岁，他在做太学生时，给神宗皇帝献了一篇七千多字的《汴都赋》，里面有不少生僻字，可见他读书涉猎广泛。他因此名动天下，可惜四年后因为新旧党争被排挤出京，直到十年后才被哲宗皇帝再次召回京城。

由于精通音律，他在徽宗时代担任了宋廷最高音乐机构大晟府的总管，为朝廷谱制词曲，编定了八十多种词调。他写词既格律规范，又特别讲究章法，被称为"词中老杜"。

兰陵王·柳

　　柳阴直，烟里丝丝弄碧。隋堤上，曾见几番，拂水飘绵送行色。登临望故国。谁识，京华倦客？长亭路，年去岁来，应折柔条过千尺。

　　闲寻旧踪迹，又酒趁哀弦，灯照离席。梨花榆火催寒食。愁一箭风快，半篙波暖，回头迢递便数驿，望人在天北。

　　凄恻，恨堆积。渐别浦萦回，津堠岑寂。斜阳冉冉春无极。念月榭携手，露桥闻笛。沉思前事，似梦里，泪暗滴。

○**柳阴直**：一个"直"字，将一道长堤、两行垂柳画了出来，和王维《使至塞上》中"大漠孤烟直"的"直"字，一写横，一写纵，各尽其妙。

○**曾见**：曾经见到那些"京华倦客"经过隋堤，从水路离开汴京。这本属于旁观，但这位旁观者也正是一个已经厌倦了京城客居生活、在登楼之际怀念故乡的人，于是感同身受。

○**梨花榆火催寒食**：用景物、节俗共同点明时令。寒食节禁火，皇帝往往将钻榆木、柳木而取的火种赐给近臣。词人送别的时候正值梨花盛开的寒食节前，春景如此美好，人却要分别，当然是既不舍又不甘心。

○**斜阳冉冉春无极**：春色无边的绵延引起惆怅之感，斜阳欲下的苍茫引起迟暮之悲。词人将这两种不同的景色有机地融合在一起，既形成了如梁启超所说"绮丽中带悲壮"的艺术效果，又由景生情、情景交融。

破题

"折柳相送"是宋代以前就形成的风俗，因此古典诗词中写离别的作品常常涉及柳树。本词题为咏柳，实际上写的是离情，而且是客中送客的心理状态。这首词格律工稳，乐师们都很喜欢，在当时的都城十分流行。

赏析

第一叠主要是咏柳，因柳而及一般的别情。起两句点明主题，正面写柳，之后从咏柳树转到写离情，从而点明词中主人公的久客思乡之情，接着又从离情关合杨柳。虽然这些都是词人所见所想，但还是一个旁观者的身份。

第二叠写自己亲历的分别。先写送别的酒席，描摹出不愿分别的情绪；再以"愁一箭风快"领起，在将别未别的时候想象水涨风快，船一下就远离了。这是虚写而非实事，就免得过于沉溺在伤感中，布局有变化感。

第三叠转入别后，正面写离别的愁恨。用一个"渐"字领起，准确地体现了词人看着行者越行越远，而自己终究独自留在水边的过程。于是在四顾无人之际，产生了"斜阳冉冉春无极"的岁月流逝之感。再由"念"字领起，回忆起过去的事情。

全篇一唱三叹，从咏柳入手，从一般离情到个人经历，再从离情推到更为广泛的惜年华，在时空上通过想象、倒叙反复回环，布局极有章法。

引申

周邦彦《满庭芳·夏日溧水无想山作》起三句写道："风老莺雏，雨肥梅子，午阴嘉树清圆。"正写美好的夏景，忽然转而想象"地卑山近，衣润费炉烟"，即那里可能很潮湿，经常需要烘干衣服，表现出羁旅中的惆怅。正如这首词中的"愁一箭风快"，跳开眼下的离别而展开别后的想象。周邦彦非常擅长这种翻进一层、从想象中着笔的手法，也使感情的表现更富有变化。

朱敦儒

　　朱敦儒（1081年—1159年）字希真，号岩壑，又称伊水老人、洛川先生。他早年生活安逸，游历山水，浪迹酒榭歌楼，过着洒脱的名士生活，写下不羁的"我是清都山水郎，天教分付与疏狂"（《鹧鸪天·西都作》）。中年时期遭遇南北宋之交的宋金战争，被迫从故土中原南下江南，忧国伤事，写出沉痛的"万里烟尘。回首中原泪满巾"（《采桑子·彭浪矶》）。晚年宋金对峙局面确立，他再度回归山水，享受闲居野趣。在词里，他记录了自己的一生经历和情感起伏。

相见欢

金陵城上西楼，倚清秋。万里夕阳垂地大江流。

中原乱，簪缨散，几时收？试倩悲风吹泪过扬州。

○**万里夕阳垂地大江流**：深秋登楼，本来就怀有悲秋之情，何况余晖残照，何况万里斜阳，真是一点光明和希望都没有。"垂"字用得很别致，突出了笼罩与压迫的感觉。垂暮之感既是眼前所见，又比喻了北宋王朝的没落。

○**中原乱，簪缨散**：金人侵占中原，战乱中人们被迫逃亡，背井离乡，国破家亡。"簪缨"指文人的冠饰，表面上用一"散"字点出衣冠不整，实际上以小见大，衬托出士人逃亡奔窜的不堪。短短六个字，由时势而及个人，将国家命运、个人命运都包含在内了。

破题

南北宋之交，金兵攻陷汴梁，中原百姓逃往南方。词人本是洛阳人，这时被迫流亡金陵。他站在西门的城楼上望着滔滔江水，产生了强烈的兴亡之感。

赏析

上片写景，气象阔大。交代了地点是城楼之上，季节是深秋，时间在傍晚时分。眼前视野开阔，所见景色是大江奔涌。江水一去不返，有如兵败如山倒；斜阳没落，有如国势衰微。这些都象征着国家运势的不可挽回。

下片写情，从国家命运到个人离散，一句何时收复京城的疑问，真是令人无解。词人一洒痛泪，却说是"悲风吹泪"，将不可承受之痛的感情赋予秋风。扬州在金陵城的江北对岸，作为宋金前线，自然引起了词人对国家命运的强烈关注。这既符合视线方向，又符合人的思维。

这首词没有太多的技巧，阔大的景色和沉郁的情感相结合，直抒胸臆已足以动人。

引申

词人一路避难南下，在彭泽县（今属江西九江）写下一首《采桑子·彭浪矶》。"扁舟去作江南客，旅雁孤云"，自比漂泊无依的"旅雁孤云"，语极沉痛。宋金对峙时期，他则在《好事近·渔父词》中描述生活："晚来风定钓丝闲，上下是新月。千里水天一色，看孤鸿明灭。"这时他已经能够放开心胸，寻求如孤鸿般的隐逸。相同的意象，不同的譬喻，记录着词人在不同时期的经历与心态。

岳飞

　　岳飞（1103年—1142年）字鹏举，南宋中兴四大名将之首。绍兴十年（1140年），岳飞率军北伐至朱仙镇（在今河南开封南），抗金形势一片大好，却被有意和谈的宋高宗和秦桧以"十二道金牌"强行催促回朝，随后被诬陷下狱，于绍兴十一年十二月（1142年1月）与长子岳云一起被杀。宋孝宗年间被追封为"鄂王"，也被称为"岳武穆"。

满江红

怒发冲冠，凭栏处、潇潇雨歇。抬望眼、仰天长啸，壮怀激烈。三十功名尘与土，八千里路云和月。莫等闲、白了少年头，空悲切。

靖康耻，犹未雪。臣子恨，何时灭。驾长车，踏破贺兰山缺。壮志饥餐胡虏肉，笑谈渴饮匈奴血。待从头、收拾旧山河，朝天阙。

○**怒发冲冠**：形容愤怒的样子，头发都竖立顶起了帽子。出自《史记》中蔺相如"完璧归赵"的故事，蔺相如抱着和氏璧，倚着柱子怒视秦王，"怒发上冲冠"。

○**三十功名尘与土，八千里路云和月**："三十"和"八千"都是虚数。"尘与土"是地上微小的尘土，"云和月"是天上高悬的见证，词性、方位对仗工稳，形容征战沙场的辛苦奔走，情感上的呼应也很到位，读来一气呵成。

○**靖康耻**：靖康二年（1127年），金兵攻陷汴京，北宋最后两位皇帝徽宗、钦宗父子及其后宫女眷，均被金人抓到北方囚禁。国家沦陷、君主被俘的"靖康之难"，正是宋人心中的奇耻大辱。

○**贺兰山**：位于今宁夏与内蒙古交界处，曾经是宋与西夏的战场，所以用这个地名来指代奔赴金人的战场。

破题

词人雨后登楼，强烈地渴望着建功立业，为国家扫清敌仇。"莫等闲"三句虽然是作者的功名心，却有普遍意义，成为人们珍惜时间、努力奋斗的格言警句。

赏析

词人心中充满了愤怒，他站在高楼之上，雨刚刚停歇，内心的情感奔腾不息：想着三十多年来的功业，成就如同尘土一般微小，而已经走过的道路，在云和月的陪伴下却已有千里之遥。不能就这样无所作为地老去，任由少年的黑发变成白头，最后只剩下徒劳的悲愁。

词人一心渴望的功名是什么呢？就是收复河山！想到徽宗、钦宗二位皇帝都被金人抓去了北方，这样大的耻辱至今还没有洗清，作为大宋子民，心中的恨意哪里能够消除？要驾着奔驰的战车踏越贺兰山，去收复失去的国土，去重建毁坏的家园，那时才有资格奏上胜利的捷报。

上片通过一连串强有力的动作，如"怒发冲冠"、"抬望眼"和"仰天长啸"，将词人内心强烈的情感烘托出来。下片则解释了这种强烈情感的具体内容到底是什么，以及他不辜负时光的愿望。

引申

岳飞《小重山》词写道："昨夜寒蛩不住鸣。惊回千里梦，已三更。起来独自绕阶行。人悄悄，帘外月胧明。 白首为功名。旧山松竹老，阻归程。欲将心事付瑶琴。知音少，弦断有谁听？"那时主战派受到了很大的阻碍，词人深夜独自徘徊，苦闷地感叹没有知音。"白首"二字，与《满江红》"莫等闲，白了少年头"遥相呼应，《满江红》是唯恐老大无成，而《小重山》终究不得不面对岁月蹉跎。两首对读，更能理解词人矢志不渝的报国热忱。

李清照

李清照（1084年—1155年）号易安居士，是中国文学史上最著名的女词人。

她和丈夫赵明诚致力于搜集金石书画，琴瑟和谐。两人曾经打赌，谁先说对了哪个典故在某书某卷某页就先喝茶，她常常在笑乐中打翻了茶杯，这就是著名的佳话"赌书泼茶"。北宋末年金兵南下，他们被迫逃亡，不得不选出部分珍贵的金石文物随身携带。留在家中的几屋子藏品很快毁于战火，赵明诚也不幸于建炎三年（1129年）病逝于赴任途中。李清照独自一人带着藏品继续逃亡，在绍兴还遭遇了盗窃。她写下记录她和赵明诚故事的《金石录后序》，抒发着对过往的追忆和暮年的忧伤。

如梦令

常记溪亭日暮，沉醉不知归路。兴尽晚回舟，误入藕花深处。争渡，争渡，惊起一滩鸥鹭。

○溪亭：临水的亭子。
○鸥鹭：水鸟。

破题

一首文字清新的小词，如行云流水，自然轻快。词人回忆年轻时醉酒后在荷花池中游玩的故事，笔下洋溢着满满的尽兴之意。结尾不写人事，专写被惊飞的水鸟，既有余情，又富动感。

赏析

开篇"常记"（亦作"尝记"）告诉我们，词中写的都是过去的事情。究竟是什么事情让词人难以忘怀呢？原来是一次醉后游湖。记忆中有许多细节，比如地点是水中的小亭子，时间是傍晚时分，虽不详写景色，也可以想象斜阳铺在满池的荷花荷叶上，小风里有悠香。

事件源起是词人和友人们在沉醉中迷失了道路，于是索性放开怀抱，继续划着小船玩到晚上，不料迷失在藕花深处。他们抢着加快了划桨的速度，以致惊起一群水鸟，令人想见湖上的静谧。

词中写了一段小场景，有优美的风光、真切的情境，还有愉快的心情。这首词大约作于词人二十岁时，她在汴京回忆起故乡的生活。也许，真正令人留恋的是青春的纵情与无忧无虑，这些在这首小词中得到了淋漓尽致的表达。

引申

李清照常常将饮酒写进自己的作品。比如这首词中的"沉醉不知归路"引起一段尽兴的夜游；《如梦令》"浓睡不消残酒"则暗示出惜春之情；《念奴娇》"扶头酒醒，别是闲滋味"是用饮酒排遣别离的烦恼；《凤凰台上忆吹箫》却说"新来瘦，非干病酒，不是悲秋"，说自己变得消瘦并非是因为饮酒。可见饮酒是她在创作中点染情绪的一种方式。

如梦令

　　昨夜雨疏风骤，浓睡不消残酒。试问卷帘人，却道海棠依旧。知否？知否？应是绿肥红瘦。

○**雨疏风骤**：雨点稀疏说明雨点大，再加上风急，可知昨夜是大风大雨了。

○**试问**：醒来醉意未消就问侍女花怎么样了，透露出前夜醉酒也应和惜花之情有关。小心翼翼地探问，其实预料到了结果，但还怀着一些希望，将忐忑未稳的心理表达得很细腻。

○**绿肥红瘦**："肥""瘦"两个字用得贴切自然。这本是形容人的体态，现在不仅用在花草上，而且绿叶、红花对举，两相比照就更显得花事凋零但又不失生机。

破题

这首词不写前夜风雨中的惜花之情、醉酒之事，而是从清晨醒来写起。不直接写落花的飘零，只写一段主仆之间的对话，将女主人公对大自然细致的内心感受衬托出来。"绿肥红瘦"用语新颖精准，历来为人称道。

赏析

一、二句不直呈其事，但消息透露得很清楚。昨夜风雨那么大，仍然能够"浓睡"，足见醉意浓重，这样就将昨夜强烈的伤春之情写得明明白白了。早上花儿被风雨摧折，本来是没有悬念的事，词人却通过和侍女的一问一答制造了起伏，别有生趣。

漫不经意的侍女回答说：海棠花还和从前一样呢。词人连用叠字"知否知否"反驳侍女，无疑是对伤春意绪的再次表达，四字用得既合律、合情境，意思又到位。"应是"与"试问"相互呼应，说明词人心里早就有了答案：绿叶繁茂而花朵凋零了——只是自己还一直怀着不切实际的幻想。这首词写常见的惜花之情，但写法曲意回环，与众不同。

引申

青年时代的李清照不仅以"绿肥红瘦"四字惊艳了当时文坛，还有"人比黄花瘦"（《醉花阴》）这样的名句。两句都用了"瘦"字：前者写落花，后者应重阳节景，写菊花也写人，用字均出人意表而浑然天成。

渔家傲·记梦

　　天接云涛连晓雾，星河欲转千帆舞。仿佛梦魂归帝所。闻天语，殷勤问我归何处。

　　我报路长嗟日暮，学诗谩有惊人句。九万里风鹏正举。风休住，蓬舟吹取三山去！

○**仿佛**：浩渺无垠的海上景色，令词人产生了虚无缥缈的空间感。"仿佛"二字便是由实转虚的勾勒字，由此虚实相生，展开了词人与天帝间的对话。

○**我报路长嗟日暮**：暗用屈原《离骚》中"路漫漫其修远兮，吾将上下而求索""欲少留此灵琐兮，日忽忽其将暮"之意，表达对人生道路既漫长又艰难的感慨。

○**九万里风鹏正举**：古代神话中的大鹏，传说能振翅飞上九万里高空。

○**三山**：传说中蓬莱、方丈、瀛洲三座仙山是仙人们居住的地方，也是词人想象中安定美好的居所。

破题

南宋初的建炎四年（1130年）春天，李清照逃亡海上。这首词虽题名"记梦",但应是当时在海上漂泊生活的切身感受。在这首作品中,我们看到了李词中的自在任性,在婉约之外别透出一种慷慨的男子气概。

赏析

上片起首两句写景,是海上极为开阔的景象:云天与海水相接,晨雾充斥其间,天上星河斗转,海上千帆舞动,气势很大。每一句都是一半天上一半海上,第一句形成天地间的混沌感,第二句写出天地翻覆的动感。正是在这样的混沌与声势中,词人感觉有如来到天境。

下片是词人回答天帝的话。天帝问她将去向何处,她先是反省自己的过去,这漫长的一生都做了些什么。虽将很多心思放在诗词创作上,但是也没有什么特别的成就。结三句正式回答上片的问题,人间有何处可以安顿呢,不如大鹏展翅九万里,大风将这一叶漂泊的孤舟送往海上仙山!

一场人间天上的奇思妙想看似如梦如幻,实际上将南渡期间国破家亡的彷徨、痛苦以及对人生的反思都借机倾诉了出来。

引申

在写这首《渔家傲》的前一年,李清照作《蝶恋花·上巳召亲族》,上片写道:"永夜恹恹欢意少。空梦长安,认取长安道。为报今年春色好,花光月影宜相照。"关于梦只写了两句,说是梦到京城,虽然还能认得京城的道路,却再也回不去了,所以说是"空梦",而"长安"呼应的就是北宋都城汴京。《渔家傲》几乎通篇写梦，并且赋予更具真实感的梦境、对话，还有超越现实的精神自由。这些记梦的篇章，都细腻真实地反映出作者的内心世界。

武陵春

风住尘香花已尽，日晚倦梳头。物是人非事事休，欲语泪先流。

闻说双溪春尚好，也拟泛轻舟。只恐双溪舴艋舟，载不动许多愁。

○**风住尘香**：词人没有从正面写狂风摧花的场景，只用四个字来写这场小小灾难的后果。风没有停息之前，落红满地。风住之后，花已沾泥，又被人车践踏化为尘土，所以才会有"尘香"一说，由此足以推出"花已尽"的残景。

○**物是人非事事休**：放在当时的具体情境下，"物是人非"不是一般的轻微变化，而是一种根本性的改变，真正是国破家亡。这种痛苦最终用"事事休"概括，直逼出"欲语泪先流"的伤心欲绝。

○**只恐双溪舴艋舟，载不动许多愁**：南唐后主李煜"问君能有几多愁，恰似一江春水向东流"的愁，已经物化为可以随江水流动的具体可感的东西了。李清照又将愁搬上了船，这里愁重舟轻，舟不能承载。愁竟然有了重量，不但可以随水而流，还可以用船来载，设想既新颖又真切。

破题

这首词作于绍兴五年（1135年），词人年过五十，丈夫赵明诚已经去世，视若生命的金石文物也流失了大半。她独自漂泊异乡，孤苦无依，所以词中悲伤的情感无法消解。

赏析

上片前两句比较含蓄，既没有写出暴风雨摧折百花的场景，也没有写出为什么懒得打扮。首句写当前所见，"风住尘香"四字使人从中感受到没有说出来的丰富感情。三、四两句从含蓄转为直率，纵笔直写，点明心中的悲苦。所以无论含蓄还是直率，背后都是非常沉重的心情，前者是无处可诉，后者是不得不诉，看似是相反的表现方法，实际上要表达的内容是相同的。

下片宕开一笔写景，但是词人早在出发之前就预计到愁是无法减轻的。前两句说要坐船，后两句又直接否定。"闻说""也拟""只恐"六个虚字转折很传神：双溪风光好不过是听说，泛舟出游不过是计划，"只恐"二字干脆将前面的规划都打消了。听说了，动念了，终于还是一个人在家发愁罢了。全词都是写"愁"，但句法灵活，角度多变。

引申

李清照将"愁"从江水里放到船上；金代戏曲作家董解元《西厢记诸宫调》"休问离愁轻重，向个马儿上驮也驮不动"把愁从船上卸下，驮在马背上；王实甫《西厢记》"遍人间烦恼填胸臆，量这些大小车儿如何载得起"，又把愁从马背上卸下，装上了车子。同样是把抽象的"愁"具象化。写法多种多样，却又都是能让人具体感知的。

声声慢

寻寻觅觅，冷冷清清，凄凄惨惨戚戚。乍暖还寒时候，最难将息。三杯两盏淡酒，怎敌他、晚来风急？雁过也，正伤心，却是旧时相识。

满地黄花堆积，憔悴损，如今有谁堪摘？守着窗儿，独自怎生得黑？梧桐更兼细雨，到黄昏、点点滴滴。这次第，怎一个愁字了得？

○**乍暖还寒时候，最难将息**：本应说由于环境不好，心情很坏，身体也就觉得难以适应。然而这里只怪天气忽暖忽寒，就很含蓄。

○**旧时相识**：雁到了秋天由北而南，词人也是北人为避难南下，轨迹相同，似乎是"旧时相识"，因而有了"同是天涯沦落人"之感。

○**满地黄花堆积**：上片结句是仰望飞雁，下片开篇是俯视满地残花。天上地下，视线灵动。

○**梧桐更兼细雨，到黄昏、点点滴滴**："细雨"的"点点滴滴"，是只有在极寂静的环境中"守着窗儿"才能听到的一种微弱又凄凉的声音。对于伤心人来说，这声音不仅滴入耳中，更滴上心头。

破题

这首词作于词人的丈夫赵明诚去世之后，写黄昏里一个人的清冷寂寞。词人经历了南下逃亡，虽然没有在词中正面写国破家亡、背井离乡，却将因这些遭遇而感到的沉重悲痛付之于词。

赏析

起头三句用七组叠字构成，是词人在艺术上大胆新奇的创造。"寻寻觅觅"四字破空而来，用漫无目的的动作显示出心中若有所失、想要抓住些什么，结果却什么也得不到的状态，把词人内心的悲哀充分地表现出来。因为终究什么也没有找到，得到的只是空虚，所以感到"冷冷清清"。这四字既明指环境，也暗指心情，或者说由环境而感染到心情，由外而内。接着的"凄凄惨惨戚戚"就完全是内心感受的描绘了。在语言习惯上，"凄"可以和"冷""清""惨""戚"等字相配合，组成凄冷、凄清、凄惨、凄戚等词语，所以用"凄凄"作为从"冷冷清清"的外部环境过渡到"惨惨戚戚"的心灵描写就十分恰当。

三句十四字分为三层，由浅入深，文情并茂。不仅技巧很高超，而且有层次、有深浅地表现出词人的感情世界，这才是最为成功的地方。

引申

李清照《漱玉词》中有多处写雁的地方，如早年所写《一剪梅》"云中谁寄锦书来？雁字回时，月满西楼"，以及南渡前所写

《念奴娇》"征鸿过尽，万千心事难寄"。与《声声慢》"雁过也，正伤心，却是旧时相识"对照，可以看出前两首虽然也充满离愁，但那离愁中还含有甜蜜的回忆和相逢的希望，《声声慢》则表现了词人南渡后一种极度的绝望和伤心。

陈与义

陈与义（1090年—1139年）字去非，号简斋。他在金兵攻陷汴京后追随高宗南下，后来做了副宰相。陈与义主张收复中原，而高宗终于还是选择了议和，他也就托病请辞了。他写诗尊崇杜甫，南宋末年方回将他与杜甫、黄庭坚、陈师道合称为江西诗派的"一祖三宗"。他的诗语言自然流畅，被称为"简斋体"。

临江仙·夜登小阁忆洛中旧游

忆昔午桥桥上饮，坐中多是豪英。长沟流月去无声。杏花疏影里，吹笛到天明。

二十余年如一梦，此身虽在堪惊。闲登小阁看新晴。古今多少事，渔唱起三更。

○**忆昔午桥桥上饮，坐中多是豪英**："午桥"是洛阳城定鼎门前的通仙桥，唐代宰相裴度曾在附近修建别墅。"多是豪英"只是一时气象，而如今这些人去向何处？与下片的渔樵对照，是令人感叹的曲笔。

○**杏花疏影里，吹笛到天明**："杏花"点明时间是春天，"疏影"又与"淡月""长沟"相映成趣。众人相聚不说其他的活动，比如饮酒、倾谈，只取"吹笛到天明"一事，就足以说明那时的尽情尽兴和无忧无虑。这样的场景如诗如画，自然定格在记忆之中。上接"忆昔"，下启"一梦"，上片豪放的感情自然地衔接到下片的怅然。

○**古今多少事，渔唱起三更**：词人落笔含蓄，点到即止。如果要说得更完整一些，便是杨慎《临江仙》的下片："白发渔樵江渚上，惯看秋月春风。一壶浊酒喜相逢。古今多少事，都付笑谈中。"

破题

南宋绍兴初年，陈与义寓居在青墩镇（今属浙江桐乡）僧舍。他回忆起二十年前在故乡洛阳的游乐生活，感慨万分。二十年间颠沛流离、背井离乡，经历了巨大的社会动荡和变迁，所以感慨格外深重。

赏析

上片写二十年前。一、二句叙事，点明时间是过去，地点是洛阳午桥胜景，词人与一众豪杰相交，而他本人同样是豪杰。据史书记载，陈与义少年成名，同辈对他都十分尊重。后三句写景叙事，"长沟流月"与"桥上"相呼应，"无声"为"吹笛到天明"做铺垫，突出了笛声在静夜中的悠扬不绝，一众豪杰的尽兴自然就不必再多交代。

下片写二十年后的今天。从前有笛声，有众人相聚，有春花浪漫，"如一梦"三字不仅是将二十年来的经历归于恍然，更是将二十年前的一切美好全都扫去。至于这二十年间发生的故事，词人一字未说，是词人敦厚的地方，只用"此身虽在堪惊"的"惊"字，表达出至今仍心惊胆战的感受。那么二十年间经历的种种流离悲苦，也就隐于文字之后了。

引申

词人在前一年从湖州辞官乘船到青墩时曾写下一首《虞美人》："去年长恨挐舟晚，空见残荷满。今年何以报君恩，一路繁花相送过青墩。"因为看到满路的荷花，词人就想起去年，说今年荷花的盛开正是为了报答去年深秋经过时的一无所获，同样是在时间的交错中表达感受。从词中还能看出词人二十年前侠骨柔情，二十年后依然对生活充满情趣和热爱。

陆
游

陆游（1125年—1210年）字务观，号放翁，山阴（今浙江绍兴）人，与范成大、杨万里、尤袤并称"南宋中兴四大诗人"。

他早年应试时受秦桧排挤，屡试被黜。中年时来到四川，曾经入幕王炎军中，在抗金前线生活了八个多月。这段戎马生涯令他十分难忘，诗作词作多有奔放进取的积极精神，且后来自编《剑南诗稿》就是以四川地方命名。

晚年陆游归隐故乡。因为受到权臣韩侂（tuō）胄北伐之志的吸引，七十七岁时再次做官，并为韩侂胄写下《南园记》，因此被人批评晚节不保。陆游创作极为勤奋，一生诗歌多达九千首。从他的作品可知其一生的志向就是收复中原。

卜算子·咏梅

驿外断桥边，寂寞开无主。已是黄昏独自愁，更著风和雨。

无意苦争春，一任群芳妒。零落成泥碾作尘，只有香如故。

○无主：无人打理，无人欣赏。

○香如故：表面意思是梅花零落之后香气还在，内在指精神信念的不朽。

破题

这首词写凌寒独自开放的梅花，遗貌取神，赞美它们的寂寞和骄傲。同时以花自喻，表白自己对理想的坚守。既有身世之感，也暗喻了作者对收复中原之志的坚持。

赏析

上片围绕"寂寞开无主"做文章。第一句写梅花生长的地点极为清冷，人迹罕至。驿站本是只有旅人流动的住处，而桥断的地方自然人也过不来，写地点的同时点出这花开在无人到达亦无人欣赏的地方，因此它既"无主"又"寂寞"。再写梅花开放的时间"已是黄昏"，何况还有风雨。不仅天暗得更快，花也被雨打风吹去。词人用"独自愁"三字呼应"寂寞开无主"，并由此从寂寞的外在姿态转向梅花"愁"的内在心理，以拟人手法推进一步。

下片将"愁"的具体内容和盘托出。落在常人笔下，这样的景象自然引起凄凉的惜春之情。词人却避开套路，以梅花的口吻进行内心世界的表白：一、二句先是说明自己不同流俗的清高自守，无畏小人；三、四两句继续递进一层，强调哪怕粉身碎骨，依然会坚持理想与信念。

全词以梅花喻人，梅花的高洁与坚守成为理想人格的风标。

引申

北宋诗人林逋（bū）的《山园小梅》写道："疏影横斜水清浅，暗香浮动月黄昏。"梅花已是清高人格的写照，衬托出隐士幽雅的生活情趣。陆游则是一生追求理想的斗士，他写梅既有清高的一面，更有慷慨之气："零落成泥碾作尘，只有香如故"有一种傲骨决绝，《落梅》诗中"雪虐风饕愈凛然，花中气节最高坚"则有不畏风雪的坚毅。他笔下或优美或衰飒的落梅意象，都显出高风亮节的气骨。

诉衷情

当年万里觅封侯。匹马戍梁州。关河梦断何处，尘暗旧貂裘。

胡未灭，鬓先秋，泪空流。此生谁料，心在天山，身老沧洲。

○当年万里觅封侯："当年"二字，一下子就把时光拉回到陆游最激昂的过去，那时他正在四川抗金前线，追求功名和理想。

○尘暗旧貂裘：战国纵横家苏秦去秦国游历，钱用完了，黑貂大衣穿破了，还没得到秦王的认可，只好离开。词人不仅用这个典故表现自己同样不受重用，而且追加"尘暗"二字，点出了时间的久远。

○心在天山，身老沧洲："天山"是汉唐时的西北边境，这里指宋金的西北前线。"沧州"在此处泛指隐士们居住的地方。

破题

这首词通过词人人生中最值得怀念的一段时光和目前现实的对照，表达出壮志未酬和英雄迟暮之感，词作充满强烈的情感力量。

赏析

上片一、二句从豪迈的军旅生活写起，"当年"二字点明了这是回忆。"梦断"则将时间线拉回现在，曾经的昂扬激奋，现在只有余梦而已。既不知当年"梦"在"何处"，那时穿着去求功名的衣衫也早已积满灰尘，可知一去不返的是时光。

下片直抒胸臆，依然紧紧扣住过去和现实的对比。金人未灭，而自己已经老了，这是时势和年华的对比，有心无力之感就更强了，所以空自流泪。"谁料"还透着些不服的心意，"心"与"身"相对，"天山"与"沧洲"相对，将心中所想与实际遭遇合成理想与现实的距离：梦想一直都在，只是最终落了空而已。

这首词通过不同角度、不同事实，反复将过去与现在进行对比，当年越振奋，当下就越落空，从而写出深深的寂寥感。

引申

陆游之所以对四川的军中生活怀着无比的珍视之情，是因为那是自己距离理想之光最近的一次。晚年隐居乡村，他还在"夜阑卧听风吹雨，铁马冰河入梦来"（《十一月四日风雨大作》）中写梦里驰骋沙场，在"塞上长城空自许，镜中衰鬓已先斑"（《书愤》）、"一身报国有万死，双鬓向人无再青"（《夜泊水村》）中感叹着一生的壮志未酬。

张孝祥

张孝祥（1132年—1170年）字安国，号于湖居士。他自小被称为神童，史书记载他读书"过目不忘"，二十三岁就考中了状元。他一直都是坚定的主战派，曾经为岳飞鸣冤而得罪秦桧，仕途因此几经浮沉。他有才干，做官时政绩清明，但因为一腔抱负不能实现，三十八岁的时候就辞官隐居了。

乾道六年（1170年）的夏天，他冒着酷暑送别友人虞允文，由于在舟中饮酒中暑，急病而逝。虞允文和他是同榜进士，绍兴三十一年（1161年）时曾在采石矶大败金兵，张孝祥闻讯写下《水调歌头·闻采石矶战胜》这首慷慨的祝捷之歌。

张孝祥长于写词，追慕苏轼，是一位豪放派词人。后来，杨万里忆起他潇洒的风姿时写下"当其得意，诗酒淋浪，醉墨纵横，思飘月外，兴逸天半"（《跋张伯子所藏兄安国五帖》），其英迈的形象呼之欲出。

念奴娇·过洞庭

洞庭青草，近中秋，更无一点风色。玉鉴琼田三万顷，著我扁舟一叶。素月分辉，明河共影，表里俱澄澈。悠然心会，妙处难与君说。

应念岭海经年，孤光自照，肝肺皆冰雪。短发萧骚襟袖冷，稳泛沧浪空阔。尽挹西江，细斟北斗，万象为宾客。扣舷独啸，不知今夕何夕！

○玉鉴琼田三万顷，著我扁舟一叶：一方面以玉镜玉田形容湖水的光彩通透，以"三万顷"极写湖水面积的广阔；另一方面又以无垠的天地与"我"、一叶扁舟形成对照的物我关系，极写个人的遗世独立。既写出画面的静谧，又将个人情绪点染其中。

○悠然心会，妙处难与君说：这句承上启下。"妙处"二字是上阕的关键词，一妙在自然光影之美，二妙在人物心境澄澈。"难与君说"则开启下阕，把真正难以说清道明的内心情感提示出来。

○尽挹西江，细斟北斗，万象为宾客：唐人杨凝有诗"西江浪接洞庭波"（《初次巴陵》），所以西江也算眼前即景。西江，北斗，万象，一是地上的河流，一是天上的星辰，一是世间的万物，竟然都为"我"所用：舀尽西江水作为酒，以北斗为酒器，天下万物都是"我"邀来的客人，天地与人、心与自然就这样合而为一了。这是超凡脱俗的想象力，更是词人壮阔豪逸的胸襟。

破题

乾道元年（1165年），词人任职广西桂林的静江府，两年后改官到潭州（今湖南长沙），他正是在这次北归的途中经过洞庭湖的。词人月夜独游，在澄澈通透的自然万物之间逸兴横飞，全词既飘逸豪迈，却又难掩壮志未酬的英雄孤寂。

赏析

上片写景。"洞庭青草"三句点明时间地点，地点是洞庭湖，洞庭湖和青草湖相接；时间接近中秋；没有一点风，看似闲言语，却为波平如镜、扁舟漂荡埋下伏笔。"玉鉴琼田"五句渲染月色，前两句写湖上风光，后三句从天上明月、银河，再到倒映湖中，写出眼前天地之间那浑然一体的澄澈感。最后二句总结"妙处"，进而推出词人的月下感受。

下片情景交融，层层走近词人的内心世界。"应念"二字引起情绪。"孤光"两句写词人的肺腑之情，与月光的通透相互映衬，表白心地磊落，一片冰心在玉壶；"短发"两句则落笔词人饱经沧桑的外在形象，他惯经漂泊，饱经忧患，不改初心，与江上烟波浩渺对照，更突出其坚毅之姿。词的最后以扣船、独啸的动作，再次表现出内心情感的郁结，同时隔空回答了苏轼中秋词中"不知天上宫阙，今昔是何年"（《水调歌头》）的终极问题，与开头的"近中秋"遥相呼应。

全词写景都是为了写情，而这情又处处与月色、湖光、扁舟相关合，就显得十分贴切，感情流露自然而又意韵浑成。

引申

张孝祥《西江月·黄陵庙》"满载一船明月，平铺千里秋江。波神留我看斜阳，唤起麟麟细浪"，写"我"在斜阳下看尽满川风物，怡然自得。而本词"玉鉴琼田三万顷，著我扁舟一叶"，同样写"我"面对着浩瀚的洞庭湖，驾一叶扁舟飘然自在。两首词都形成了外物与自我的观照，自然环境固然满满当当，而那一个"我"不仅不自觉渺小、身陷其中，反而在领略山川之美的同时，更感受到自我的存在，洒脱自如。

辛弃疾

辛弃疾（1140年—1207年）字幼安，年轻时参加了耿京领导的抗金起义，从中原沦陷区来到南宋。他在各地辗转做官，主张得不到朝廷重视，因此郁郁不得志，年轻时代的金戈铁马成为他一生不甘的记忆。

在仕途的起起落落中，他也曾在山水中寻找生活的乐趣，闲居在江西上饶时开辟庄园，自号"稼轩居士"。晚年面对主持开禧北伐的权臣韩侂胄数度征召，他因反对仓促北伐而几次辞免。后来他病重不起，临终前大呼："杀贼！杀贼！"辛弃疾终生念念不忘收复，可惜壮志未酬。

太常引·建康中秋夜为吕叔潜赋

一轮秋影转金波，飞镜又重磨。把酒问姮娥：被白发欺人奈何？

乘风好去，长空万里，直下看山河。斫去桂婆娑，人道是清光更多。

○一轮秋影转金波，飞镜又重磨："秋影"和"飞镜"都是指月亮，"金波"形容月光浮动，"重磨"重在说月光明亮。这两句点明一天的时间和一年中的季节。月的意象其实有点多，幸而一个"又"字形成月光更加明亮的递进，避免了语意重复。

○斫去桂婆娑：民间传说中，桂花树和上片中的"姮娥"一样，都是与月相关的有代表性的物与人。传说桂树高五百丈，神人吴刚被贬在月宫砍桂树，结果桂树砍了又长。词中以砍去桂树的奇思妙想表达出内心的迫切愿望。

破题

这首词作于1174年词人任职建康（今江苏南京）时。当时他已南归十二年，多次上书请求收复中原，不被采纳。中秋之夜，词人借月抒情遐想，向友人倾诉心中苦闷。

赏析

上片起二句写景，月光明亮，应题中秋。后二句问嫦娥，像这样时光欺人，白发越来越多，又该怎么办？词人以岁月无情的话题去询问吃了长生不老药飞升月宫的嫦娥，这个点就选得很妙，一下子把英雄渐老而功业无成的痛苦根源说了出来。

下片放开来写，既壮逸豪放，又富有想象力。他乘风来到空中，俯瞰万里山河。不说中原未收、山河残缺，但痛苦已经隐含其中。传说中的吴刚明明砍不断桂树，词人偏偏发愤要砍倒它，不让阴影蔽月，要让清明的月光铺满山河，表现出"知其不可而为之"的精神。人们通常说，下片结句表达出词人扫除权臣、恢复中原、还人间以美好的愿望。

词人不仅将月中人事都用到，而且针对每个神话的内容一一做出了针对性的提问或假设。通过这种手法，不仅将中秋故事切合得紧密，也充分表达了内心的情感。

引申

辛词结句化用了杜甫的《一百五日夜对月》："无家对寒食，有泪如金波。斫却月中桂，清光应更多。"杜诗写寒食夜晚对月思亲，想象砍去月桂月光会更清澈，主要是写景，也借此传达思念之情。而辛词的月光不仅是为了铺满壮丽的江山，还隐喻了政治理想，内容厚重许多，也更富有英雄气息。

菩萨蛮·书江西造口壁

郁孤台下清江水，中间多少行人泪。西北望长安，可怜无数山。

青山遮不住，毕竟东流去。江晚正愁余，山深闻鹧鸪。

○**书江西造口壁**："书……壁"说明这是一首题壁词，题写在公共空间，会有更多的行人从这里经过并阅读，从而加速词作的传唱。特别点明"造口"，是因为南渡时隆祐太后曾在这里被金兵追得被迫弃船登岸。那是一段金兵肆虐的历史，而至今中原恢复无望，正是词人心中的痛楚。

○**郁孤台下清江水**："郁孤台"又称望阙台，在江西赣州西北的贺兰山顶，赣江和袁江合流的地方称为"清江"。这句看似平铺直叙点明地点，实则为后面视野的跳跃、感情的比兴做好了铺垫。

○**山深闻鹧鸪**："山"指的就是贺兰山，又名田螺岭。鹧鸪在深山中出现很自然，它的叫声凄苦，历来被形容为像在说"行不得也哥哥"，这一意象通常蕴含着不舍和悲伤。词人以景物作为结语，既借景抒情，又比较含蓄。

破题

词人在任江西提点刑狱时经过造口题壁，写下在百余里以外郁孤台上的感怀。用在造口发生的历史故事兴起，正如清人周济所评点"借山怨水"，表达出收复之志和深沉的兴亡之感。

赏析

水是视野中自然而然的取景，从郁孤台上眺望，台下有清江水，一句"中间多少行人泪"，顿显悲壮之情。这泪因何而起？三、四句做了回答，但没有明说，只说望向长安，隔了无数重山，望也望不见。长安比的当然是北宋都城汴京，行人之泪就是凝望中原的伤心之泪。山和水同样都是眼前的景，水中蕴藏着人的情感，一道道屏障般的山泽成为某种阻隔。

下片继续借水山传情。先借眼前景，以江水东流的自然规律以及突破阻碍的奔流之势，坚定终极信念。然而"毕竟"二字透出深深的无可奈何。结二句是词人面对现实的无力感，收复中原终究是一场"行不得也"的伤心事。

这首词用眼前景色，通过山水将情感串联，揭示出内心复杂而奔涌的感情。

引申

元代文学家许有壬《菩萨蛮·宿造口用稼轩韵》写道："月明江阔天如水，夜深残烛纵横泪。底事不求安，世间多好山。 一杯君且住，万里人南去。倡汝莫要予，山寒无鹧鸪。"他在途经造口的时候，和韵辛弃疾的《菩萨蛮·书江西造口壁》写了这首词。同样借眼前的山水，许词表达的是羁旅行役的赠别伤感，就显得比较寻常；辛词则透出落寞中的英雄之气，尤为动人。

破阵子·为陈同甫赋壮词以寄之

醉里挑灯看剑，梦回吹角连营。八百里分麾下炙，五十弦翻塞外声。沙场秋点兵。

马作的卢飞快，弓如霹雳弦惊。了却君王天下事，赢得生前身后名。可怜白发生！

○**为陈同甫赋壮词以寄之**：陈同甫即陈亮，也是南宋时期一位力主抗金的文人。他喜谈兵事，多次上书反对和议，辛弃疾曾和他醉中大谈天下事。之所以说是"壮词"，一来他们同样有恢复中原的壮志，二来风格上具有豪放磊落的词风，三来内容上是足以互勉的悲壮沉痛。

○**八百里分麾下炙，五十弦翻塞外声**："八百里"指的是牛，"五十弦"以乐器代军乐。上句写烤全牛和部下分食，下句写军乐响起。这些军中故事，正是秋季大点兵的誓师活动。

○**马作的卢飞快，弓如霹雳弦惊**："的卢"是马的名字，泛指快马。"霹雳"本是雷声，这里指拉弓放箭的声音。词人通过描写疾驰的战马、飞鸣的弓箭这两种战争的代表事物，渲染出战争的紧张气氛。

破题

这首词写了一场酣畅淋漓的军事活动。将士们取得了战斗胜利，本应是昂扬而奋发的，然而开头说这是醉中"梦回"，结尾又感叹年华老去，就形成了抱负胸襟和现实境遇的巨大落差。全词气韵生动，虽有悲愤却并不消沉。

赏析

上片一、二句率先交代事由。醉酒之后，主人公"挑灯看剑"，动作刚健，主要目的是"看剑"，"挑灯"是为了看得更清楚。剑本是英雄征战沙场的利器，如今既看得迫切又唯恐看不清，不仅塑造出持剑英雄的形象，更衬托出英雄无用武之地的落寞，顺理成章地推出下文的回忆和梦想。

回忆中只写一个事件，是从点兵、征战到胜利的战斗过程：点兵誓师时，场面宏大，士气昂扬；征战中，将士们勇往直前；胜利后保家报国，功成名就。战争场面的节奏感控制得非常好，以马、弓箭的速度和力量，以小见大地将战场的硝烟、人物的英勇自然而然地表现出来。

结句"可怜白发生"戛然而止，扫空回忆中的一切。意气风发的抗金往事陡然成空，再次回到英雄末路的"醉里"时空。结构精心安排，文气雄大顺畅，都是辛词与众不同之处。

引申

淳熙十五年（1188年），陈亮远道来访辛弃疾，两人同游十日，又称"鹅湖之会"。

别后两人多有唱和，以《贺新郎》词牌为主。辛弃疾词中问"老大那堪说"，陈亮回道"离乱从头说"。辛弃疾立下誓言至死不休："道'男儿到死心如铁'。看试手，补天裂。"陈亮则奋勇冲向沙场："泪水破，关东裂！"虽是相互呼应的唱和词，但能如此同仇敌忾、旗鼓相当，正是知音间的互勉。

西江月·夜行黄沙道中

明月别枝惊鹊，清风半夜鸣蝉。稻花香里说丰年，听取蛙声一片。

七八个星天外，两三点雨山前。旧时茅店社林边，路转溪桥忽见。

○**黄沙道**：南宋时连接上饶和铅（yán）山（今均属江西）的官道，是一条黄沙岭下的山间道路，距离上饶四十里。

○**明月别枝惊鹊**："别"字有多种解释，有的说是其他，有的说是离开。如果是借用苏轼"月明惊鹊未安枝"（《次韵蒋颖叔》），意思就是明亮的月光惊醒了睡在枝上的乌鹊，主要目的是展现月光与夜路、寂静与动态的对比。诗句的字法结构有时会因为平仄而出现倒装等调整，不必拘泥。

○**七八个星天外，两三点雨山前**：唐代诗人卢延让有诗"两三条电欲为雨，七八个星犹在天"（《松寺》），写出光打雷不下雨的一种天气。辛词则写一边下雨一边天晴，也是别有特色。

破题

这首词写词人夜行黄沙道中的所见所闻。全词以景物描写为主，没有抒情，但洋溢在词中的轻快情绪，以及对大自然的爱好、对丰收的喜悦之情都足以动人。

赏析

上片写夜行道中的所见、所嗅、所听：看到的是月光下的乌鹊南飞，听到的是成片的蝉鸣与蛙声，嗅到的是田野里稻花的香气。虽不说具体环境，但山林、田野就都交代清楚了。以个人体验将丰富的夏夜意象串联到一处，将夜里林间的静与动、丰年的气息、蛙声的热闹都烘托出来。

下片的视线先从眼前的道路转向高远的天空，因山间天气变化无常，忽然落下雨点，这样饶有趣味的小事件又将词人的视线从"天外"拉近到"山前"，由远及近再次回到熟悉的道路上，看到茅屋、土地庙等人迹景象。整首词意象丰富，但在词人主观感受和主观视线的引导下，不仅不显凌乱，还将夏夜的意境和情趣表现得极有层次感。

引申

闲居上饶城外的带湖时，辛弃疾常常书写轻灵美丽的大自然，黄沙道时时落在他的笔下。《西江月》写夏夜林间动静，有惊鹊、鸣蝉，有雨点飞落；《鹧鸪天·黄沙道中即事》则写溪山春日风光："松共竹，翠成堆，要擎残雪斗疏梅"，有青翠的松竹、披雪的梅花。《鹧鸪天》中还提示了诗人边走边构思的细节："句里春风正剪裁，溪山一片画图开。"原来诗人每每走在这条路上，一边体验着四时变化的自然风光，一边享受着写词炼句的创作乐趣。

清平乐·村居

茅檐低小，溪上青青草。醉里吴音相媚好，白发谁家翁媪？

大儿锄豆溪东，中儿正织鸡笼。最喜小儿亡赖，溪头卧剥莲蓬。

○翁媪：老翁老妇，用"谁家"领起，并不需要知道具体是谁，不过为了使词风更加摇曳。

○亡赖：即无赖，指顽皮可爱。

破题

这首词通篇白描，透过词人的悉心观察，描绘出一个农人家庭五口人的生活日常。从题材上来看这是农村词，词人没有从辛苦劳作这方面来写，而是从农人家庭自然存在的生活乐趣着笔，词风轻快活泼。

赏析

从"谁家"二字可知，这是词人并不相识的一户人家，但是通过观察，词人将这家人的信息多多少少透露出来：比如他们并不富裕，因为茅屋的屋檐低矮；他们是江南土著，临水而居，说着本地方言。这样家庭情况就有了个大概，接着词人把他们的生活氛围也传递出来：闲来无事的白天，夫妻二人喝两杯小酒，絮絮叨叨地说着话，正是普通而又安乐自适的农家生活。

下片从三个孩子的具体活动入手，一个在锄草，一个在织鸡笼，最小的在溪头剥莲蓬。一方面是各自忙碌、各自生动，尤其一个"卧"字，将小儿躺着剥莲蓬吃的自在状态表现得栩栩如生，正合"亡赖"二字。这是一个自给自足的农村家庭，有耕作、养殖、水产等营生。人们在辛苦之余，同样也会享受属于自己的悠然时光。这首词不经意间成了南宋江西农家生存方式的历史记录。

引申

词人还有一首农村词《清平乐·检校山园书所见》，下片写道："西风梨枣山园，儿童偷把长竿。莫遣旁人惊去，老夫静处闲看。"同样极其生动地写一个小孩子偷偷打枣摘梨的顽皮情景。但与"村居"不同的是，这首词里作者不再是旁观，而是参与其中，他静静地观望着，特意让家人不要去惊动小孩子。两词对看就能知道，"村居"中词人旁观的目光下其实藏着更多的是无声的温柔。

丑奴儿·书博山道中壁

少年不识愁滋味，爱上层楼。爱上层楼，为赋新词强说愁。

而今识尽愁滋味，欲说还休。欲说还休，却道天凉好个秋。

○**书博山道中壁**：博山位于江西永丰县西，是当地的风景名胜，山泉林谷景色优美。在上饶赋闲的词人经常来此游玩。这是一首题在壁上的作品。

破题

本来出来游山玩水，词人却因为秋日登楼而产生愁绪。不用情景交融的常见写法，而是全篇直抒胸臆，将少年时的情形和当下境遇对照，写出生活的普遍经验。"少年不识愁滋味""为赋新词强说愁"成为涉世未深的少年写照。

赏析

让我们先理清词中人物的活动轨迹。上片起句写少年，登楼是过去也是现在的动作。结合下片末句，我们知道这是深秋时节。全词没有写景，但登楼悲秋这一传统意象本身就富有很深的抒情意味。

这首词最新颖的地方，在于构成了一组少年和中年的心境对比。一个是"不识愁滋味"，一个是"识尽愁滋味"。为了使心境的对比更鲜明，词人还用两组叠字构成特定动作。"爱上层楼"的意兴风发，"欲说还休"的满腹无奈，都由此呼之欲出。李清照说"欲语泪先流"，当然也是欲语还休。刚健的辛词却宕开一笔，只说天气凉了，含蓄不尽。涉世未深的故作深沉与饱经风霜的沉默是金，就这样在对比中给人留下深刻的印象。

至于为何"欲说还休"，就成了说不清道不明的情况，太多感慨无从说起。人们喜欢结合辛弃疾的生平事迹来理解少年、中年的情感变化，也可以纯粹就当作一种精辟的人生体验来读。

引申

蒋捷《虞美人·听雨》写道："少年听雨歌楼上，红烛昏罗帐。壮年听雨客舟中，江阔云低、断雁叫西风。　而今听雨僧庐下，鬓已星星也。悲欢离合总无情，一任阶前、点滴到天明。"反复使用"听雨"二字，以听雨为线索贯穿起少年的轻狂、中年的漂泊、老年的清冷三种情境，写尽人生的悲欢离合。蒋捷是南宋的遗民词人，身上同样背负着亡国之痛，和辛词《丑奴儿》的技法可谓机杼相同，而内蕴的情感也是旗鼓相当。

青玉案·元夕

东风夜放花千树，更吹落、星如雨。宝马雕车香满路，凤箫声动，玉壶光转，一夜鱼龙舞。

蛾儿雪柳黄金缕，笑语盈盈暗香去。众里寻他千百度，蓦然回首，那人却在、灯火阑珊处。

○**东风夜放花千树，更吹落、星如雨**：正月十五元宵节绽放着节日的烟花。先描述烟花的主体仿佛百花盛开，具有花团锦簇的形与色；再接着用流星如雨形容烟花飘落，既有形态的弧度又有光泽，意境生动而美丽。也有人说这一句是形容树上的花灯。

○**蛾儿雪柳黄金缕**："蛾儿""雪柳""黄金缕"三样物品，都是女孩子们在节日里盛装出行戴的饰品，和上片热闹的节日景象相呼应。只写头饰不写其他，是以部分代整体，头上收拾得这么精致，自然整个人都打扮得漂漂亮亮的。

○**那人却在、灯火阑珊处**："阑珊"指灯火零落的样子。明灭的光线与前面的灯火通明形成鲜明的对照，那么这个隐在"灯火阑珊处"的人，自然也透露出不同流俗的品格。

破题

词的上片写出极尽热闹、灯火通明的元宵节场景，下片从盛装出行的女子们引出一个与众不同的人，独在灯火零落的地方。词人要找的这个"人"究竟是谁？是意中人，是君王，还是自己？成了千百年来读词的人热衷讨论的问题。

赏析

在节日的热闹景象中，词人首先浓墨重彩地描述有光线变化的烟火、花灯，烟火写出绽放、零落的过程，彩灯亦有静态如"玉壶"、动态如"鱼龙舞"的变化，表现层次极为丰富；其次写满满当当的人迹穿梭，从"香满路"写出车水马龙，从"暗香去"托出人来人往；还写到声色的缤纷，如脂粉香气、箫声、人声笑语。这许多意象共同烘托出极为喧嚣的节日气氛。

词人铺垫到这里，以"众里寻他"四字承上启下，从下片一、二句的群体形象引起寻找了千百遍的那个人。所有的热闹不过是铺垫，只为了扫却这一切看似繁华的表面，从而塑造出一个冷冷清清的人。这便是"一"与"多"的构思，在众多的喧腾景象中，一个人独自立于灯火暗淡处，就显得格外与众不同，令人印象深刻。

引申

"众里寻他千百度，蓦然回首，那人却在、灯火阑珊处"，这三句不仅放在词中很优美，有丰富的思想意蕴，还被王国维《人间词话》用来形容做学问的至高境界。第一境学海无涯："昨夜西风凋碧树。独上高楼，望尽天涯路"（晏殊《蝶恋花》）；第二境废寝忘食："衣带渐宽终不悔，为伊消得人憔悴"（柳永《蝶恋花》）；第三境便是这一句，指向豁然开朗。

西江月·遣兴

醉里且贪欢笑，要愁那得工夫。近来始觉古人书，信著全无是处。

昨夜松边醉倒，问松我醉何如。只疑松动要来扶，以手推松曰去。

○遣兴：抒发意兴、情致。写生活中的小情感、小片段。

○只疑松动要来扶，以手推松曰去：这两句写得别有兴味。词人喝醉了，以为松树要来扶他，于是把松树一把推开。这里化用了《汉书》中的典故，说的是两人意见不合，其中一人推开另一人说"走开"。辛词则将对方写成拟人化的松树，这一推开的动作在醉态可掬的情境下既有趣又很生动。

破题

这首词写醉里贪欢，将词人郁结的心情通过趣味的即景表现出来。语言洒脱不羁，有牢骚话，有醉话，直抒胸臆，似假还真。这样写既显深心，却又不令人觉得沉重。反复感受，令人不禁为词人英雄理想的求之不得而感慨。

赏析

上片写现在的醉，与醉相关的动作是看书。三、四句对看书的评价，又和孟子"尽信书则不如无书"不同，而是完全否定了书的真理价值，这等于否定了一种社会规范。这种叛逆的心理是醉中的迁怒，终究是现实中的不尽如人意，令词人感觉即使满腹经纶也难以施展抱负，他在极度失意的情况下才会否定读书人读圣贤书的意义。

下片写昨夜的醉，与醉相关的动作是走路不稳当。与词人的独角戏相配合的，是他虚设的一棵"自作多情"的松树，从而形成戏剧性的相逢和互动。词人的醉达到了一定程度，先是直截了当告诉人们，他醉倒在松树边；二是人和物不分，把松树当作人，既问松树自己醉得怎样，又以为松树要来扶他，可见醉眼蒙眬。

全词写"醉"是为了说"愁"，虽然第二句"要愁那得工夫"故意撇清"醉"和"愁"的关系，实际上就是明白地告诉别人，所有的醉里贪欢不过是为躲避闲愁罢了。

愁从何来？源自壮志未酬的身世之感和家国忧患。这才是需要"遣兴"的终极根源。

引申

这首词最有趣的地方就是把松树假想成人，松边醉倒是真实情况，之下三句都是假想，但借鉴了生活中喝醉后的真实反应。

曹植"凌波微步，罗袜生尘"（《洛神赋》）写洛神渡水：在水波上走路，是幻；走路而起灰尘，是真。凌波可以微步，微步可使罗袜生尘，就令真与幻统一起来，显示出洛神同时具有的人和神的特点。张先"昨日乱山昏，来时衣上云"（《醉垂鞭》）由女子衣服上织画的云烟，联想到一朵朵白云从昏暗的乱山中徐徐而出，使人产生真幻之感，觉得这位女子更加的飘然若仙。文学中这种真与幻，或人间的与非人间的情景的联系，往往能够使人物形象和景色描写更为丰满。

无论是醉中殷勤的松树、洛神脚下的尘埃，还是挟云而来的衣裙，这些都来自生活中的切身感受。

南乡子·登京口北固亭有怀

何处望神州？满眼风光北固楼。千古兴亡多少事？悠悠。不尽长江滚滚流。

年少万兜鍪，坐断东南战未休。天下英雄谁敌手？曹刘。生子当如孙仲谋。

○京口北固亭："京口"即今江苏镇江。"北固亭"是东晋人蔡谟在北固山修筑的楼台，如词中所写又可称为"北固楼"。北固山在长江南岸，可以北望中原和长江的风光。

○年少万兜鍪，坐断东南战未休："兜鍪（móu）"即头盔，指代士兵。这一句说的是东吴国主孙权的故事。历史上的两个相似点切中了词人的心，一个是年少有为，一个是坐断东南。前者是对年少拥兵的羡慕，后者是和南宋局势的关合。

○天下英雄谁敌手？曹刘。生子当如孙仲谋：曹操曾经为了试探刘备的志向，说天下英雄只有他和自己；又曾见孙权气概不凡，说"生子当如孙仲谋"。词人连用曹操的语典，将孙权推为三国时期的第一英雄。

破题

词人在镇江北固亭眺望中原，感慨兴亡，既咏叹年少成名的孙权，羡慕他的功业，同时也是英雄自喻，感叹自己壮志未酬，空有收复之志而报国无门。

赏析

这首词比较特别的地方是连用三问三答。

第一问"何处望神州"，点出正在登临的位置。第二问"千古兴亡多少事"，点出心中所想。词人北望中原，面对滚滚东逝的长江无限感慨。在两问两答间，视线从北固楼绵延到滚滚长江的无尽空间，从眼前所见自然风光递进到沧海桑田，境界越来越阔大，感受越来越沧桑。

下片一、二句先是正面写孙权的事功。三问"天下英雄谁敌手"起到了承上启下的作用，回答"曹刘"，干脆利落地引出了三分天下的另外两位英雄豪杰曹操和刘备。写这句不是转移了话题，而是进一步用侧写烘托的方法，再逼出最后一句，即用曹操赞美对手的话，最终锁定东吴这片土地上的终极英雄——孙权。

三问三答，一正一侧，短短一篇小词被词人写得跌宕起伏，具有散文般的流畅与大气。

引申

同样是在北固山，词人还写了一首长调《永遇乐·京口北固亭怀古》，开头便是一句"千古江山，英雄无觅、孙仲谋处"，可以和这首小词对照。

作者于绍兴三十二年（1162）从北方抗金南归，到这一年被任命为镇江知府，时间已经过去了四十三年。理想和抱负固然随着时间的流逝而消磨，然而《永遇乐》最后一句"凭谁问、廉颇老矣，尚能饭否"又明明是英雄壮志未休的表达，《南乡子》结尾背后的意思也正在这里。

姜夔

　　姜夔（约1154年—约1221年）字尧章，号白石道人。他游谒为生，四处求官却始终未能踏入仕途，布衣终身。他曾和杨万里、萧德藻等人结为忘年交，得到他们的赞美，也因此文名远扬。早年他浪迹四海，四十岁后在杭州终老，在漂泊之中既感慨自己的失意，又不忘家国的兴亡之感。他精通音律，自己写谱创调，最有名的就是《暗香》《疏影》两首。人们通常赞他的词写得清空不俗。

扬州慢

淮左名都，竹西佳处，解鞍少驻初程。过春风十里，尽荠麦青青。自胡马、窥江去后，废池乔木，犹厌言兵。渐黄昏、清角吹寒，都在空城。

杜郎俊赏，算而今、重到须惊。纵豆蔻词工，青楼梦好，难赋深情。二十四桥仍在，波心荡、冷月无声。念桥边红药，年年知为谁生？

○过春风十里，尽荠麦青青：昔日春风十里，而今一片荒芜。十里长街只剩下荠麦，那么房屋的荡然无存可想而知，与下面的"废池乔木"，即废毁的池台、残存的古树相互呼应。清代文学家蒋超写道："荒园一种瓢儿菜，独占秦淮旧日春。""瓢儿菜"就是词中的荠麦。

○渐黄昏、清角吹寒，都在空城：前面用看到的景物写凄凉，这两句用听到的号角声写满城的清寂，所见所闻都是为了突出一个"空"字。

○杜郎俊赏，算而今、重到须惊：因为上片用了杜牧的诗意"春风十里扬州路"，这里以"重到须惊"四字翻进一层，假想杜牧如果来到扬州，一定十分惊异，由此往昔繁华和今日残破就都在其中了。

○**念桥边红药，年年知为谁生**："红药"即扬州名花红芍药。"二十四桥"又名红药桥。即使桥边的红药年年自己开放，扬州还会有过去的繁华吗？末句一问，是花不知人也不知，呼应全词的今昔对比，含蓄不尽，也就是人们常说的"凡景语皆情语"。

破题

《扬州慢》是词人的自度曲，后人多用这个词牌写怀古之情。1176年冬至，词人经过战乱中两次被洗劫的扬州，看到满目萧条，不禁有感而发。上片重在写景，下片重在抒情，全篇通过强烈的今昔对比，感慨国家残破的"黍离之悲"。

赏析

上片前三句先说到达曾经的著名都会扬州。竹西亭是扬州的风景名胜，唐代诗人杜牧《题扬州禅智寺》有"谁知竹西路，歌吹是扬州"的诗句。"过春风十里"再次用杜牧《赠别》中的名句"春风十里扬州路"形容过去的繁华，和现在的"荠麦青青"形成对比。

下片开头从"杜郎俊赏"开始。"杜郎"就是杜牧，他于833年至835年在扬州任淮南节度使掌书记，生活洒脱，不拘小节。杜牧先后写下"娉娉袅袅十三余，豆蔻梢头二月初"（《赠别》）、"十年一觉扬州梦，赢得青楼薄幸名"（《遣怀》）、"二十四桥明月夜"（《寄扬州韩绰判官》）等名句，"豆蔻词工""青楼梦好""二十四桥仍在"都是用杜诗的语典来描述曾经的扬州繁华，从而印证杜牧"重到须惊"。

杜牧的扬州题咏甚至风流形象贯穿全词，目的就是以其经历的扬州繁华和今日词人所见的扬州萧条形成强烈的反差。这既是词人善于化用前人诗句的技法，又说明了杜牧对于扬州地方文化的意义。

引申

这首词的词前小序写道："淳熙丙申至日，余过维扬。夜雪初霁，荠麦弥望。入其城，则四顾萧条，寒水自碧，暮色渐起，戍角悲吟。予怀怆然，感慨今昔，因自度此曲。千岩老人以为有黍离之悲也。"词前小序是姜夔词的特色之一，八十多首词中有三十多首题有小序，犹如一篇篇情辞并茂的小散文。

小序或交代写作背景、缘起，或记录词人生平交游。比如"千岩老人"就是萧德藻，词人曾经跟他学诗。这里能看出他们曾经进行诗词探讨，萧德藻点出的"黍离之悲"出自《诗经·黍离》，是表现故国之思和亡国之哀的主题。可知姜词的小序既可以帮人加深对词作情感的理解，也可以补充词人的生平行踪，是重要的资料文献。

文天祥

　　文天祥（1236年—1283年）号文山，江西吉州人，和张世杰、陆秀夫并称"宋末三杰"。他二十一岁考中状元，因仕途沉浮，三十七岁的时候辞了官。德祐元年（1275年）元军攻打南宋，文天祥毅然倾尽家财，奋勇组织义军进京保卫，被任命为右丞相。他在和元人议和的时候，因当面斥责元军统帅伯颜而被拘留，历经艰险才逃脱。

　　文天祥再度被捕时，元军将领张弘范逼他写信劝降抗元将领张世杰，他写下一首《过零丁洋》，以"人生自古谁无死，留取丹心照汗青"的诗句表明宁死不从的决心。他被押到元大都囚禁三年，拒不投降，英勇就义。他在纪行诗《指南录》中记录卜自己英勇抗元的心曲，《集杜诗》则总结了历史成败的原因，可谓诗史。

酹江月·和友驿中言别

乾坤能大，算蛟龙、元不是池中物。风雨牢愁无著处，那更寒蛩四壁。横槊题诗，登楼作赋，万事空中雪。江流如此，方来还有英杰。

堪笑一叶飘零，重来淮水，正凉风新发。镜里朱颜都变尽，只有丹心难灭。去去龙沙，江山回首，一线青如发。故人应念，杜鹃枝上残月。

○酹江月·和友驿中言别："酹（lèi）江月"就是词牌《念奴娇》，词韵用的也是苏轼《念奴娇·赤壁怀古》的原韵。这首词是词人与同乡好友邓剡（yǎn）的唱和之作。两人一起被押北行，邓剡因病留下，所以有此一别。

○横槊题诗，登楼作赋，万事空中雪："横槊题诗"是曹操的英雄故事，"登楼作赋"是王粲的名士风流。无论是历史人物还是词人渴望的功业，现在都是万事成空。

○堪笑一叶飘零，重来淮水，正凉风新发：点明时间是秋天，地点是今南京。词人上次被俘的时候逃脱于镇江，几度与敌军险遇。二次被俘又押解到南京，所以说是"重来"。"堪笑"二字极为沉重，人生的身不由己、国家的穷途末路都在这苦笑之中。

○**故人应念，杜鹃枝上残月**：杜鹃啼声悲苦，传说是蜀帝杜宇的化身，李商隐有"望帝春心托杜鹃"的诗句。词人北上，死志已决，所以对友人说如果将来想到他，就听一听枝上杜鹃的悲鸣，那正是他的化身与寄托。

破题

词人在驿站中与战友告别。上片写英雄群像，他们有英雄末路的叹息，有对国家命运的悲慨，自然对未竟的事业充满期待。下片落笔个人，词人坚定了至死不屈的信念。他留恋故土，与友人诀别。悲痛之中极为忠愤，是充满气节与深情的血性文字。

赏析

词中不说绝望，但处处都在绝境之中。上片第一句以"乾坤"和"池中"对立，虽有蛟龙之志，却不过困在牢笼之中，"元不是"却偏偏是。在失去自由的空间外，还是令人忧愁的风雨天气，这是绝境的第一重：身陷囹圄的无望。"横槊"三句一起一落，起于英雄名士的典型风流，而落于万事成空，这是绝境的第二重：功业追求之无望。上片结二句再次振起，将希望寄寓未来。

下片前四句是一落，这一落里包含了个人命运的身不出己：奔波无路和年华逝去，这是绝境的第三重。"只有"一句再度振起，表明不屈的决心。"去去"以下是以死明志，从此北上，离家万里，这是绝境的第四重：生之无望。

在这重重绝境中，词人反复振起，在家国命运、个人命运都陷入绝境之际，仍然能执着于信念，没有自弃与绝望，这才是胸怀天下的英雄豪杰。

引申

邓剡在宋军和元军决战崖山时跳海殉国，被元军救起后与文天祥囚禁一处。邓剡在今南京因病留下，写《酹江月·驿中言别》给文天祥作为赠别，下片写道"那信江海余生，南行万里，属扁舟齐发。正为鸥盟留醉眼，细看涛生云灭。睨柱吞嬴，回旗走懿，千古冲冠发。伴人无寐，秦淮应是孤月"，期望文天祥仍能重振旗鼓，结二句想象他走后自己的寂寞。面对友人的期待，文天祥悲叹身不由己；面对友人的惜别，赠以"故人应念，杜鹃枝上残月"的生死嘱托。这不是一般意义上的赠别唱和，而是宗社沦亡之际泣血的遗民文字。

唐诗宋词大师课（全二册）

作者 _ 程千帆　沈祖棻　改编 _ 张春晓

产品经理 _ 谭思灏　房静　　装帧设计 _ 董歆昱　　产品总监 _ 阴牧云

技术编辑 _ 顾逸飞　　责任印制 _ 刘淼　　出品人 _ 吴畏

果麦

www.guomai.cn

以 微 小 的 力 量 推 动 文 明

© 程千帆 沈祖棻 张春晓 2023

图书在版编目（CIP）数据

唐诗宋词大师课：全二册 / 程千帆，沈祖棻著；
张春晓改编. -- 沈阳：万卷出版有限责任公司，2023.6
ISBN 978-7-5470-6234-0

Ⅰ.①唐… Ⅱ.①程… ②沈… ③张… Ⅲ.①唐诗–
诗歌欣赏–青少年读物②宋词–诗歌欣赏–青少年读物
Ⅳ.①I207.2-49

中国国家版本馆CIP数据核字（2023）第047827号

出 品 人：王维良
出版发行：北方联合出版传媒（集团）股份有限公司
　　　　　万卷出版有限责任公司
　　　　　（地址：沈阳市和平区十一纬路29号　邮编：110003）
印 刷 者：北京盛通印刷股份有限公司
经 销 者：全国新华书店
幅面尺寸：145mm×210mm
字　　数：350千字
印　　张：13.75
出版时间：2023年6月第1版
印刷时间：2023年6月第1次印刷
责任编辑：胡　利
责任校对：张　莹
装帧设计：董歆昱
ISBN 978-7-5470-6234-0
定　　价：88.00元
联系电话：024-23284090
传　　真：024-23284448

常年法律顾问：王　伟　版权所有　侵权必究　举报电话：024-23284090
如有印装质量问题，请与印刷厂联系。联系电话：021-64386496